SEIS VEZES EM QUE A GENTE QUASE FICOU

(e uma em que rolou)

TESS SHARPE

SEIS VEZES EM QUE A GENTE QUASE FICOU

(e uma em que rolou)

Tradução
Guilherme Miranda

Copyright © Tess Sharpe, 2023
Copyright © Editora Planeta do Brasil, 2023
Copyright da tradução © Guilherme Miranda, 2023
Todos os direitos reservados.
Título original: *Six Times we Almost Kissed (and One Time we Did)*

Nenhuma parte desta publicação deve ser usada ou reproduzida de qualquer maneira sem permissão por escrito, exceto no caso de breves citações incorporadas em artigos críticos e resenhas.

Preparação: Laura Folgueira
Revisão: Wélida Muniz e Valquíria Matiolli
Projeto gráfico e diagramação: Maria Beatriz Rosa
Capa e ilustração: Paula Milanez

Dados Internacionais de Catalogação na Publicação (CIP)
Angélica Ilacqua CRB-8/7057

Sharpe, Tess	
Seis vezes em que a gente quase ficou (e uma em que rolou) / Tess Sharpe; tradução de Guilherme Miranda. – São Paulo: Planeta do Brasil, 2023.	
304 p.	
ISBN 978-85-422-2287-6	
Título original: Six Times we Almost Kissed (and One Time we Did)	
1. Ficção norte-americana I. Título II. Miranda, Guilherme	
23-3334	CDD 813

Índice para catálogo sistemático:
1. Ficção norte-americana

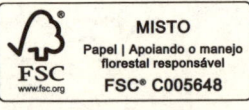 Ao escolher este livro, você está apoiando o manejo responsável das florestas do mundo

2023
Todos os direitos desta edição reservados à
Editora Planeta do Brasil Ltda.
Rua Bela Cintra, 986, 4º andar – Consolação
São Paulo – SP – CEP 01415-002
www.planetadelivros.com.br
faleconosco@editoraplaneta.com.br

Para todos que já ficaram acordados até tarde lendo fanfics slow burn, à espera do beijo. E para os escritores de fanfics que nos alimentam.

PARTE UM

Mudança

(ou: a primeira vez no palheiro)

1

Penny

21 DE JUNHO

Reunião de família hoje às seis da tarde. Não se atrase!

Encaro a mensagem enquanto June passa por mim, prendendo o avental.

— Você fez todos os preparativos?

— Sim — respondo. — E completei os ketchups.

— Você está bem? — Ela me lança um olhar. Estou segurando o celular com força demais, encarando a mensagem da minha mãe.

Forço um sorriso.

— Estou. Preciso ir. Vejo você depois?

— Tchau, Pen.

Recebo outra mensagem enquanto saio: **Pode buscar Tate na piscina? Anna veio comigo para casa, ela não estava se sentindo bem.**

Então, quando minha mãe disse *reunião familiar*, estava falando sério. Elas não são irmãs, minha mãe e Anna. Gostam de dizer que são mais do que isso. Melhores amigas para a vida toda. Um laço mais forte do que o sangue.

Será que minha avó também está lá? Minha cabeça está girando, mas não sei qual crise escolher… Será que minha mãe ficou toda impulsiva de novo? Será uma má notícia sobre a saúde de Anna? Essas são as duas coisas importantes que dominam nossa vida… a menos que seja algum tipo de intervenção. Mas não preciso de uma intervenção. Não fiz nada, a não ser que conte dividir por cores meu calendário que ocupa a parede toda e traz todos os dias do ano. Tate tinha me dito que era um pouco excessivo, mas ela diz isso sobre tudo que eu faço.

Certo. Talvez seja meio que uma mentira. Andei fazendo uma coisa que minha mãe me proibiu de fazer. Mas, se ela soubesse, não teria autocontrole para convocar uma reunião de família. Ela teria me encontrado e estaria gritando comigo a esta altura.

Então não pode ser uma coisa minha.

Será que *Tate* precisa de uma intervenção? Não pode ser. Tate não faz nada além de nadar na piscina e revirar os olhos quando falo. Tate é, tipo, a filha perfeita. Anna nunca tem que ser preocupar com ela. Minha mãe gosta de dizer isso toda cheia de inveja. Porque sou tão encrenqueira.

Apesar de que ter Tate em meu carro por mais de dez minutos costume ser a receita de um desastre, escrevo para minha mãe: **Claro**.

Ela não me responde. Não me dá mais nenhuma informação.

Quer dizer que tem alguém morrendo, né?

Não. *Meu Deus.* Pare de surtar. Não pense em...

Alguém já morreu.

Que inferno.

Será que em algum momento vou conseguir passar um dia sem...

É claro que não. Ele era meu pai.

É claro que não.

Ela usa a aliança dele pendurada no pescoço. Minha mãe. Quando a recebeu, depois do acontecido, estava partida ao meio porque teve que ser cortada para que conseguissem tirá-la dele. Ela havia atirado uma das metades do outro lado da sala, de tão transtornada que estava. Tentei contê-la, mas ela não tinha como ser contida – ou, talvez, eu apenas não soubesse como fazer isso.

Anna, por outro lado, sabia. Ela a abraçou com firmeza e insistiu para eu sair com Tate. Minha mãe estava morando com Anna na época, enquanto eu estava com a vovó. Anna encontrou o pedaço que minha mãe tinha jogado e conseguiu mandar consertar a aliança. Agora, dois anos depois, minha mãe nunca fica sem ela.

Será que é Anna? Meu estômago se contorce em vários nós enquanto entro no carro e saio do estacionamento da Lanchonete Amora. É difícil se lembrar de uma época em que Anna não estava doente. Ela teve câncer de ovário quando eu e Tate éramos pequenas, mas se curou faz alguns anos. Só que ficou doente de novo. No ano passado, foi diagnosticada com deficiência de alfa-1-antitripsina, que é uma coisa genética que mexe com o fígado e os pulmões. No caso de Anna, é o fígado. Minha mãe está tentando dar um jeito desde o diagnóstico.

Saio da South Street, me afastando da lanchonete, e dirijo até ao outro lado da cidade.

A piscina fica dentro de um prédio de concreto que é tão anos 1970 que chega a doer, com um telhado inclinado esquisito e tudo. Um resquício de um tempo em que era para a cidade crescer, antes do *boom* da madeira acabar. Do lado de dentro, metade dos holofotes já está apagada, fazendo a piscina brilhar.

Ela ainda está treinando arduamente, com o cronômetro posicionado onde consegue vê-lo.

Eu a observo por um segundo; é inevitável. Eu desafiaria qualquer um a não ficar encantado pela maneira como Tate se move na água. Ela não é uma sereia nem nada místico; é um tubarão, cortando a água como se esse fosse o seu habitat e como se soubesse aonde está indo.

Ela está sozinha na piscina. A equipe não nada junto nos verões, ou, pelo menos, não nada com Tate.

Tate é sempre a última a sair do treino. Sei disso, assim como sei que observá-la atravessar a água vai me fazer ter que me concentrar para não escorregar. Ela costumava ser a última a sair porque treinava mais intensamente do que todas as outras. Ainda treina, mas não é só isso. Ela fica na água até o restante das meninas sair porque não é amiga de nenhuma delas. A culpa é minha, e Tate pode agir como se não se importasse, mas não sei como isso seria possível, já que eu ainda me importo.

Ela ainda não me notou, então vou até a pilha de pranchas e flutuadores, pego um dos flutuadores listrados e o atiro dentro da piscina na direção da cabeça dela. Ele cai na água na frente da garota – posso não ser nenhuma estrela do esporte, mas tenho uma boa mira – e ela se sobressalta no meio da braçada.

Girando em um círculo lento, ela nem tira os óculos quando me avista.

— Sério? — ela pergunta. Antes que eu possa responder, tira o flutuador da água e o lança em minha direção com o tipo de precisão letal de que mal sou rápida o bastante para desviar.

A risadinha que me escapa é completamente involuntária. Ela também sabe disso, porque quase sorri enquanto nada até a beira da piscina.

Ela sai, e sei que é melhor me manter longe para ela não jogar água em mim como um cachorro se chacoalhando. Era algo que já acontecia desde quando éramos crianças. Inúmeras vezes porque, pelo visto, eu não conseguia ser esperta sobre *tudo*... ainda mais quando se tratava dela.

Tate está com dois maiôs de competição sobrepostos e um calção de arrasto por cima, rasgado em uma das pernas. Ela se enrola na toalha e pergunta:

— Minha mãe mandou você?

— Não, *minha* mãe. É melhor olhar seu celular.

Ela tira a touca e os óculos de natação enquanto se dirige à bolsa e veste o roupão. Espero, cogitando se ela recebeu alguma mensagem de texto ou de voz. Texto, pela maneira como ela franze a testa.

Será que ela recebeu mais informações do que eu? Ou será que só recebeu a desculpa de "reunião de família", propositalmente vaga, como um claro presságio de desgraça?

Tento ler as respostas no pedaço de perfil que consigo ver. O nariz dela se empina, e a trança francesa está esfiapada pela touca, pela umidade e pelo condicionador que ela passa antes de entrar na água. Tate ainda precisa tomar uma ducha para tirar o cloro, mas, quando tira os olhos do celular, sei que vamos direto para casa.

— Vamos — ela diz e, normalmente, eu causaria alarde por ela entrar em meu carro toda molhada pelo roupão de natação, mas agora apenas concordo com a cabeça.

Ela continua encarando o celular depois que entramos no carro, e quero saber, *preciso* saber mais, mas apenas dirijo. A preocupação está *lá*, iminente e tensa, e é como se nós duas estivéssemos tão retesadas que pudéssemos estourar a qualquer momento.

— Quando vão consertar sua caminhonete? — pergunto, desesperada para evitar qualquer estouro ou explosão, porque é um percurso de dez minutos pela cidade e mais vinte montanha acima para chegar a minha casa.

Mais silêncio. Tamborilo no volante, esperando, porque Tate às vezes saboreia as palavras como se fosse um daqueles nerds de degustação de vinho que balançam, giram e cheiram o líquido para sentir prazer.

Dito e feito: já estou entrando na rua que sai da cidade quando ela finalmente diz:

— Não vão.

Olho para ela.

— Como assim?

Ela está olhando determinadamente para o outro lado quando diz:

— Eu vendi.

— *Quê?*

Ela ama aquela caminhonete. É uma lata-velha, mas Tate é dedicada. Passa cera nela e usa aqueles panos de microfibra e tudo.

— Não conta para minha mãe, tá?

— *Tate.* — Não posso olhar fixamente para ela, mas é o que quero fazer. Quero esmiuçar seu rosto em busca de uma resposta, porque ela quase nunca dá uma em voz alta, mas às vezes seu rosto...

Bom, às vezes, ela não consegue se esconder embaixo d'água.

Ela dá de ombros.

— O cartão de crédito estava quase estourado. A luz ia ser cortada. E eu precisava pagar pelo mercado e pelos remédios, e simplesmente... Dei um jeito, beleza?

Minha boca fica seca com a descoberta de que ficou *tão* ruim assim. Sempre foi ruim, em termos de dinheiro, mas como não ser com todas as despesas médicas? Mas, se é ruim a ponto de Tate vender a caminhonete sem que a mãe saiba...

— Ela vai notar que você está sem a caminhonete!

— Ela acha que está na oficina. Fica tranquila.

— Eu... — Para ser franca, é como se ela tivesse me pedido para não respirar. Porque me preocupar é meio que meu lance. — Tá. Mas, se esse for o tema dessa reunião, não espere que eu fique do seu lado.

Ela revira os olhos.

— Não existem lados, Penny. Só estou tentando manter as contas em dia. Pensei que pelos menos você entenderia. Você fez a mesma coisa quando...

Estalo a língua nos dentes, um som de alerta que ecoa com o lampejo de fúria magoada em meu peito.

— Não começa.

Tate nem fica envergonhada pela minha ordem. Ela apenas continua me olhando como se fosse um desafio.

— Então não me amola por encontrar um jeito de pagar as contas.

— Talvez você devesse ter pedido ajuda antes de vender a caminhonete e obrigar minha mãe e Anna a armarem uma intervenção!

— Não é isso que vai rolar. Se minha mãe tivesse descoberto que vendi a caminhonete, ela falaria comigo, não convocaria uma reunião.

Praticamente dou um pulo com suas palavras.

— Então, *você* sabe o que vai rolar?

E ela solta sua versão de gargalhada, um som bufado que nunca chega aos lábios nem se reflete em seus olhos. Seu sorriso chega, às vezes. Quase nunca. A pessoa precisa fazer por merecer.

— Ai, meu Deus — Tate diz, toda aborrecida, e lê no celular: — "Ei, docinho, reunião de família hoje na casa de Lottie! Penny vai buscar você." Quer parar o carro para ler com seus próprios olhos para confirmar que não estou mentindo? — ela acrescenta.

Agora sou eu quem fica em silêncio. Talvez essa fosse a intenção dela, porque ficamos quietas pelo resto da viagem. Quando finalmente entro na estrada de cascalho que leva à minha casa, ela solta um suspiro aliviado que finjo não ouvir. As luzes da cozinha estão acesas enquanto destranco o cadeado da porteira que comprei no bazar do condado para substituir aquela que minha mãe passou por cima durante o ano ruim. Tenho quase certeza de que a etiqueta de trinta dólares foi porque a srta. Frisbee sentiu pena de mim.

Odeio que Tate tenha me lembrado disso. Odeio que minha mãe tenha decidido ser enigmática em vez de ser clara. Não gosto de coisas vagas. Gosto de planos de dez pontos com três estratégias de fuga diferentes.

Assim que paro o carro, Tate sai. Também odeio quando ela faz isso. Impaciência é o sobrenome de Tate, juro.

Ela está quase no alpendre quando tranco a porteira e a alcanço.

— Precisamos de uma estratégia! — sussurro. — E se *for* uma intervenção?

— Para quê? Você desenvolveu algum problema enquanto eu não estava olhando? Você realmente lotou seu armário de canetinhas como sonhava em fazer quando tinha sete anos? Se sim, então estou do lado de Lottie e da minha mãe. Chega de materiais de escritório para você. Já bastam o calendário colorido e a agenda da desgraça.

— Meu calendário é *útil*!

— Ele ocupa uma parede inteira do seu quarto. Por que você precisa de um calendário se tem uma agenda?

— Vocês teriam que passar por cima do meu cadáver para tirar a agenda de mim.

— Hum.

Quero bater os pés. É isso que ela faz. Inspira em mim sentimentos de *bater o pé*. Como se eu fosse uma criança prestes a fazer birra de tanta frustração.

Então, ergo o olhar para ela, e lá está, em seus olhos, porque quase nunca chega aos lábios: seu sorriso.

— Você só está sendo escrota para me distrair? — questiono.

Seus olhos se franzem apenas um pouco. Ai, meu Deus! Por que ela faz isso comigo?

Por que sempre caio nessa?

— Precisamos entrar. — É só o que ela diz em resposta.

— Espera.

É como se minha mão estivesse dois passos à frente de meu cérebro, porque apanho o pulso dela. O interior do roupão é felpudo, então, sua pele já está quentinha, e há um longo momento em que segundos e talvez minutos perdem todo o sentido enquanto ela encara meus dedos em seu pulso e ergue os olhos para mim... mas, mesmo assim, não tiro a mão.

É sempre difícil demais tirar as mãos dela.

— Se não for por causa da caminhonete... — Eu me forço a dizer. — E se... Tate, e se for grave?

Ela se contorce em meus braços, e o tempo volta à realidade quando seus dedos envolvem os meus em um aperto suave antes de se afastarem.

— Se for grave, é grave — ela diz apenas.

Ela vai até a porta, mas, desta vez, não a detenho.

Apenas vou atrás.

2

Penny

21 DE JUNHO

— Por que você está de roupão? — É a primeira coisa que Anna diz quando eu e Tate entramos na sala. — Não precisavam vir correndo.

— Sério? — Tate pergunta. Ela se afunda no sofá ao lado de Anna. As almofadas que minha mãe ama quase a envolvem.

Anna bate o ombro no de Tate.

— Vai se trocar — ela diz. — Você vai molhar todo o carpete.

— Mãe? — chamo, porque não a vejo em lugar nenhum.

— Estou na cozinha — ela grita dos fundos da casa.

— Vocês deixaram ela sozinha na cozinha? — pergunto, horrorizada.

— Ela está cuidando da salada, nada importante — vovó murmura, aparecendo atrás de mim. Tenho que morder a língua para não gritar.

Vovó tem os passos leves e valoriza o elemento surpresa, por isso passei a vida toda à beira de um ataque de nervos. Ela aparece do nada como o anjo da morte, mas um anjo da morte que dá biscoitos e ensina a fazer ligação direta em um carro em vez de arrastar você para o além.

— Só vou... — Perco a voz, dirigindo-me à cozinha. Felizmente, vovó estava certa: minha mãe está picando alface diante da ilha.

— Quase pronta aqui — minha mãe diz, colocando mais alface no pote. — Vamos conversar depois do jantar, está bem? Vá fazer companhia a Tate.

— Conversar sobre o quê?

— Você vai ver.

Ela ainda se recusa a olhar em meus olhos. Minha mãe não estaria fazendo salada se elas fossem nos dar uma má notícia de saúde, certo?

— Vou pôr a mesa — digo.

Pego os talheres na cesta e os guardanapos na gaveta da sala de jantar. Quando minha mãe vendeu nossa casa na cidade, ainda estava no apartamento de Anna. Minha mãe já tinha passado do estágio comatoso do luto, mas continuava dormindo o tempo todo. Eu mal a vi no primeiro ano. Morei com minha vó até minha mãe se recompor e, então, minha mãe se mudou para cá e minha vó se mudou para o trailer Airstream que ela estacionava do outro lado do campo. Nunca me pareceu certo expulsar vovó da casa dela. Mas não existe a mínima chance de minha mãe e minha vó existirem na mesma casa por meses ou anos.

Nem sempre foi assim, mas agora é.

Estou prestes a começar o último ano do ensino médio, e a casa é uma combinação estranha das mulheres Conner: o guarda-louça dos anos 1930 da vovó que abriga os resultados da fase de cerâmica da minha mãe, minhas ferramentas guardadas na gaveta e o conjunto de peças de vitral caótico da minha mãe em cima – aquele que é feito de estilhaços roxos cintilantes que poderiam lembrar cristais mas, em vez disso, lembram dor. Mais rudimentar do que os outros trabalhos dela, é uma das primeiras peças que minha mãe fez depois da morte do meu pai. A obra dela mudou muito desde então. Antigamente, ela era obcecada por simetria, cor e precisão. Agora, se concentra em narrativas abstratas e disformes e atrai o interesse de gente chique do mundo da arte como nunca antes.

Os talheres também são da vovó. Mas os guardanapos são todos da minha mãe, com flores bordadas à mão.

Eu os dobro devagar, deixando as bordas do mesmo tamanho, porque a alternativa seria surtar mais um pouco. Estou colocando os pratos quando Tate entra. Ela tirou o maiô e o roupão e vestiu suas roupas: calça de moletom e uma camiseta da corrida de cinco quilômetros do ano passado contra o câncer de ovário da qual ela cortou as mangas e o pescoço porque é alérgica a golas redondas ou coisa assim. Faz isso com todas as camisetas que vivem deixando os ombros à mostra.

Isso me distrai demais.

— Penny, você está com cara de quem vai ter um ataque de pânico — ela murmura enquanto pega os pratos de mim.

— Elas estão agindo *estranho*.

— Concordo.

— Então surta comigo!

Ela ergue uma sobrancelha.

— Se acalma comigo — ela rebate.

— Que coisa mais... — balbucio, e os olhos dela se franzem, mas a boca não se mexe — maldosa — completo.

— Prefiro jantar sem você hiperventilando.

— Aconteceu uma vez, e você sabe!

— Aconteceu mais de uma vez, incluindo aquela que você desmaiou... e *você* sabe.

Meus olhos se estreitam. Ela não estava lá na vez que desmaiei. Como ela ficou sabendo? E nem tenho que perguntar, porque ela vê na minha cara e responde, fico grata. Não sou do tipo que é capaz de se afundar nas águas profundas do insondável como Tate. Ela nunca precisa emergir... enquanto eu preciso, toda vez.

— Para quem você acha que Meghan escreveu toda desesperada porque sabia que, se ligasse para sua mãe, você ficaria puta?

— Meghan não faria isso.

— É claro que ela fez. Ela é sua melhor amiga e você desmaiou na frente dela. Não precisa agradecer, aliás.

— Pelo *quê*?

Quero tirar o celular do bolso e mandar mensagem para Meghan agora, mas não faço isso, porque Tate está certa. *De novo*.

— Por não contar para ninguém.

— Não tem ninguém para quem contar. — Mas é mais uma mentira saindo da minha boca e, como os olhos dela ainda estão brilhando para mim, acrescento:

— Estou bem, Tate.

— Humm. — Ela nem se dá ao trabalho de tentar acreditar em mim, mas não posso fazer nada a respeito, porque minha mãe escolhe esse momento para sair da cozinha com a salada.

Tate e eu terminamos de pôr a mesa, o resto da comida é trazido e, então, estamos todas nos sentando.

Dou quatro garfadas na salada antes de não aguentar mais.

— O que está rolando?

— Não falei? — Anna diz para minha mãe, apontando o garfo para ela. — Deveríamos ter feito isso antes do jantar.

— Feito o quê? — Tate pergunta.

— Depois do jantar — minha mãe repete, e a maneira como ela se recusa a olhar em meus olhos já é o bastante para me fazer surtar. — Temos um plano — ela insiste para Anna.

— Mãe — digo. — Que *porra* é essa?

A mesa inteira fica em silêncio, exceto por um tilintar dramático dos talheres de vovó, o que é uma piada, porque ela fala mais palavrão do que um marinheiro.

Anna começa a rir.

— Isso é culpa sua — ela diz a minha mãe. — Penny, amor, está tudo bem.

— O que aconteceu? — Tate pergunta, olhando fixamente para Anna.

Anna deixa o garfo no prato e sorri. Seu sorriso é radiante.

— Desde minha biópsia no fígado, meus médicos estão falando sobre um transplante — Anna diz.

— É o que deveríamos estar discutindo desde o começo — minha mãe comenta.

— Entrar na lista de transplante, como eles sugeriram, era algo perfeitamente razoável a fazer — Anna diz a ela.

— Espera... tem um doador? A gente tem que ir ao hospital agora? — Tate parece prestes a se levantar de um salto da mesa e pegar meu carro para chegar a Sacramento.

— Tem um doador — Anna diz.

— Sou eu — minha mãe conta. — Recebemos hoje a notícia de que fui aprovada como doadora de Anna. Por que esperar sabe-se lá quanto tempo se posso dar um pedaço do meu para ela?

— *Como assim?* — É minha voz. É alta. Ecoa na sala de jantar e faz os olhos de minha mãe *finalmente* se voltarem para mim. Mas apenas por um segundo. Então ela desvia o olhar. Ela se esquiva.

— Os médicos dizem que, embora seja um procedimento mais raro, a taxa de sobrevivência é melhor com um doador vivo — vovó acrescenta na outra ponta da mesa.

— Você vai fazer um transplante de fígado de uma doadora viva? — As palavras de Tate saem com tanta velocidade que ficam terrivelmente enroscadas e levo um segundo para entender, porque tudo que estou pensando é *O que minha mãe acabou de dizer?* sem parar. — Quando?

— Vamos a Sacramento daqui a quatro dias — Anna diz.

— Noventa e seis horas, bebê!

Minha mãe sorri e é então que percebo que elas já decidiram tudo: as três conversaram sobre isso por dias... não, *meses*. Elas devem ter feito todos aqueles exames para garantir que minha mãe era compatível, e avaliações para confirmar que era isso que ela queria e... fomos simplesmente deixadas de fora.

— Mãe! — Tate diz, e então abraça as duas, praticamente se jogando no colo delas feito uma criança, e não consigo suportar a alegria delas enquanto estou prestes a escorrer pelo ralo de pânico e medo.

Não consigo ficar aqui agora.

Saio da cadeira antes de parar para pensar, e sei que tem alguém chamando meu nome, mas continuo andando.

O quintal não é exatamente um quintal, mas mais um campo. Esse terreno – os menos de dois hectares, a casa e seu teto de chapa ondulada, com o Airstream na estrada de acesso do outro lado do campo – é onde meu pai cresceu. Estou aqui desde que ele morreu. Levou mais tempo para minha mãe vir e minha vó se mudar para o Airstream. Ela nunca me deixaria sozinha com minha mãe depois de tudo. Não que eu ache que minha mãe gostaria de ficar sozinha comigo; ela vive buscando uma forma de se desvencilhar de mim quando estamos juntas.

E se *ela* morrer dessa vez? E se ela me deixar de uma vez por todas?

Pensamentos egoístas. Perguntas egoístas. Quero ser egoísta aqui. Mesquinha, porque, agora, só restou minha mãe.

O capim roça em meus tornozelos quando chego à beira do campo, onde formações de ardósia vulcânica se projetam em direção ao céu. Eu me sento na beira da rocha mais alta, meus dedos buscam o lugar embaixo da saliência da pedra.

Achei. Traço as iniciais. *GC + CC = PC*

George Conner + Charlotte Conner = Penelope Conner

Minha mãe sempre foi exagerada quando o assunto era amor, incluindo esculpir em pedra e entregar todo o coração a meu pai para que ele o levasse consigo quando fosse embora... e entregar parte do fígado para Anna, porque é isso que se faz por sua melhor amiga.

Minha mãe é ótima em uma equipe. Quando tem um parceiro, ela cintila. Quando meu pai estava vivo, ela era o brilho em pessoa. Mas, quando ele morreu, essa luz se apagou tão abruptamente que me deixou tateando no escuro.

Naqueles primeiros seis meses – naquele primeiro ano inteiro, na verdade, ela ficou destruída, precisando de um parceiro, enquanto eu precisava de uma mãe. Todos achavam que eu era a mais forte, então, tive que ser. Agora está melhor. Anna apoiou minha mãe durante todo o processo, porque é isso que melhores amigas fazem.

Passei a vida toda ouvindo essa frase. Convivi com as duas e suas histórias e sua linguagem secreta e o fato de que elas são ainda mais próximas do que irmãs ou namoradas jamais seriam. Elas criaram algo completamente maior do que laços de sangue ou romance – o tipo de amiga que ajudaria você a se livrar de um cadáver. É uma coisa tão forte que reverbera em tudo que elas tocam. Passei metade de minha vida convivendo com Tate por causa delas. Vovó é praticamente avó de Tate, e ela é a única que nós duas temos. Não existe parte da minha vida que não tenha sido influenciada porque Anna flagrou minha mãe furtando de uma loja quando elas eram mais novas e deu cobertura a ela.

Eu deveria ter previsto isso. É óbvio que minha mãe seria testada para ver se era compatível. É óbvio que ela aceitaria fazer isso sem nem conversar comigo.

É óbvio.

Eu me recosto na pedra. Fico fora por tanto tempo que o jantar já deve ter acabado. Mesmo assim, *não entro. Só me* movo quando...

— Sério mesmo?

Minha boca se tensiona quando escuto a voz de Tate. Olho fixamente para o céu, deitada de costas com os joelhos erguidos. Mantenho os olhos fixos nas estrelas mesmo quando ela vem e se senta a meu lado.

Vou chorar se olhar nos olhos dela e ela estiver cheia de empatia e piedade. E vou berrar se ela estiver brava.

— Penny.

É apenas meu nome. Já o ouvi centenas de vezes na vida. Já o ouvi dezenas de vezes dos lábios dela. Mas, desta vez, ela meio que o suspira por entre os dedos, como se o estivesse segurando. Como se de repente se tornasse um segredo que não era para eu ouvir.

— Não estou... — Paro, tentando encontrar uma forma de falar isso sem me afundar de uma vez por todas num buraco. Porque como dizer *Sua mãe é ótima, eu a amo, mas estou com medo de que a minha morra para salvar a vida dela* sem parecer uma puta de uma egoísta?

Não tem como. Não existe uma forma. Então fico calada. A culpa não é dela. Não é de ninguém.

É só a vida. Nós duas aprendemos há muito tempo que ela não é justa.

O silêncio nunca me devora na presença de Tate. Nunca é desconfortável de verdade, salvo algumas exceções. Talvez porque ela praticamente não fale, a menos que seja provocada.

Então espero que ela quebre o silêncio.

— Sempre pensei que tínhamos sorte — ela diz finalmente.

Isso me faz me apoiar nos cotovelos para olhar para ela, afinal, *como assim*?

— Eu e minha mãe — ela continua, interpretando o olhar perfeitamente. — Temos muito mais pessoas do que a maioria. Temos Lottie e Marion. Sei que ela é sua avó, mas às vezes parece que ela é... — Ela não diz *minha*, mas está lá.

— Ela é, sim — digo, porque é verdade. Vovó ama Tate.

— E temos você — Tate acrescenta.

— Vocês não... — Eu interrompo minha negação automática antes mesmo de completar *Vocês não me têm*, porque não sei por que eu diria isso. Só para ser do contra e cruel quando ela está tentando levantar uma bandeira branca?

— Mas você me buscou no treino hoje.

E *uau*, Tate, belo jeito de foder completamente com minha meia negação em uma única frase.

— Era no caminho.

— A lanchonete mudou para a zona norte da cidade quando eu não estava olhando?

— Mal tem cidade para *ter* uma zona norte. Tudo é no caminho de tudo. Não tive que fazer nenhum desvio longo.

— Você deu a maior volta quando me levou até Chico para buscar a peça da cama no ano passado... e passou um tempo enorme me ajudando a instalar.

— Serviços de chofer e mexer num estrado de cama ajustável não são a mesma coisa que dar parte do seu fígado, Tate!

Ela solta uma expiração longa e lenta. Eu a estou irritando e não *quero* fazer isso. Desta vez, não quero mesmo, *mesmo* provocá-la nem brigar. Estou indo mal nisto – seja lá o que isto for, esse momento em que ela saiu aqui atrás de mim, pensando... o quê? Que poderia me convencer a ficar de boa com a situação?

Será que minha mãe a mandou aqui? A ideia me deixa furiosa. Minha mãe não pode me evitar para sempre... ou talvez possa. Por anos, ela tem feito um ótimo trabalho.

— Vocês não têm sorte — digo a Tate, porque não suporto mais. — Você está de brincadeira? Nenhuma de nós tem sorte. Seu pai abandonou vocês. O meu morreu. Minha mãe perdeu a cabeça por um ano, e a sua venceu o câncer para depois ficar doente com algo igualmente ruim. O único jeito de você conseguir entrar numa faculdade de quatro anos é praticamente se matar para conseguir uma bolsa de natação, e o único jeito de eu conseguir fazer o que quero é servindo mesas e dando aulas particulares para filhos de médicos e advogados durante as férias escolares. Não temos sorte, Tate. Estamos o tempo todo na merda. A gente vive gastando dinheiro com emergências. O que você pensou quando viu aquela mensagem no celular convocando uma reunião de família? Sua mente não foi imediatamente para *Algo ruim aconteceu*? Porque a minha foi.

— É claro que foi — ela diz. — Mas, então, pela primeira vez, *não* aconteceu algo ruim. Aconteceu algo bom. Ela vai sobreviver.

É então que acontece: ela sorri. O sorriso brota em seu rosto tão devagar que só me dou conta do que está acontecendo quando já está quase no fim.

Ele me deixa zonza. Perdidamente sem chão de uma forma que não posso ficar de jeito nenhum. Tate é movimento, uma menina em alta velocidade, cintilante e cheirando a cloro. Eu não sou uma menina em alta velocidade... Não sou nada em alta velocidade. Sou passos cuidadosos e deliberados, olhando de um lado a outro para ver se vem algum problema. Tento resolver as coisas. E, quando não consigo, eu as enterro.

Mas isso não posso resolver e não posso enterrar o que vai virar uma realidade em apenas noventa e seis horas. Esse pensamento fez meu corpo estremecer. Meus pulmões se contraem demais, e não consigo controlar minha respiração acelerada, por mais que saiba que deveria tentar.

Porque isso é, *sim*, uma coisa boa. Anna está doente desde que me entendo por gente e, quando o fígado dela começou a apresentar insuficiência no ano passado, foi assustador, e muito rápido. Quero que ela fique saudável e melhor; *é claro que quero*.

— Ei, *ei*, Penny, respira.

Suas mãos apertam entre minhas escápulas. Uma pressão suave. Ela está sempre quente. Como se a velocidade dentro dela vivesse ardendo para se libertar.

Fica um pouco mais fácil respirar.

Um pouco mais fácil falar.

Ser sincera.

— Não quero que nenhuma delas morra.

— Você não pode pensar assim — ela me diz e, quando abro a boca para argumentar que é impossível evitar, ela continua: — Não. Eu sou a especialista em ter a mãe correndo risco de vida, então você tem que me dar ouvidos. Não podemos deixar nenhuma das duas estressadas. Temos muitas coisas a fazer e muito pouco tempo. Muitos estudos mostram que o estresse psicológico tem um efeito negativo em pacientes submetidos a transplante, então vamos nos comportar o melhor possível e vamos aceitar a mudança... *e* vamos fazer que *elas* pensem que é isso que faz *a gente* se dar bem... Beleza?

— Desde quando você lê estudos médicos? — pergunto antes de terminar de processar tudo que ela disse.

— Só porque não tenho um calendário gigante com meu tempo de leitura pintado em roxo não significa que não leio — ela diz, bem quando meu cérebro termina de processar.

— Espera. Que *mudança*? — questiono.

— Verdade. Você não estava lá nessa parte. — Tate não está olhando para mim agora. — Elas vão juntar as famílias para economizar dinheiro. Foi o que elas disseram.

— Como assim?

— Você acha que alguma delas tem dinheiro para pagar as contas com todo o tempo que vão ter que tirar de folga do trabalho? Minha mãe vai passar meses se recuperando antes de conseguir voltar, e a sua vai ficar de cama por pelo menos algumas semanas, talvez mais. E elas vão ter que ficar perto dos médicos de Sacramento por quase um mês. Sem falar nos remédios... Minha mãe vai entregar o apartamento. Vamos ter que transportar tudo sozinhas enquanto elas estiverem em recuperação. Esta casa é maior. Vamos todas morar aqui.

— *Juntas*?

— Bom, vendi minha caminhonete, Penny, então *não posso exatamente morar nela*.

O sarcasmo dela machuca. Como uma mordida de tubarão.

— Não quero que você more na sua caminhonete! Só estou tentando entender o que está acontecendo, já que parece que a reunião familiar rolou sem mim e com grandes detalhes e, agora, tem mais duas pessoas morando comigo.

— Foi você que saiu andando toda dramática.

— Não queria chorar na frente de nossas mães, Tate. Poxa. Não fiz o que você acabou de me mandar fazer? Não estressar as duas?

— Elas acham que você é contra a ideia.

— Então minha mãe *mandou* você aqui.

— Não. Vim aqui para dizer que, se você estragar isso, Penny...

Meu rosto se contorce. Meu *coração* todo se contorce. Parto para cima com as palavras dela.

— Como se *qualquer coisa* que eu dissesse tivesse alguma influência em minha mãe. Ela nunca me considera, e você sabe disso!

Estou berrando, e nós duas estamos em pé, e não sei quando isso aconteceu, mas deve ter acontecido porque estamos em pé em cima da pedra, prontas para explodir como se fôssemos um vulcão em erupção.

— Não é culpa minha. — E agora ela está o mais perto de gritar a que ela chega, o que é mais um rosnado do que qualquer coisa. — O surto da sua mãe não foi culpa minha. Só estou tentando manter minha mãe viva.

— E minha mãe é a melhor opção.

Não digo isso como um desafio, nem como algo para jogar na cara dela, nem mesmo em sinal de derrota. É apenas... um fato. Assim como não termos sorte. Minha mãe é a melhor opção. Minha mãe é uma doadora compatível saudável.

Fígados se regeneram. E eu não deveria estar tão apavorada.

Mas estou. Por dezenas de motivos, alguns dos quais não consigo nem nomear e outros que eu tinha sob controle, mas minha mãe os tirou de mim.

— Sua mãe *quer* fazer isso.

— Mas e se...

— Você precisa parar com essa merda de pensar nas piores possibilidades — Tate diz, e não está mais rosnando. É uma súplica.

Como? Quero perguntar a ela. Quero gritar mais com ela. Mas, agora que não estou gritando, percebi que estamos muito próximas – se eu respirar, posso acabar encostando nela, e esse pensamento...

Ah, não. Está acontecendo de novo. Começa assim às vezes, e consigo sentir... aquela vibração em meu peito.

Ela simplesmente... me deixa tão *frustrada*. E às vezes quero estender as mãos e...

Não chacoalhar a garota, claro. Nunca, jamais algo assim.

Às vezes, quero estender as mãos e conter suas palavras e seus movimentos irritantes e aquela vibração em meu coração e minha cabeça, e acontece com tanta frequência que tenho certeza de que a única forma como consigo fazer isso é... bom... dando um beijo nela.

O que não posso fazer. Com ou sem vibração. Ou quando estou na cama listando Maneiras de Calar a Boca de Tate como outras meninas contam carneirinhos.

E é só algo que acontece às vezes. Essa pausa. Em que tudo fica pesado e meus lábios secam e não existem palavras, mas existem muitos olhares e...

Sim. *Definitivamente* está acontecendo de novo.

Então faço a única coisa que posso fazer: fujo. De novo.

3

21 DE JUNHO

> Você saiu correndo de mim feito um cervo pela porra do campo? — T
>
> Como assim, Penny? — T
>
> Você ainda corre mal, aliás. Eu poderia ter te alcançado. — T
>
> Pensei que depois de Yreka... — T
>
> Pensei que... — T
>
> Porra. — T

22:00

> Algum dia a gente vai conversar sobre isso? — T

4

TATE

AQUELA VEZ NO PALHEIRO

DOIS ANOS E MEIO ANTES

Na primeira vez que quase nos beijamos, eu estava praticamente bêbada. Sei que não é um argumento lá muito convincente – nem sobre mim, menos ainda sobre como passei a primeira metade do primeiro ano, nem sobre essa história da primeira, mas, definitivamente, não foi a última vez que quase acabei beijando Penelope Conner. Mas confie em mim.

Nunca existi em um mundo sem Penny. Ela é dois meses mais velha, então, chegou aqui primeiro. Não sei quantas vezes ela me lembrou disso quando éramos pequenas. E, como Lottie e minha mãe são Lottie-e--minha-mãe, passei a vida toda presa na órbita de Penny.

Ela tem esse talento. De atrair as pessoas. Ela é como um ímã. É como esta maldita cidade; mesmo quando você pensa que se livrou dela, ela consegue trazer você de volta. Mas nunca consegui me livrar desta cidade... nem de Penny.

Concluí que ela era irritante quando eu tinha sete anos. Queria odiá-la aos nove, mas nunca deu muito certo. Quase saímos na porrada aos onze, mas Marion interveio. Aos doze, demos um basta na tentativa das nossas mães de nos fazer virar amigas. E, aos treze, estávamos chegando perto do ensino médio e nossas vidas estavam começando a se distanciar: eu acordava às cinco da madrugada todo dia para nadar, e ela ficava colorindo as coisas e tocando o terror na secretaria da escola por meio do grêmio estudantil.

O que nos traz ao começo do ensino médio e àquela festa e ao momento que mudou tudo para mim e definitivamente não mudou nada para ela. (Ela não é a única que gosta de registrar as coisas. O meu jeito só é mais no meu cérebro do que na parede em forma de calendário.)

É a festa de uma das veteranas da equipe. Os pais da garota estão fora da cidade, e ela tem o contato de um cara, então, está cheio de cerveja, e alguém pendurou luzinhas nas vigas do celeiro. O aroma de palha é mais forte do que o cheiro de maconha, óleo de motor e suor.

Ir de uma equipe de clube para uma equipe de escola é um desequilíbrio assimétrico, já que ainda nado para o clube aos fins de semana, e todos sabem que a treinadora só tolera porque já sou mais rápida do que todas as alunas do primeiro ano. E do segundo. E do terceiro.

Não estou preparada para uma Olímpiada nem nada do tipo. Mas talvez eu seja uma boa opção para uma bolsa universitária, e essa é a única forma de eu sair desta cidade, então é nisso que coloco meu foco. Já sei que existem certas coisas que é melhor nem desejar. Certas meninas simplesmente não conseguem algumas coisas. E, definitivamente, me encaixo na categoria de *certas meninas*.

Então, estou lá eu na festa. E fico um pouco alta com, tipo, duas cervejas, porque não comi nada, e é aquela época antes de todas entenderem que encher a cara não tem lá tanta graça e torna a natação matinal um inferno... e quero tanto, mas tanto, me entrosar com o resto da equipe. Mas ainda não sei que me entrosar vai ser sempre impossível.

As meninas fazem barulho, assim como a música nas caixas de som que alguém pendurou. Demoro para notar Penny, especialmente porque meu amigo Remington fica me trazendo cerveja e me obrigando a tomar água na sequência e me altertando sobre me hidratar porque esse é o jeitinho de Remi. Ele se preocupa quase tanto quanto Penny.

Durante a festa toda, vejo Penny e Jayden de canto de olho e juro por Deus que tento não prestar atenção, mas, quando uma voz masculina bêbada grita a plenos pulmões *Vou olhar para os peitos de quem eu quiser*, é difícil não notar.

Jayden Thomas é um escroto. Que *sempre* olha descaradamente para os seios de todas.

Penny, aos prantos, nada mais é que um raio de cabelo castanho e chiffon pastel enquanto se afasta correndo dele, e escuto Remi dizer meu nome, mas não dou ouvidos.

Tenho um problema com não dar ouvidos.

Que é o motivo por que sigo Penny. Saio do celeiro e me dirijo ao palheiro onde ela vai se esconder. É mal iluminado e tem o cheiro de todos os canteiros que já ajudei Marion a plantar.

Quando chego lá, não apenas ela arrumou os fardos de feno de modo a formar uma cadeira para ela como também fez um banquinho para apoiar os pés.

— Vai construir um forte depois? — pergunto.

Sinto uma leve vibração no peito quando ela diz, sem nem olhar na minha cara:

— Me deixa em paz, Tate.

— Vim ver como você está.

— Estou bem. — Ela funga. — Pode ir agora.

Ela apoia os pés no fardo de feno e cruza os braços, e eu poderia ir, deveria ir... Outra versão menos bêbada de mim teria ido. Mas minha versão meio bêbada acha que ela parece humilhada e triste, então não tenho escolha além de empurrar seus pés para o lado e me sentar no banquinho de fardo de feno, olhando para a cara dela.

Seu rímel não está borrado, e fico aliviada por ver que ela não chorou tanto – talvez nem tenha se importado tanto – a ponto de deixar que ele a machucasse. Ele não merece o sofrimento dela.

— Jayden é um babaca.

— Eu o amo — ela diz, e não consigo evitar; começo a rir antes mesmo de ela terminar a frase.

— Penny, você *não* ama aquele cara. É impossível.

Ela me encara.

— Eu *tenho* que amar.

— Quem disse? — pergunto, incrédula. — Ele falou isso?

— Não — ela diz, e funga outra vez. — É parte do meu plano.

— Seu *plano*?

Tenho a sensação de pavor que às vezes sinto com ela, porque ela tende a levar as coisas muito a sério. Como na vez que estávamos no primário e ela decidiu que precisava viver da terra para entender *de verdade* um livro que estávamos lendo para a aula. Não me lembro do livro, mas me lembro da semana que Penny, aos nove anos, passou vagando pela floresta com um machado, vivendo de amoras e peixes que ela pescava com uma rede que teceu com trepadeiras.

— Meu plano de ensino médio — ela diz.

É claro que ela tem um plano. Provavelmente envolve várias partes coloridas e uma planta baixa da escola que ela arranjou na prefeitura. E, pelo visto, inclui Jayden Thomas. Esse pensamento faz algo intenso e furioso formigar dentro de mim. É maior do que eu. O que é o motivo por que sigo em frente sem parar para pensar.

— Seu plano de ensino médio envolve um cara que não respeita nem você nem menina nenhuma a ponto de não parar de encarar os peitos delas? Poxa, Penny. Peitos são ótimos, eu também adoro, mas sei que é melhor não encarar!

— Nossa, ele é tão escroto — ela resmunga com as mãos no rosto. — E beija muito mal. Não sei o que eu tinha na cabeça.

Fico tão aliviada por ela não estar magoada que só me dou conta do que revelei quando ela ergue a cabeça e me encara.

— Espera um segundo. O que você falou sobre peitos?

— Quê? — Meu coração bate forte na caixa torácica.

— Você disse... — Ela está me olhando fixamente demais, e de repente entendo os méritos da fuga.

Porque acabei de me assumir, embriagada, para Penelope Conner, falando sobre peitos.

— Você é... — Ela para, tentando me dar uma rota de fuga por sair do armário sem querer. É tão fofo, tão generoso, que dou de ombros e termino a frase.

— Sim. Sou bi.

Ela inclina a cabeça. Curiosidade brilha em seus olhos.

— Ah, isso explica algumas das dúvidas que eu tinha sobre você e Mandy Adams na sétima série.

Chuto palha na direção dela.

— Cala a boca. Eu e Mandy nunca fizemos nada...

Ela sorri, as lágrimas completamente secas agora.

— A gente *não* fez nada — insisto.

— Pois deveriam ter feito antes de ela se mudar. Ela era gata. Mas talvez fosse mais meu tipo do que o seu.

E, de repente, sou eu que estou encarando.

De repente, ela virou o jogo porque, até cinco segundos atrás, eu teria dito que sabia tudo sobre Penny. Eu tenho – tinha – Penny sob controle, em termos de personalidade.

Mas isso... bom, *isso* é inesperado.

— Penny, quanto você bebeu?

— Quanto *você* bebeu? — ela retruca.

Aquele sorriso se intensifica, e as vigas do celeiro projetam sombras em seu rosto por um segundo, fazendo-a parecer selvagem.

Porque esta é a questão sobre Penny: ela tem aquele ar empertigado de representante de classe na superfície, mas, quando você se aprofunda, ela não apenas passou uma semana na floresta com um machado como também amou cada segundo.

— Você não é a única com segredos — ela cantarola para mim.

— Bom, você já revelou seu grande plano.

— Jayden era apenas uma parte dele.

Ela afugenta a memória como se fosse uma mosca.

— São quantas partes?

— Quinze.

— Você fez um plano de quinze partes para o ensino médio?

— É parte do meu plano de trinta e cinco passos para a vida.

Sem dúvida nenhuma, ela bebeu demais para falar tão abertamente comigo. E, sem dúvida nenhuma, eu também bebi demais, porque estou aqui sentada, agarrada a suas palavras como se ela fosse um penhasco de que escorreguei. Mas continuo me segurando em vez de soltar.

— São muitos passos.

— Quantos passos teria *seu* plano?

— Meu plano tem um único passo: cair fora desta cidade.

Ela ri. Eu não deveria estar olhando para a maneira como a luz brilha em seus lábios, mas estou.

Tantas ideias ruins estão passando em minha cabeça neste palheiro. Tantas ideias novas. Ou talvez não novas, mas ideias que antes estavam nebulosas. Agora, meu olhar é um espelho embaçado que foi limpo, e lá está Penny, visível pela primeira vez, mais nítida do que nunca. Mais um espinheiro do que uma garota, pronta para apanhar você e não soltar mais.

Nenhuma de nós sabe como.

— Você sempre quis sair daqui.

Ela se espreguiça em seu trono de palha, e fico grata pela luz fraca, porque meu rosto fica vermelho mesmo antes de a blusa dela subir. É apenas um pedaço de pele, quase invisível, um pouco mais pálida do que o resto do corpo dela, e não sei por que, assim do nada, fica tão diferente. Não sei por que importa mais do que a pele de seu braço ou seu pescoço, aquela faixa acima da calça jeans que parece tão delicada.

Mas ela não é delicada. Preciso me lembrar disso. Ela parece delicada, mas é a menina na floresta com o machado. A menina que passa os dias de semana fazendo toda a lição de casa para ficar livre aos fins de semana no rio com o pai.

A menina que no café da manhã come correntezas que fariam canoeiros experientes cagarem nas calças.

Se sou boa *dentro* da água, Penny é uma gênia *sobre* ela.

Ela é aterrorizante: uma louca por adrenalina, destemida de uma forma que o pai encoraja. A última vez que saí com os dois, tive certeza de que morreria.

— Você quer sair daqui? — pergunto, sincera e curiosa demais para me conter.

— Não é uma jaula para mim — ela diz. Sua cabeça se inclina para cima, na direção das laterais abertas do palheiro, onde se assoma o horizonte, cheio de pinheiros e rochas vulcânicas, e nem conheço esta sensação em meu estômago direito para nomear. — Essas montanhas... aquele rio... eu poderia passar a vida toda os conhecendo e, ainda assim, haveria mais a conhecer.

— Ir embora tem que ser um dos trinta e cinco passos de seu plano — aponto.

— Ah? Tem? — Ela arqueia a sobrancelha para mim, e eu fiz de novo: eu a ofendi sem querer, porque sempre há um atrito entre nós como partes fundidas por um mecânico ruim.

— Você só vai ficar aqui para sempre?

— Não odeio este lugar como você.

— Eu não...

— Odeia, sim.

Silêncio. Porque ela está um pouco certa sobre a parte de odiar e muito certa sobre a parte da jaula, assim como está completamente certa sobre como poderia passar a vida toda dela aqui, nesta floresta, com aquele bendito machado e nunca parar de descobrir coisas novas. Consigo ver claramente, da mesma mesma maneira que consigo enxergá-la claramente, agora.

Não sei por que me incomoda tanto a ideia de ela simplesmente ficar aqui. (Ou talvez seja a ideia de deixá-la para trás. Porque, por mais irritante que Penny seja, eu nunca conseguiria odiá-la. Por mais que briguemos, eu entendo os porquês dela. E, quanto mais tentamos separar os fios de nossas vidas que o laço de nossas mães uniu, mais percebi que seria difícil.)

Ela bufa.

— Pelo menos você não está me dizendo que sou inteligente demais para ficar.

— Bom, você está sendo gentil — digo, e ela me lança um olhar confuso. — Não está insistindo que nunca vou conseguir ir embora.

Penny franze a testa. Ela tem sobrancelhas fortes: cílios escuros sobre a pele bronzeada e sardenta; e, quando ela franze a testa para você, é toda uma experiência.

— Eu nunca diria isso — ela diz. — Vai ser difícil, mas meio que esse é seu território, né?

Ela se inclina para a frente, os cotovelos apoiados nas coxas, e agora seus pés estão perto de tocar os meus. O esmalte em suas unhas é verde. Ou talvez azul. Não sei ao certo. Mas estou consumida pela necessidade de saber, de memorizar todos os detalhes deste momento.

Ela está perto. (Perto demais? Não perto o suficiente? Não sei dizer.) Seus joelhos roçam em minha perna enquanto ela olha no fundo de meus olhos como se todo o ar não tivesse sido sugado do recinto, e diz:

— Se alguém vai embora, é você.

— Penny.

Não sei nada além do nome dela agora. Não consigo ver nada além dela. Eu nunca deveria ter entrado neste palheiro.

— Eu acredito, mesmo se você não acreditar — ela declara e, talvez, se ela tivesse dito isso de maneira grandiosa ou com um floreio, eu pudesse não ter dado bola e colocado a culpa no álcool.

Mas não sai como algo grandioso. E não há floreio algum.

O que há são suas mãos pegando meus punhos e apertando enquanto ela diz isso. E há sua concentração, toda em mim, seus olhos muito seguros, e, quando ela não solta, meu corpo todo se impulsiona; um sobressalto trêmulo de partes que não eram usadas ganham vida agora.

Puxo os punhos, pensando que ela vai soltar.

Ela não solta. Deixa que eu a puxe para a frente.

(Não sei o que fazer/sei o que quero fazer.)

(Não sei como conseguir/se devo tentar.)

(Ficar paralisada aqui é melhor?)

Mas, antes que eu consiga decidir, ela decide por mim, porque é isso que Penny faz.

— Seus cílios são tão longos — ela diz, e não sei como processar a maneira como meu coração bate. Ela continua: — E nunca tinha notado antes.

— São só cílios. — Essa voz é minha? Não sei. Meu coração está batendo rápido demais. Minha pele está quente demais. Está tocando a dela.

(Ela não está perto o suficiente. Já decidi.)

— Humm. Coisa linda. — E então, como se quisesse provar algo, ela finalmente me solta. Mas, antes que eu consiga me recuperar, um dedo traça meu rosto, sob a curva da minha sobrancelha, até o canto do meu olho, um toque que me faz esquecer de como piscar, ou me mover, ou fazer absolutamente qualquer coisa. — Você é muito linda.

É como um choque térmico em meu sistema. Não tento recuar dela, mas sei que preciso, agora.

— Você bebeu demais.

Seu sorriso está de volta, socorro, meu Deus. Seus dedos estão em minha bochecha agora; se descerem um pouco mais, vão envolver meu rosto.

— Tomei meia cerveja duas horas atrás. Você acredita mesmo que preciso estar bêbada para achar você linda?

— Eu...

— Porque você sempre foi linda.

Sua mão envolve meu rosto agora. Não consigo nem engolir em seco de tanto que quero me entregar à sensação.

(Ela está muito perto. Suas mãos não são macias; são calejadas pelo remo e pelas cordas, e o toque da pele áspera em minha bochecha é... é...

É como ser acariciada pela primeira vez.)

Digo o nome dela. É para detê-la? Ou para encorajá-la? Não sou sincera comigo mesma o bastante para admitir o que quero.

(Tão perto.)

Então alguém chama o nome de Penny de fora do barracão, e nos afastamos uma da outra tão rápido que minha cabeça gira.

— Penny? Você está aí dentro?

Meghan, a melhor amiga dela, entra correndo um segundo depois.

— Aí está você! Estou procurando você em toda parte faz... Ah, oi, Tate. Está fazendo companhia a ela?

Finjo um sorriso.

— Só esperando até que você a encontrasse — digo, levantando-me.

— Você está bem? — Meghan pergunta a Penny, mas Penny está me encarando como se eu fosse um trecho traiçoeiro de água que ela não descobriu como navegar, e quero recuar, mas como posso fazer isso quando ela está olhando para mim como se eu fosse a coisa mais fascinante do mundo?

— Você está com uma cara péssima; a gente precisa dar uma arrumada em você antes de ir para casa. Venha.

— Estou bem — Penny diz, e deixa que Meghan a arraste para longe, mas fica lançando olhares para trás em minha direção, as sobrancelhas franzidas em uma linha escura como se estivesse determinada a encontrar o sentido do que acabou de acontecer ou não aconteceu, mas quase aconteceu.

Não sei se foi fantasioso pensar isso. Ou verdadeiro.

Tudo que sei é que ela nunca tenta encontrar um sentido. Ou talvez só não tenha tempo. Por que aquela Penny? Aquela que chorou porque um menino a humilhou e tinha um plano de trinta e cinco passos para a vida e que envolveu meu rosto com a mão em um palheiro?

Essa versão de Penny morre com o pai dela. E a menina que sobrevive ao acidente é uma Penny completamente diferente. Uma que tem todos os medos em vez de ser destemida.

(Porque certas meninas não conseguem o que querem, lembra?)

PARTE DOIS

Trégua

(ou: aquela vez que foi muito triste)

5

TATE

22 DE JUNHO

— Tem certeza de que ela está bem? — minha mãe pergunta de novo.

Felizmente, tenho um ótimo controle respiratório, porque fico tentada a soltar um suspiro agora.

— Penny está ótima — digo a minha mãe pela terceira vez. — Não foi o que Lottie disse? — pergunto quando ela ergue as sobrancelhas, completamente cética.

— Sei que é uma mudança e tanto para vocês — minha mãe diz, e então ela para e se recosta na cadeira, esperando. Ela vive fazendo isso: faz uma afirmação e depois fica com esse olhar meio perdido que significa que tenho ou que concordar, ou que revelar minhas preocupações.

— Nada vai mudar além de onde vou dormir e de como vou para a piscina e para a escola — digo com firmeza. — Sem falar no lance todo da mãe com um fígado que funciona. Tem isso. Grande bônus. Acho que é uma ótima troca por mais trinta minutos de percurso diário.

Ela sorri.

— Você está minimizando a questão, o que é muito doce da sua parte, mas quero que você possa conversar comigo sobre isso. Não vou deixar de ser sua mãe só porque vou fazer uma cirurgia. Na verdade, vou ser duas ou três vezes mais mãe depois, já que vou ter muito mais energia!

— O que está me incomodando é a preocupação na sua voz — digo. — Estou crescidinha, lembra? Se eu fosse um bolo, já estaria assada.

— Se você fosse um bolo, estaria assada mas não decorada.

— Não sei se essa metáfora funciona... — começo a dizer, mas minha mãe saiu pela tangente, o que é melhor do que continuar preocupada, então deixo por isso mesmo.

— Dezessete não é *crescidinha* — ela continua. — E você... você abriu mão de muita coisa, e só quero...

Seus olhos cintilam, e não vou deixar que isso descambe em lágrimas.

— Mãe — digo baixo. — Ontem foi o melhor dia da minha vida. Você precisa saber disso.

É claro que isso faz o oposto de segurar as lágrimas.

— Você e Lottie estão fazendo estardalhaço demais com a mudança. Sei que eu e Penny não nos dávamos bem quando éramos pequenas...

Minha mãe bufa.

— Certo, nunca nos demos muito bem — eu me corrijo. — Mas não temos mais sete anos e não estamos mais brigando por causa de brinquedos. Já discutimos tudo. Sabe, caronas e horários. Vai dar tudo certo. Tenho certeza de que ela já deve ter feito uma tabela de tarefas a essa altura.

Uma grande mentira. Penny me largou naquele campo *e* ignorou todas as minhas mensagens. Mas dane-se. Preciso encaixotar o máximo possível e levar para a casa de Penny antes de partirmos para Sacramento.

— Penny gosta das tabelas dela — minha mãe diz, mas ela é uma péssima jogadora de pôquer e está estampado na cara dela como minhas mentiras fazem pouco efeito.

A verdade é que nunca vou dizer uma palavra negativa sobre essa mudança para minha mãe. Por mais que ela instigue. Por mais pavor, ou medo, ou preocupação, ou porra de *friozinho na barriga* que eu sinta. E estou sentindo tudo isso, porque se mudar para a casa da menina de quem você nunca conseguiu escapar é uma péssima ideia. Sem falar que já vi isso em todas as comédias românticas heterossexuais a que me obrigaram a assistir.

Mas nada disso importa. Vou fazer tudo isso dar certo. Ser qualquer pessoa que minha mãe e Lottie precisem que eu seja. Vou morar em qualquer lugar. Fazer qualquer coisa.

Não há nada como esse sentimento, essa prova que é tão tangível que quase consigo segurar: que alguém ama minha mãe tanto quanto eu.

Tive muitas opiniões sobre Lottie ao longo dos anos. Elas não foram apagadas porque vi Lottie desaparecer em seu luto e Penny murchar por causa de Lottie, e é difícil para mim ignorar ou deixar as coisas para trás. Gosto de revirá-las em minha cabeça, examinando-as de todos os ângulos, considerar o porquê, e o como, e o e se.

Há muitos "e ses" em relação a Lottie. Há muitos porquês quando se trata dela. E não muitos comos, porque vivi à margem delas e nas consequências trágicas delas.

Nunca pensei que ela seria nossa salvação; costuma ser ela quem precisa ser salva. Mas agora estamos aqui, no momento que todas estávamos esperando por tanto tempo, e nosso mundo está renovado de uma forma que torcíamos para que fosse, mas nunca ousei imaginar direito.

Ela vai sobreviver. Minha mãe, digo.

Toda vez que olho para ela, é só o que penso: ela vai *sobreviver*. Eu disse essas palavras em voz alta para Penny e foi como estar em cima de um rochedo sobre a água, preparada e esperando anos para pular.

Porque minha vida sempre teve duas constantes: não conseguir escapar de Penny e ter minha mãe à beira da morte. Não é uma forma bonita de descrever. Mas não é bonito vê-la esvanecer. E lá pelos cinco anos passei da fase de *dizer as coisas de um jeito bonito*.

— Precisamos levar as camas amanhã — digo a ela. — Só prepare uma mala com o que precisa para Sacramento. Vou buscar caixas hoje e cuidar de toda a mudança enquanto você estiver fora.

— Desculpa por estarmos com tanta pressa — minha mãe fala.

— Não se preocupa — respondo. — É verão. Eu e Penny vamos cuidar disso.

— Fofura — minha mãe diz, depois que já estou de pé e a meio caminho do meu quarto. Olho por sobre o ombro e quero me lembrar para sempre do sorriso que ela me abre. Quero me lembrar dela assim, do *antes*, porque agora vai *haver* um antes, o que significa que haverá um *depois*, anos depois. — Sou muito grata por você. Por vocês duas.

— Eu sou demais mesmo — concordo, para aliviar o clima.

Não quero que ela comece a chorar de novo. Ela precisa descansar e ficar em paz e tal.

— *E* humilde. — Ela sorri. — Me encontra depois do meu turno de jantar? Vamos ao jantar dos funcionários juntas?

— Parece uma boa.

— Até depois, fofura.

Fecho a porta, observando a bagunça, perguntando-me se minha mãe ficaria brava se eu simplesmente enfiasse todas as nossas coisas em sacos de lixo e os arrastasse para a casa de Penny. Provavelmente. Nosso apartamento é pequeno, mas ainda assim é um apartamento inteiro. E, se eu fizer besteira ao encaixotar as coisas da cozinha ou perder uma das facas da minha mãe, estou ferrada.

Preciso de uma pessoa organizada.

Tiro o celular do bolso e digito o nome dela com um pouco mais de força que o necessário. Precisamos estar em sintonia ou isso vai ser um desastre.

> Se você não vier aqui, eu vou aí. T

Fico olhando para o celular, desejando que *Penny está digitando...* apareça na tela. Dessa vez, o balão aparece, depois desaparece. Então surge de novo, antes de ela enviar uma mensagem que me faz jogar o celular do outro lado do quarto, na direção de minha cama.

P — Você vendeu sua caminhonete, lembra?

Corro para o outro lado do quarto e tiro meu celular da pilha de travesseiros em minha cama.

Você está mesmo disposta a ser tão cuzona assim? — T

E, como ela não responde:

Se você não vier me buscar para encontrarmos uma maneira de viver juntas, vou arranjar uma carona até aí. De um jeito ou de outro, vamos conversar. — T

A escolha é sua. — T

Penny está digitando...

P — Chego em uma hora.

6

TATE

22 DE JUNHO

Minha mãe bate na porta.

— Estou indo para o trabalho — ela diz, espiando do lado de dentro. — Passa lá depois de fechar?

— Está bem.

Só consegui guardar parte das roupas do chão do meu quarto. Nem quero começar a pensar na minha escrivaninha. Preciso de caixas... muitas caixas. E fita adesiva e plástico-bolha e...

A batida na porta me impede de começar minha lista mental. Só pode ser ela, então me preparo quando abro. Mas dou de cara com Meghan, com seus tons terrosos e sua saia plissada.

— Oi! — ela diz, passando por mim em uma nuvem de perfume de flor de laranjeira, carregando uma caçarola. — Meu pai fez macarrão com queijo e espinafre, e eu trouxe para você e sua mãe. É só colocar no forno. Meus pais mandaram um oi, aliás. E minha mãe disse que está devendo uma mensagem para a sua.

Penny está parada no batente, olhando fixamente para mim.

— Você chamou uma acompanhante? — pergunto, e Meghan dá meia-volta em seu trajeto rumo à cozinha.

— Por que vocês precisariam de uma acompanhante? — ela pergunta, enquanto Penny murmura:

— Não enche, Tate.

— A energia aqui está esquisita — Meghan comenta. Para meu alívio, ela tem o tato que eu e Penny não parecemos ter, porque diz prontamente: — Trouxemos plástico-bolha, fita adesiva e algumas caixas, mas não muitas.

Então, ela se vira e desaparece na cozinha.

— Você trouxe uma acompanhante — repito.

— Eu trouxe Meghan porque ela estava comigo quando você mandou mensagem me mandando vir, então ela se ofereceu. Vamos terminar de arrumar tudo mais rápido com um par extra de mãos.

— Está tão ansiosa assim para morar comigo, é?

— Estou aqui, não estou?

— Você ignorou minhas mensagens.

— Eu estava esvaziando os quartos que vocês vão usar — Penny diz com inocência. — É melhor levarmos as camas primeiro.

Respiro fundo. Lembro a mim mesma que *ela vai sobreviver.* Tento não pensar na coceira provocada pelas cobertas de hotel vagabundo, nem nas lágrimas de Penny, nem no inferno específico que é o cloro de piscina coberta e como ele gruda em tudo.

— Se você acha que as camas são o melhor lugar para começar, farei o que você diz.

Penny pestaneja, como se achasse que eu fosse continuar brigando.

— Quer que eu assuma o comando?

— Eu estava pensando em só enfiar as coisas em sacos de lixo — digo, em parte para fazê-la agir, e funciona.

— Ai, meu Deus, é óbvio que você precisa de mim. — Ela finalmente entra no apartamento, passando por mim com agitação, dirigindo-se à sala de estar. — Você pelo menos *tem* caixas?

— Remi guardou um monte para nós na loja. Preciso buscar.

— Transportar as camas seria muito mais fácil com sua caminhonete — ela sugere e, a princípio, penso que está sendo maldosa, mas seu rosto meio que se franze assim que ela diz. — Desculpa. — Ela abana a cabeça. — Podemos pegar o carro amanhã e alugar um reboque.

— Também dá para pegar emprestada a caminhonete de Remy amanhã. E o reboque do vô dele.

— Sério? — O rosto dela se ilumina. — Seria ótimo. Ei, Meghan, temos uma caminhonete e um trailer para levar as camas amanhã.

— Perfeito — Meghan responde na cozinha. — E caixas?

— Preciso buscar — digo.

— Por que vocês duas não fazem isso? — Meghan sugere. — Tenho plástico-bolha suficiente para começar com os pratos e tal.

— Claro — digo, porque quero conversar com Penny onde ela não possa fugir de mim. O carro é um bom lugar para isso. A garota não vai poder sair correndo se for ela quem estiver dirigindo.

— Eu... — Penny começa e então para, porque Meghan está olhando para ela com expectativa, e eu estou fingindo que não sei por que ela não quer entrar no carro comigo. — Tá. Vamos.

Penny não fala nada enquanto andamos até o carro. Há dois condomínios na cidade: o caro e o barato. Nós moramos no barato.

Ronnie, o proprietário, é um escroto de marca maior. Mas tínhamos que suportar. Quando você mal tem dinheiro para bancar o aluguel mais barato que encontra, suas opções são limitadas. E eu e minha mãe estamos aqui há muito tempo, desde que eu tinha onze anos.

Vai ser estranho não voltar do treino para este lugar. Meus pés sabem desviar dos pedaços esmigalhados nas escadas de concreto e de onde as baratas gostam de se reunir perto da lixeira, e minhas mãos conhecem todas as lascas daquele corrimão horrível da escada.

Penny destranca o carro para mim em silêncio, mas começa a falar quando entramos na rua.

— Se conseguirmos levar as camas amanhã, podemos conseguir ir todas juntas de casa para Sacramento no domingo.

— Você realmente esvaziou os dois quartos nas últimas quinze horas? — pergunto.

Ela dá de ombros.

— Se eu deixasse para minha mãe, a sua chegaria em casa do transplante e encontraria um quarto de hóspedes cheio de obras de arte encalhadas. Lembra da fase dela de escultura?

Estremeço.

— Aquelas coisas me dão pesadelos.

— Graham ainda as usa na Cervejaria Mal-Assombrada.

— Penny, a gente precisa conversar sobre isso.

— Estamos conversando. Estamos conversando sobre logística — ela diz e, se não estivesse dirigindo, acho que piscaria para mim com inocência.

— A gente precisa conversar sobre o que vai acontecer *depois* da mudança.

— Vamos esperar até elas voltarem para casa e não matar o jardim da vovó enquanto ela estiver fora — Penny diz, como se estivesse recitando um mantra de memória.

— Penny. Por favor.

Sua boca se franze. Ela dá a seta com um pouquinho de força a mais do que o necessário e para no estacionamento da loja de ração. Consigo sentir o cheiro de feno daqui, mesmo com as janelas fechadas.

— Tá. — Ela desliga a ignição, desafivela o cinto e se vira no banco para olhar para mim, cruzando as mãos no colo. — O que você quer?

— Oi?

— Esvaziei os quartos. Abri espaço na geladeira, no meu banheiro e na sapateira da entrada. Eu estou dentro, Tate. Minha mãe tomou uma decisão e, desta vez pelo menos, entendo por que ela está fazendo isso, mas, de novo, sou eu que tenho que lidar com as escolhas dela. Então, por favor, só me diga o que você quer que eu faça, tá?

O discursinho dela começa com arrogância e termina com essa súplica derrotada e, de repente, seus olhos estão cheios de lágrimas e me sinto a pior pessoa do mundo.

— Quero que a gente tenha... uma trégua, acho.

— Não sabia que a gente estava em guerra.

— Qual é, Penny?

Ela tamborila no volante. Deste ângulo, consigo ver as cicatrizes nas mãos dela, a maneira como alguns dos dedos de sua mão direita não se alongam mais com tanta facilidade.

— Não quero brigar com você — ela diz baixo. — Só estou acostumada a implicar com você. Acontece.

— Eu sei. — Porque sei mesmo. Sei de verdade. — É só que... a gente não pode implicar uma com a outra. Nem eu, nem você. Pelas nossas mães.

— Eu sei. Você tem razão. — Ela endireita os ombros, olhando fixamente para as mãos no volante.

— Alguma ideia de como fazemos isso?

Ela ri.

— É você quem está sugerindo. Não tem uma lista ou coisa assim?

— É mais seu estilo.

Ela se curva para meu espaço por um momento em que meu coração para – ela tem um cheiro de floresta, forte, penetrante e perigoso –, e tira a agenda e o estojo da bolsa aos meus pés. Ela se vira até estar totalmente de frente para mim, as pernas cruzadas no banco. Não sou pequena o suficiente para fazer isso, então apenas me inclino na direção dela o melhor possível. Ela tira uma caneta hidrográfica do estojo e vira para uma página nova na agenda, escrevendo:

ACORDO DE TRÉGUA DE PENNY E TATE
(a partir de 22 de junho)

— Primeiro tópico? — ela pergunta e, ah, é um erro dar todo o poder à ex-representante de classe, mas agora já era, então tenho que ir na dela.

— Proibido brigar na frente das mães.

— Concordo.

Ela anota, sua letra casual melhor do que a minha no dia mais cuidadoso.

— Proibido dedurar.

Ela ergue a sobrancelha para mim.

— Isso é sobre sua caminhonete? Ela vai descobrir.

— Não por você.

— Beleza, mas isso vale para os dois lados.

— Você tem algum segredo, Pen?

Ela sorri.

— Talvez.

Aponto para a agenda porque, se eu continuar olhando para ela, vamos ter problemas, que é exatamente o que estamos tentando evitar.

— Não vai anotar?

Ela anota: *Proibido dedurar para as mães.*

— Tenho um — ela anuncia. — Você não pode gastar toda a água quente no banho.

Faço careta. Merda. Dividir o banheiro com ela vai ser um saco. Já estive no banheiro dela. É... bom, é basicamente uma floresta de trepadeiras e frasquinhos de sais de banho que ela mesma deve preparar.

— Tá. Mas você vai ter que tirar algumas das plantas e velas.

Ela morde o lábio, mas acrescenta isso à lista.

— Combinado. E o treino?

— O que é que tem?

— Como você vai chegar lá?

Tento ignorar o aperto no peito, porque não sei. Eu não sabia quando entreguei as chaves da caminhonete para Pete e caminhei os oito quilômetros de volta à cidade antes de a minha mãe voltar para casa do trabalho na cervejaria.

— Vou dar um jeito.

Ela solta um barulho impaciente.

— Você é tão teimosa.

— Não, não sou.

— Posso levar você.

A oferta, quando vem, é mais baixa e suave do que o normal.

— Não precisa — digo automaticamente.

— Eu sei que não. Mesmo assim, eu posso. Mas talvez você precise ir à lanchonete e ficar lá por uma ou duas horas se o treino terminar antes de algum de meus turnos.

— Tudo bem. Isso é... Obrigada.

Ela assente.

— Mesmo assim, você vai ouvir um monte quando sua mãe descobrir que sua caminhonete não está na oficina.

— Problema meu — a relembro.

— Certo. Quer que eu acrescente isso?

— Na verdade, sim. Sua mãe, problema seu. Minha mãe, problema meu.

Continuamos assim, indo e voltando, resolvendo tudo. Demora mais vinte minutos, mas, em pouco tempo, tem na página uma listinha que não parece tão terrível. Mas aí...

— Uma última coisa — ela diz, anotando algo. Demora tanto tempo que estou morrendo de curiosidade quando ela volta a baixar a agenda, olhando para mim desta vez, e vejo o que ela acrescentou ao pé da lista.

Proibido falar de Yreka.

(O barulho do ar-condicionado no quarto de hotel barato. A sra. Rawlins indo de porta em porta no andar superior, uma última conferida em todas as meninas antes de ir dormir. *Vocês duas estão bem aí dentro?* E eu tinha dito: *Estamos*, enquanto Penny escondia o rosto manchado de lágrimas e o coração partido sob as cobertas e nós duas torcíamos para que a sra. Rawlins não notasse que Penny não era Theresa.)

Às vezes, Penny olha para mim como se eu fosse um desafio que ela quer enfrentar, mas esqueceu como. Mas agora, quando empurro a agenda de volta para ela, há algo diferente em seu rosto.

Estou errada em pensar que isso é um desafio?

(Quero gritar para ela: *Agora?* Agora *você quer fazer isso?* Mas não grito. Não mordo a isca – real ou imaginária. Não posso.)

— Tudo bem — digo.

(Não está tudo bem.)

7

22 DE JUNHO

ACORDO DE TRÉGUA DE PENNY E TATE
(a partir de 22 de junho)

- Proibido brigar na frente das mães (ou da vovó).
- Proibido dedurar.
- Proibido usar toda a água quente (Tate).
- Reduzir um pouco a floresta do banheiro (Penny).
- Vamos compartilhar o carro.
- Sua mãe, problema seu. Minha mãe, problema meu.
- Vamos trabalhar juntas para esvaziar o apartamento e fazer a mudança.
- Vamos dividir todas as tarefas/obrigações extras para não sobrarem para as nossas mães.
- Não estressar nossas mães. Para elas, temos a vida perfeita.
- Se houver um problema de vida ou morte, vamos recorrer uma à outra, não às nossas mães.
- Tate vai ensinar Penny a fazer os brownies de Anna se Penny ensinar Tate a fazer o bolo de limão-siciliano de Marion.
- Proibido falar de Yreka.

8

22 DE JUNHO

M: Então, o que vamos fazer com Penny e Tate?

R: Quem é você?

M: Quem mais estaria falando sobre P e T?

R: Meghan, como você conseguiu meu número?

M: Tate me deu. Estou ajudando com a mudança. Ela disse que você vai ajudar com as camas amanhã?

R: Sim.

M: Que bom. Passamos a tarde encaixotando a cozinha e desmontando as camas. E aí. O que vamos fazer?

R: É melhor levarmos as coisas de manhã antes de ficar quente demais. Eu e Tate vamos nos encontrar para correr lá pelas 6h, então talvez 7h30?

M: Não estou falando das camas. Estou falando de Penny e Tate.

R: O que tem elas?

M: Você deve ter notado. Tem uma ENERGIA.

R: ???

M: Remington! Sei que você é mais observador do que isso.

R: Não é da minha conta.

M: Arrá! Você admite que tem algo a ser notado, então?! Algo ROMÂNTICO?

Remington está digitando...
Remington está digitando...
Remington está digitando...

M: Ai, meu Deus, fala logo de uma vez!

R: Não é da nossa conta. Esquece.

M: Isso não acabou!

R: Vou matar Tate por te dar meu número. Não começa a me mandar fotos infinitas de flores como você faz com todo mundo.

[Meghan enviou uma foto.]

R: Muito madura.

M: Quê? Você disse para não enviar flores. O anel no meu dedo do meio não é lindo?

Remington está digitando...
Remington está digitando...
Remington está digitando...

R Me avisa quando precisar da caminhonete. Vou estar lá.

M Amanhã às 8h. Se você tiver sorte, talvez eu tenha assado biscoitos.

9

TATE

23 DE JUNHO

— Você deu meu número para Meghan.

Enquanto amarro os sapatos, olho para cima, apertando os olhos por conta da luz do amanhecer. Remy normalmente está na pista antes de mim, mas hoje cheguei antes dele. Corremos juntos três dias por semana. Remi é corredor, não nadador, no entanto criamos certa afinidade não apenas por estarmos em esportes solitários, mas também por sermos isolados em nossas equipes.

— Bom dia para você também — digo.

Remi me encara.

— Você deu meu número para Meghan — ele repete, como se eu tivesse cometido um pecado grave.

— Você disse que ajudaria a gente a levar as camas hoje.

— Sim. Ainda mais porque você vendeu sua caminhonete sem falar com ninguém antes.

— Você tinha os sete mil de que eu precisava escondidos em algum lugar? — pergunto com sarcasmo.

— Eu poderia ter tentado encontrar um jeito.

Faço um gesto de que não tem importância.

— Agora já era. E Meghan está sendo muito legal e me ajudou o dia todo ontem. Não sei por que você é sempre tão ranzinza com ela.

— Ela vai me mandar fotos de flores — ele protesta.

— Que horror. Meghan é uma ótima fotógrafa. As fotos de flores dela são bonitas. Beleza não faz mal a ninguém. Você vai se alongar comigo? Só temos uma hora e meia antes de as encontrarmos.

— Olha o que ela me mandou — ele diz, erguendo o celular. O rosto sorridente de Meghan, mostrando o dedo do meio para Remi, com um anel de passarinho.

Dou risada, e ele me lança outro olhar. Remi é muito bom em se comunicar por expressões faciais.

— Que foi? É engraçado. E não é uma foto de flor.

— É isso que vai acontecer?

— Do que você está falando?

— Você vai se mudar para o meio do nada. Sua mãe já sabe da sua caminhonete? Como você vai para o treino?

— Vou dar um jeito.

— Isso é um saco. — Ele suspira. — A gente só vai se ver na escola.

Ele franze a testa, chateado, e eu o abraçaria se algum de nós fosse do tipo de abraços. Mas sempre fomos mais das cotoveladas e dos socos afetuosos. O que é o motivo por que ele é tão péssimo em dizer o que acho que está dizendo.

— Está tentando me dizer que vai sentir minha falta?

— Ah, cala a boca — ele diz, mas suas orelhas ficam vermelhas. — Estou muito feliz pela sua mãe. Entendo por que você vai se mudar para lá.

— Também vou sentir sua falta. Mas juro que não vou começar a colorir calendários só porque vou morar na mesma casa que Penny.

— Não é com isso que estou preocupado — ele diz, e então dá uma risada abrupta e sagaz demais para o meu gosto, e abana a cabeça. — Essa é a última coisa que me preocupa quando o assunto é o Furacão Penny.

— Do que você está falando?

— Não preciso me preocupar que você *fique* parecida com Penny. Estou preocupado que você abra sua caixa torácica para ela finalmente poder enfiar a mão aí dentro e esmagar seu coração até virar uma gosma sangrenta.

Por um segundo, a frase simplesmente paira no ar, é quase como se eu conseguisse ver as palavras que ele disse e a imagem que conjurou, porque *puta que pariu*. São palavras e uma imagem e tanto.

— Eu...

— Qual é, Tate.

— Não — digo. — Não — repito, com mais firmeza. — Não corro esse risco.

Ele bufa, e isso faz meus punhos se cerrarem.

— Conheço vocês duas desde o jardim de infância.

— Isso não tem nada a ver com...

— Eu estava lá no dia do acidente — ele me lembra.

Odeio como meus olhos se arregalam quando ele menciona o acidente. Tento não ser óbvia em relação a várias coisas. Mas aquele dia...

— Em todo lugar em que você entra, está sempre procurando por ela, Tate.

— Bom, ela meio que precisava ser encontrada daquela vez, você não acha?

— Você sabe o que quero dizer.

É óbvio que sei.

— Por quanto tempo vocês duas vão ficar sozinhas naquela casa? Duas semanas? Três?

— Quatro, provavelmente — digo com a voz fraca.

— O que você vai fazer morando com ela?

Eu o encaro, odiando essa pergunta e como já é uma velha conhecida.

— Sofrer, acho.

É sinceridade demais. Não aguento olhar para ele. Então desato a correr, sem estar alongada direito, e não dou a mínima; só quero deixá-lo para trás, o mais rápido possível.

Ele sabe muito bem que é melhor me deixar correr uma volta inteira antes de me fazer companhia.

10

23 DE JUNHO

M — Obrigada pela ajuda com as camas.

M — Você parecia meio esquisito. Está tudo bem?

Acho que estraguei tudo com Tate hoje cedo. — R

Meio que é culpa sua. — R

M — Culpa minha?!

Foi você quem ficou falando que Penny e Tate eram almas gêmeas. — R

M — Não falei NADA sobre almas gêmeas.

M — Você usou essa palavra.

M — Não eu.

M — Você falou alguma coisa para Tate?

M — O que você disse?

M   Espera, o que ELA disse?

M   Vocês já conversaram sobre esse assunto? Porque a Penny se recusa a falar comigo.

M   Além disso, pode separar mais algumas caixas enquanto elas estiverem em Sacramento?

M   A grana deve estar curta com todas as coisas médicas. Talvez a gente deva organizar uma noite do espaguete ou coisa assim?

M   O que você acha?

> Acho que você acabou de me fazer umas seis perguntas antes eu conseguir responder à primeira. **R**

> 1: Sim. **R**

> 2: Falei algo que não devia. **R**

> 3: Tate ficou chateada. **R**

> 4: Nem fodendo. Não vou me meter nisso. Só vou acabar me 🔥. **R**

> 5: Sim, vou guardar o máximo de caixas possível. **R**

> 6: Voto por fazer um churrasco para levantar fundos em vez de espaguete. **R**

> 7: Acho que é uma boa ideia e você está sendo muito gentil em ajudar. **R**

M   Remington. Não creio. Isso é um elogio?

[Meghan enviou uma foto.]

R: Por favor, só me manda as fotos de flores que você manda para todo mundo. Tudo menos mãos em forma de coração.

M: Vou mandar mãos em forma de coração para quem eu quiser. Ainda mais se estiverem sendo legais comigo.

11

TATE

23 DE JUNHO

— Não acredito que vocês fizeram tudo isso em menos de um dia — minha mãe diz, contemplando o quarto de hóspedes de Lottie. Demorou um tempo, mas arrumei todos os móveis e roupas de cama dela.

— Remi conseguiu fazer caber a cômoda na caminhonete, então decidimos trazê-la — disse.

— Obrigada — minha mãe fala enquanto se deita. Ela pega o controle da cama na mesa de cabeceira que coloquei ali ao lado e aperta o botão *subir*, para ficar erguida. — Delícia. — Ela suspira.

— Vou deixar você descansar antes do jantar.

— Ah. Preciso me levantar daqui a pouco. Prometi um jogo de baralho a Marion — minha mãe diz. — Mas só vou descansar a vista um pouquinho.

— Está bem — respondo, sabendo que ela provavelmente já vai estar dormindo quando eu tiver subido a escada.

O quarto dela é no andar debaixo, junto ao de Lottie, mas o meu é no andar de cima, na frente do de Penny.

Passei o dia todo arrastando móveis para o andar de cima, e a porta de Penny já está fechada, então nem penso em bater.

Há algo no andar de cima da casa. Algo particular e secreto. Visitei esta casa várias vezes ao longo dos anos. Passei horas e horas aqui. Mas só subi poucas vezes desde que Lottie se mudou de volta para cá e não sei como não notei isto antes.

Não há fotos de George no andar de baixo. É como se Lottie o tivesse apagado daquela parte da casa, e só estou notando a ausência dele agora porque *tem* fotos dele no andar de cima. Há uma foto de Penny, aos dez anos, e George de coletes salva-vidas no conjunto de pinturas e fotos ao redor da chaminé que atravessa a casa no fim do corredor. Também tem uma foto em preto e branco de George com o pai no mesmo conjunto, e uma pintura, claramente feita por Lottie, das mãos de um homem com uma aliança brilhando no dedo.

— O que você está fazendo?

Olho para Penny por sobre o ombro, sobressaltada pela minha constatação súbita.

— Só olhando para o quadro — digo enquanto ela me encara da porta do quarto dela. — Acho que nunca o vi antes.

— Consegui salvar antes que ela botasse fogo — Penny diz, como se não fosse uma coisa maluca de ter que fazer.

— Você...

— Ela colocou todas as coisas dele no depósito — Penny continua, apertando o batente da porta como se ele a estivesse mantendo em pé. — Ela não me deixa olhar. Acho que eu deveria ficar grata por ela não ter queimado todas as coisas dele também. Mas todas as pinturas que ela já fez dele, dela com ele, de mim com ele, de toda nossa vida? Ela fez uma grande fogueira e queimou.

— Penny... — Nem sei o que dizer.

— Ela disse que eu não deveria ficar chateada. Eram pinturas dela, afinal.

— Eram memórias suas.

Os olhos dela se voltam para mim, mas logo se desviam.

— É melhor eu ajudar a vó com o jantar.

Sei que ela quer ficar longe de mim, mas não vou me fazer invisível aqui. E, se Marion está cozinhando, vou ajudar.

Mas, quando descemos a escada, encontramos uma configuração completamente diferente na cozinha.

Marion e minha mãe estão jogando baralho em uma ponta do balcão, com uma pilha de biscoitos de chocolate com menta entre elas, e Lottie está curvada sobre o caderno de desenho na outra ponta. Se você tirasse uma foto com um filtro em preto e branco, daria uma cena charmosa e aconchegante com o título *Mulheres em lazer*.

— O jantar vai estar pronto em cerca de vinte minutos, meninas — Marion diz. — Preciso acabar com a raça de Anna no baralho antes.

Eu me sento ao lado da minha mãe e estendo a mão, roubando um biscoito da pilha dela.

— *Ei* — minha mãe reclama. — *Não quer que eu vença?*

— Acho que isso já não é possível a essa altura — Marion se gaba.

Minha mãe finge indignação enquanto desembalo o doce. Mas ela precisa entender que, se eu tiver que esperar mais vinte minutos para o jantar, preciso comer alguma coisa. Sou uma menina faminta.

— Não te dei educação? — minha mãe pergunta.

— Não quando o assunto é doce.

Coloco o biscoito na boca.

— Menina terrível.

Minha mãe sorri para mim.

— Péssima — concordo.

— Vocês duas — Lottie diz, abanando a cabeça para nós, mas sem tirar os olhos do caderno.

Penny olha por sobre o ombro.

— No que você está trabalhando, mãe?

Antes que ela consiga chegar perto o bastante para ver o desenho, Lottie vira a página para uma em branco.

— Só rabiscos — ela diz.

Parece que ela não vê a maneira como o rosto de Penny se fecha quando ela a mantém afastada. Penso em Penny observando todas aquelas pinturas – o rosto de seu pai, imortalizado em aquarelas e óleos – no fogo.

Mais uma camada de luto provocada nela por Lottie.

— Já fizeram as malas para Sacramento? — Lottie pergunta.

— Até quinta terminamos — Penny diz. — Por falar nisso, precisamos conversar.

— Não tem nada para conversar — Lottie diz, ao mesmo tempo que minha mãe pergunta:

— Sobre o que você quer conversar, meu bem?

Lottie ri.

— Ela só está se preocupando de novo.

— Marion ganhou essa rodada mesmo — minha mãe diz.

Marion dá uma risada um pouco maníaca demais enquanto puxa todos os biscoitos para si.

— Vou levar muitos desses para nossa temporada em Sacramento.

— Se eu passar quase um mês jogando mexe-mexe com você, vou acabar melhorando — minha mãe alerta, mas Marion apenas ri.

— Eu tenho anos a mais de experiência do que você, docinho.

— Sobre o que você queria conversar, Penny? — minha mãe pergunta de novo, e é como se ela tivesse dado vida nova a Penny por não a ter ignorado.

— Tenho todo um plano — Penny diz, colocando a agenda na mesa e a abrindo.

— Ah, não, lá vem outra lista — Lottie brinca.

— Já conversamos sobre como vamos terminar a mudança do apartamento e desencaixotar as coisas até vocês voltarem — falo, porque Penny só está encarando a agenda sem dizer nada.

— Conversei com Graham sobre pegar turnos de fim de semana na cervejaria — Penny fala de uma vez.

Todas olhamos para ela.

Minha mãe franze a testa.

— Você falou com nosso chefe? Por que você faria uma coisa dessas?

— Para ajudar com os salários que vocês vão perder. Ele disse que aceitaria. Vai me colocar no turno do almoço de fim de semana para eu não ter que enfrentar a multidão de clientes da noite.

— Você já tem um trabalho — digo. Como vai trabalhar na cervejaria *e* na Amora?

— Consigo fazer as duas coisas — Penny insiste.

— Você não devia ter feito isso — Lottie diz.

— Lottie, é gentil da parte dela — minha mãe argumenta.

— Ela não devia ficar incomodando Graham nem pensando em salários perdidos — Lottie insiste. — As peças que estou terminando vão dar conta de tudo depois que forem vendidas, Penny. Você sempre se preocupa demais.

Penny ergue o queixo.

— Você não sabe se as obras de arte vão ser vendidas rápido.

— Parece que você não confia em mim — Lottie diz. — Minhas peças novas estão atraindo muito interesse na área da baía de São Francisco. Eu e Anna fizemos os planos que precisávamos fazer. É por isso que juntamos as famílias. Para tornar isso mais barato. Por favor, só deixe as adultas serem adultas, tá?

A expressão normalmente suave de minha mãe se franze um pouco.

— Amo como vocês se preocupam — minha mãe diz. — Vocês duas, meninas.

— Mas sabemos o que estamos fazendo — Lottie completa; a condescendência em seu tom *é ácida*.

E Penny reage como se tivesse sido queimada.

— Quanto é o IPTU, mãe? — ela pergunta a Lottie. — E quando vence?

É como se ela tivesse sugado todo o ar do cômodo, de tão profundo que é o silêncio. Eu e minha mãe ficamos sentadas, trocando olhares de *puta merda* antes de encararmos a bancada. Marion apenas fita a neta e a nora como uma mãe pit bull pronta para morder se necessário.

— Penelope — Lottie diz, a raiva emanando dela em ondas.

Penny apenas continua falando.

— De quantos feixes de lenha a gente precisa para aquecer a casa? — Ela se inclina para a frente. — Quanto dá a conta de energia? Vamos precisar trocar a bomba do poço no ano que vem...

— Já chega — Lottie interrompe.

A boca de Penny se contorce.

— O IPTU vence em setembro — ela diz. — É mil e quatrocentos dólares. Temos apenas quatrocentos guardados. Precisa de três fardos de carvalho para aquecer a casa, quatro se for pinheiro ou algo que queime mais rápido, sem falar no propano para o trailer da vovó. *Dá pelo menos mil e duzentos. Não temos nada disso guardado. A conta de energia...*

— Eu disse chega — Lottie diz.

— Lottie — Marion fala baixo.

— Não se volte contra mim também! — ela estoura e então se levanta de um salto da cadeira, colocando o caderno embaixo do braço enquanto sai batendo os pés. Consigo ouvir os passos duros dela saindo da casa, provavelmente rumo ao seu ateliê na garagem, onde ninguém vai incomodá-la.

Um segundo de silêncio e, então, minha mãe, minha linda e serena mãe, ajeita o cabelo e diz:

— O que você estava dizendo sobre a conta de energia, Penny?

Penny solta um barulhinho que só poderia ser descrito como *alívio*.

— Penny tem tudo esquematizado no computador — Marion diz. — Ela me ajudou bastante organizando as contas para mim pela internet.

— Pago todas todo mês — Penny explica para minha mãe. — Sem débito automático porque, se entrarmos muito no negativo...

— Juros de cheque especial.

Eu e minha mãe suspiramos juntas.

— Sim. Minha mãe pode não ser boa em verificar a conta bancária antes de comprar materiais às vezes. Mas tenho todo um calendário para isso. E posso dar para vocês o login da companhia de energia.

— Ótimo — minha mãe diz. — Mas, Penny, sobre o trabalho na cervejaria...

— Eu posso fazer — eu me escuto dizer.

Minha mãe olha para mim.

— Sério?

— Penny já tem um emprego. Se for só o turno do almoço, posso nadar antes e fazer o resto do treinamento depois. Até Lottie voltar. O dinheiro pode ir para todas as contas de que Penny estava falando.

Quando ela hesita, aproveito a deixa:

— Eu poderia ficar de olho em Drew e descobrir como ele está estragando a massa de pretzel — sugiro, torcendo para ela dar risada.

E ela dá.

— Está *aí* uma coisa que me deixaria contente.

— Assim como todos nós que gostaríamos de voltar a pedir o pretzel da cervejaria — vovó murmura.

— Fofura, não vou ser contra você pegar um trabalho de verão, desde que você ache que dá conta dele e do seu programa de treinamento — minha mãe diz. — Mas, Penny, você precisa conversar com sua mãe sobre ter falado com Graham.

— Eu só estava tentando ajudar — Penny murmura.

— Eu sei — minha mãe a tranquiliza. — E sua mãe também sabe. Porque ela está fazendo exatamente a mesma coisa aqui: ajudando como pode. Vocês duas são muito parecidas.

Os olhos de Penny ficam úmidos pelo que ela diz na sequência:

— Anna, não quero ser parecida com ela.

Acho que nunca ouvi tamanha verdade.

Não consigo dormir. Não é nenhuma novidade; tenho o sono leve. É um defeito quando você sempre acorda antes do sol. Tenho toda uma rotina – tampões de ouvido e tudo – mas esta *é* a primeira noite em um quarto muito maior do que o do nosso antigo apartamento, combinado ao fato de que estamos no meio do mato, não na cidade, e é *diferente*. Os sons são diferentes: a floresta é silenciosa, mas também barulhenta quando o vento passa pelos pinheiros e pelo espaço entre os dois cumes. A casa é diferente... ela se contrai e se dilata com rangidos com que não estou acostumada. A cama é minha, as coisas são minhas, mas tudo fora dessas quatro paredes, não.

(A menina do outro lado do corredor, não.)

Por falar em Penny...

Foi isso que me acordou. Um rangido alto demais para ser apenas da casa se contraindo. Saio da cama e vou até a janela, de onde a vejo sob a luz do alpendre, e desço a escada antes de parar para pensar.

(Nunca penso quando o assunto é ela.)

O trailer de Marion está escuro, mas a luz da garagem se acende quando Penny passa embaixo dela.

Pego a bolsa no corredor antes de sair para o alpendre. Ela já está em sua perua, ligando-a e se dirigindo para a saída.

Eu me agacho atrás da caminhonete de Marion enquanto Penny sai do carro e destranca a porteira, em seguida passa com o veículo e a tranca de novo antes de partir.

E vou atrás. Encontro a chave de Marion sob o para-choque e pego a caminhonete dela.

(Aonde é que Penny está indo?)

A estrada através da floresta é cheia de curvas fechadas ao longo da montanha, um ziguezague estreito demais por duas faixas de rolamento. Avisto os faróis dela a cada curva, mas, quando ela chega à rampa de acesso para a rodovia cinco, já está tão longe que consigo segui-la sem me preocupar.

Eu a sigo por trinta quilômetros de estrada, a parte sinuosa por onde as carretas correm, com graves consequências, tentando chegar ao trecho reto tranquilo em direção a Sacramento. E, quando vejo qual saída ela pega, passo direto em vez de seguir atrás, não porque eu esteja sendo inteligente, mas porque estou chocada.

Ela pegou a saída do lago. Não pode ser...

Dou a volta, pego a saída seguinte e volto para a cinco rumo ao norte e, desta vez, pego a saída que ela pegou, meus dedos e meu rosto estão entorpecidos, porque *não pode ser*.

Mas, dito e feito, quando chego às docas, o carro dela está estacionado no lote, e ela não está lá dentro.

Saio da caminhonete de Marion e, por um segundo, fico ali parada, porque minha mente está me dizendo um milhão de coisas, e meu corpo está reagindo como se só houvesse uma possibilidade, e essa possibilidade é...

(Não.)

Eu avanço. Na direção das docas e do lago que cintila sob a lua alta. *O que é que ela está fazendo aqui?*

Meus pés acertam a calçada, depois a madeira. Não a vejo em lugar nenhum. Mas não pode ser...

Ela está na água.

(Não pode ser.)

A ideia é inacreditável, porque Penny não entra na água. Não mais.

Mas lá está ela, já longe da doca. De costas para mim, com a lanterna de cabeça acesa, as remadas firmes e suaves enquanto ela afasta o caiaque da costa.

Fico ali parada sem me importar se ela se virar e me ver. Eu a observo se afastar mais e mais, passando pela enseada, em direção à extensão de água lustrosa que é o lago Shasta. Durante o dia, ele fica cheio de jet skis e lanchas, mas hoje há apenas ela, a lua e o barulho do remo na água parada. Meu coração dói quando me lembro do motivo por que ela parou de praticar rafting... e me pergunto por que (quando/como) ela voltou (e por que guardou segredo).

Ela ergue os braços. O caiaque balança, inclinando-se para a frente e para trás.

Ela cai na água. Ela simplesmente... vira como uma boneca de pano no caiaque até o fundo do barco estar flutuando sobre a superfície do lago e não haver mais Penny sob o luar porque Penny está embaixo d'água. De tão longe, é quase como se a tivessem puxado para as profundezas, e não tenho escolha a não ser reagir.

Pulo.

E o único pensamento em minha cabeça quando entro na água é: *De novo não.*

12

Penny

ATO UM: O RIO

QUINZE ANOS DE IDADE

A água está agitada nesse dia. Fico contente por isso. Nós dois ficamos. É o clima perfeito: o sol está brilhando.

Água perfeita: calma até gloriosamente deixar de ser.

Correntezas perfeitas: brancas como a neve.

Pai perfeito. *Força no braço, Pen.*

Dia perfeito. *Só nós dois desta vez, pai?*

Então... um pesadelo perfeito.

À *sua esquerda! Pai!*

Quando dá errado, acontece tudo de uma vez. Chegamos à parte do Wishbone onde ele se afunila num redemoinho estreito. É calmo o começo das correntezas seis metros *à* nossa frente, mas o que quer que se prenda no fundo da canoa – um galho de árvore? Escombros da última tempestade de verão? Nunca vou saber – nos faz girar e entrar de costas no primeiro trecho turbulento, e não há como desviar, mal há como remar, não há como se recuperar. Água se infiltrando ao longo das solas de meus pés, depois batendo em meus tornozelos, muita água, muito rápido. Meu foco se estreita enquanto o mundo se inclina. O medo palpita. Não posso me entregar a ele.

Endireite-se. Pegue seu remo. Não o derrube. Foco à frente. Deixe o pai guiar. Chegue à ribanceira.

Reme. Reme. Puxe com força. Recupere o controle.

Mas não há como voltar. Não há como chegar à ribanceira. Apenas duas remadas antes de entrarmos de costas nas correntezas. Tudo acontece tão rápido que não temos como nos segurar a algo para tentar nos conduzir de volta ao abrigo de algum pedregulho. Ficamos presos no meio, tentando não cair, baldeando freneticamente. Jogando água e materiais para fora da canoa enquanto o buraco no fundo e o peso de nossos corpos a afundam mais.

Ele grita algo sobre meu colete. Nem consigo ver o que é; estamos afundando em mais correntezas com um solavanco de cerrar os dentes.

Só consigo me segurar, sem direção, sem controle, à mercê do rio. Ele está do outro lado da canoa, tentando mantê-la equilibrada, tentando conduzir e não conseguindo.

Vamos perder a canoa. Meus dedos apertam as cordas úmidas até elas cortarem minha pele. Batemos nas rochas, há um *crack* horrível, e levo um segundo enlouquecedor para me dar conta de que o ruído foi o capacete dele.

Engatinho para a frente no meio da água, o remo abandonado, ao mesmo tempo que nos afastamos mais nesse inferno. Há sangue na bochecha dele. Escorrendo de sua testa. Ele tira o capacete amassado e chacoalha a cabeça – foi só um susto? – e está me gritando instruções de novo, então, deve estar bem, certo? Certo?

Jogue essa última bolsa. Pegue o remo. Está tudo bem, Pen. A gente consegue. As correntezas são fortes aqui. Prepare-se para a grande queda. Depois, vai ficar estreito o suficiente para nos segurarmos em alguma coisa. A gente consegue.

A gente não consegue. Nós dois sabemos disso. Nunca o vi tão assustado antes. O rio está no fundo de minha garganta, girando dentro de meus pulmões, encharcando todas as partes de mim, e sei com a certeza de alguém que passou a vida nele: ele vai nos matar.

Quando chegarmos à pior parte do Wishbone, não vamos sair de lá vivos.

Ele o vê antes de mim: o tronco caído. Parte do galho pende sobre a água e, à frente dele, são apenas água bravas e espaço demais, descidas profundas, aumentadas pela última tempestade. O rio se transformando mais em cachoeira do que em correnteza. Os olhos dele se fixam no tronco, depois à frente, e novamente de volta ao tronco, e olho para onde ele está olhando, alguns segundos depois do raciocínio dele... apenas alguns segundos...

Corda enrolada em volta de minha cintura. Mãos em volta de minha cintura. Muito apertado. Estamos nos inclinando, vamos virar – *Segure, Penny!*, ele grita – e obedeço, ergo a mão; é isso ou morrer. Ele me ergue alto o bastante, e colido com o tronco, a barriga e a caixa torácica o atingindo numa velocidade que me faz gritar. A corda ao redor de meu punho se aperta, a única coisa que impede a canoa de ir embora. Ela me puxa à frente, e nem consigo ouvir o barulho da água com os sons que eu faço. O rio resiste com força a mim, determinado a se mover, sempre muito decidido a passar à força por qualquer obstáculo. É por isso que o amo.

Mas agora eu sou o obstáculo. Meu pai é. E o rio odeia resistência.

Está tudo bem, Pen. Mal consigo ouvi-lo com a correnteza. Estou chorando? Gritando? Tem uma palavra para isso? Não consigo pensar com meus músculos, a força que queima e estala meus ossos para fora das articulações enquanto tento puxar a corda, puxar meu pai. Meu corpo é feito para muitas coisas, tão útil, tão capaz, tão forte, mas vai se quebrar com esse peso. A espuma está ao redor dele. A canoa é quase uma borracha murcha e a corda está enrolada no braço dele.

É uma batalha que não consigo vencer. Mas continuo tentando. A corda está em minhas mãos agora, em vez de estar ao redor de meu punho. É um progresso. Consigo fazer isso. O sangue é pegajoso em minhas mãos, a corda escorregando em meio àquele caos, *puxe, caramba*. Preciso enrolá-la ao redor de minha mão de novo. Preciso de mais quinze centímetros. Só mais quinze centímetros. Eu consigo.

Deslizo mais adiante sobre o tronco, puxada pela corda e pela correnteza. Ela estica meu corpo em um grau desumano, e os estalos do meu cotovelo doem ainda mais do que meu ombro.

Ele não está assustado.

Está tentando se desenrolar.

Está tentando *nos* desamarrar.

Ele está suplicando.

Não por ele.

Está suplicando para que eu o solte. *Penelope! Largue a corda! Não consigo me soltar! Largue a corda!*

Estou encharcada. Quase caindo do tronco, puxada pela correnteza e pela corda e pela canoa e pelo peso dele. Ele tirou a corda do braço, está no punho dele agora. Ele está quase solto.

Não. Não. Estou te segurando. Estou te segurando. Juro. Eu consigo. Sou forte o bastante.

Tenho que ser.

Puxo. A corda escapa na direção errada, mas a apanho, quase caindo do tronco nesse processo. O *Não, Penny, pare!* que ele solta tem som de unhas arranhando uma lousa.

Eu o ignoro. Mais dezoito centímetros. Talvez vinte? Eu consigo. Consigo puxá-lo.

Eu consigo. Eu consigo. Eu…

— Penny! Olhe para mim!

Meus olhos se voltam para ele sobre a água, azul sobre azul.

A corda está no punho dele.

— Diga a sua mãe que a amo.

Eu grito. Não uma palavra. Não um som de verdade. Apenas dor. Apenas constatação. Apenas aquela *certeza* terrível em seus olhos.

E então:

Ele.

Solta.

13

Penny

23 DE JUNHO

No verão, o ar quase nunca fica frio à noite. É como se as árvores e a terra se lembrassem da temperatura do dia e continuassem a espalhar calor. Mas o lago se esfria quando o sol desparece.

Cheguei a ter medo da água escura. Cheguei a ter medo de muitas coisas por um longo tempo depois do acidente.

Ainda tenho. *Você sobreviveu a um grande trauma*, Jane, a terapeuta para a qual vovó me mandou, costumava me dizer delicadamente, como se o rótulo pudesse ajudar. Queria que tivesse ajudado, mas, naquele dia, desenvolvi um monte de rótulos que não tinham nada a ver com transtorno de estresse pós-traumático, e o peso deles já era demais. Acrescentar mais um não ajudou quando comecei a terapia; foi o caminho para um ataque de pânico.

Mas isso mudou quanto mais eu fazia terapia. Eu não conseguia falar do acidente. Então acabava falando de outras coisas. Da vida, das minhas manias, da minha mãe e daquela distância que sempre existiu, mas agora tinha se transformado num abismo. De como antes eu conseguia escapar de meus pensamentos, mas agora, não.

Quanto mais eu falava e mais Jane escutava, mais ela aprendia e, em certo momento, ela mencionou algo de que eu nunca tinha ouvido falar. *Pensamentos intrusivos*. E, dessa vez, o conhecimento súbito não foi um fardo. Foi como entreabrir uma porta que sempre esteve trancada quando eu passava.

Em retrospecto, eu me sinto tão idiota. Aceitei uma sessão com minha mãe, achando que seria melhor se Jane fosse quem mencionasse o assunto. Eu estava enganada.

Assim que Jane disse que pensamentos intrusivos costumavam estar relacionados a alguns transtornos de ansiedade e ao transtorno obsessivo-compulsivo, foi como se todo o resto que ela havia dito tivesse desaparecido. Minha mãe se fixou na parte do TOC, ignorando a parte da ansiedade. Jane tentou redirecioná-la; repetiu que aquilo estava associado *tanto* ao TOC *como* a transtornos de ansiedade e até ao estresse pós-traumático, mas minha mãe só ficou insistindo que era impossível que eu tivesse TOC. Meu quarto não era limpo o bastante.

Talvez fosse tratável se minha mãe não tivesse lidado com tanto desdém. Talvez tivesse dado certo se Jane não tivesse começado a falar sobre medicação e reincorporar o rafting em minha vida para ajudar a lidar com a ansiedade e os pensamentos intrusivos. Minha mãe *explodiu*. E acabou por aí. Fui proibida de voltar à terapia.

Ainda faço os exercícios de respiração profunda que Jane me ensinou. Eles ajudam. Mas conversar sobre as coisas ajudava mais. E, vai saber, talvez a medicação e pensar em qual é meu lugar e em como lidar com a ansiedade tivesse ajudado mais ainda. Acho que não tenho como descobrir.

Toda vez que tento mencionar qualquer coisa nesse sentido, minha mãe grita comigo. *Você sabe as regras.*

Bom, fodam-se as regras da minha mãe.

Jane tinha me explicado direitinho na sessão antes de minha mãe estragar tudo. Ela me contou que todos têm uma caixa de ferramentas. E, às vezes, quando você não tem um diagnóstico, monta sua própria caixa sem saber. Mecanismos de enfrentamento que não parecem mecanismos de enfrentamento.

Rafting era uma das maiores ferramentas em minha caixa. Minha vida toda se centrou nisso. Minha mente se tranquilizava quando eu fazia isso. E, quando foi tirado de mim, minha cabeça nunca mais ficou tranquila.

Meghan atracou o caiaque à doca como todas as vezes em que fiz isso. Ligo a lanterna de cabeça, piscando-a em três sinais curtos enquanto me volto para a margem sul do outro lado da água. Três lampejos curtos me respondem; ela está em posição.

Passo a mão na água. Nem me esforço para bloquear o eco da voz dele, dizendo-me para me certificar de que tenho tudo de que preciso antes de sair. Não adianta tentar ignorar: ele está na minha cabeça e em cada curva e linha de meu rosto e cada caminho que já peguei nestas florestas, e no rio, e neste lugar. Puxei tanto a ele que isso acabou me condenando, porque agora, para minha mãe, sou apenas um lembrete, não uma filha.

Entro no caiaque e pego o remo antes de desatracar e sair da doca.

A flutuação suave faz meu estômago se apertar; uma parte de mim agora espera descidas íngremes e o movimento de correntezas sempre que sinto o cheiro de água doce e pinheiro.

Mergulho o remo na água e me dirijo ao outro lado do lago – na direção do feixe da lanterna de cabeça de Meghan. Meu farol. Ela deve estar editando fotos no celular enquanto espera que eu vá logo de uma vez e reme com força.

Só preciso atravessar. Esse é o plano. Já fiz isso uma dezena de vezes a esta altura. Tive que reaprender muito e ficar mais forte. A fisioterapia ajudou. Mas sempre terei movimento limitado no mindinho e no anelar. Toda a minha mão vai doer depois de um tempo. E vai doer mais se eu forçar muito.

Nunca fui boa em aprender sobre meus próprios limites. Isso me forçou a aprender.

Encaixo o remo na lateral do caiaque e levanto os braços, espreguiçando-me na direção da lua. Meu corpo todo zune com isso enquanto tomo uma decisão impensada. Um. Dois. *Vira.*

Não é um mergulho. Não é um giro suave das mãos no caiaque. É um movimento abrupto que contrai meu abdome, minha pele se arrepia com o choque gelado da água e, então...

Silêncio. Paz. Casa.

Eu me deleito com isso, algo que não rolava antes. Agora posso. Não houve um grande momento em que consegui fazer isso. Foram muitos pequenos passos. Para a frente e para trás. E não sei ao certo se eu teria conseguido sem Meghan simplesmente... lá. Faça chuva ou faça sol. Mesmo quando eu chorava, e quando me enfurecia, e quando tive um ataque de pânico na beira do rio com a ideia de ser arrastada pela água como ele foi. Ela sempre vinha e, sim, em alguns momentos me disse que era uma má ideia, mas sempre veio, e tenho um problema com pessoas que vão embora, sabe?

Solto uma série de bolhas. Controlada e lentamente. Meu peito está começando a se apertar, minha capacidade pulmonar ainda é péssima, e estou prestes a voltar à superfície quando sinto: uma onda sob a água antes de algo envolver minha cintura.

Minha mente sequer filtra as possibilidades. Minha boca está aberta e gritando enquanto todo o ar sai de me mim antes de o meu cérebro despertar. O medo toma conta. Meus dentes se cerram. *Não engula água.* Meu corpo reage, resistindo, sabendo que sempre seria isto, sempre seria a água a me levar, é por isso que minha mãe tinha tanto medo...

... E então estou fora do caiaque. Nem sei como, minha mente está vazia pelo pânico, minhas pernas estão livres e meu corpo sabe que deve bater as pernas, para longe, mas me esqueço de não engolir mais água e, quando volto à tona, estou me engasgando.

Ela sobe à superfície segundos depois de mim, e demoro segundos encharcados e entorpecidos para realmente a *ver*. Para distinguir os contornos úmidos de Tate.

— *O que você está fazendo?*

Nunca vou saber quem está gritando com quem; acho que talvez sejamos nós duas, quase ao mesmo tempo. Acho que talvez, neste momento, sentimos exatamente o mesmo por motivos opostos.

O braço dela se encaixa sob o meu, e o susto me faz me apoiar nela enquanto me puxa atrás de si. Cortamos a água, suas pernas roçam nas minhas em círculos agitados. Minha lanterna de cabeça flutua para longe, levando a luz. Na escuridão crescente, minhas mãos tateiam a curva dos ombros dela, e a alça de sua regata escapa com meus dedos, e é como se minha mente ganhasse vida com esse detalhe.

— Me solta!

Empurro, não com muita força, mas o suficiente para me impulsionar para longe dela e do vislumbre de pele sob o luar. Água corre ao meu redor, e ela passa a mão no rosto, puxando para trás fios de cabelo que escaparam de suas tranças francesas.

— Mas que porra, Penny? — Tate grita.

— Você me agarrou! Você podia ter me matado!

— Você virou! Pensei que...

Ela para. Um silêncio estrondoso quando o resto de suas palavras se torna flagrantemente claro. Ela mergulhou sem nem tirar as roupas.

Ela pensou que...

A raiva cresce antes que eu consiga me controlar ou pensar direito. Estou tão furiosa que empurro a água, jogando nela como se tivéssemos oito anos e tivéssemos sido trazidas a mais um piquenique no riacho.

— Como você pode achar que eu faria isso com minha mãe? Com minha vó?

Com você?

— Você virou! — ela grita de novo, como se estivesse em looping, e os olhos dela estão arregalados... Seus ombros estão tremendo.

Paf, splash. Paf, splash.

A lanterna de cabeça de Meghan nos atinge como um holofote. Nós nos afastamos uma da outra, distância e água entre nós de novo, estreitando os olhos sob o brilho.

— Vocês duas — Meghan rosna. — Para a margem.

— Eu... — Tate começa, porque está na cara que ela não entendeu que, quando Meghan usa a voz assustadora, você dá ouvidos.

— Agora!

Obedeço, e Tate vem atrás enquanto Meghan amarra meu caiaque ao dela e rema ao nosso lado, a boca torta de reprovação.

Eu me forço a continuar, puxando os braços pela água. Não sou como Tate: potência e velocidade a cada braçada, um corpo feito para atravessar qualquer agitação, ombros largos, pernas e braços compridos, mãos largas que parecem capazes de envolver as minhas duas. Ela passa por mim em alta velocidade, mesmo sem se esforçar.

Meghan chega à margem antes de nós, puxando os dois caiaques para a doca enquanto ainda estou no meio do caminho.

Quando meus pés finalmente tocam o fundo arenoso do lago que dá lugar ao concreto da rampa para barcos, Tate já saiu e está sentada na beira úmida da rampa, os pés descalços dentro do rio. Ando até estar com a água na altura dos tornozelos, sentindo-me lenta e inútil de repente. Quero sacudir água nela como um cachorro, de tão brava que ainda estou. Ela me *seguiu*. E como conseguiu fazer isso sem a caminhonete?

A resposta está atrás do ombro dela: a caminhonete da vovó está parada no estacionamento.

— Você me seguiu até aqui? — questionou. — Você *roubou* a caminhonete da vovó? O que você tinha na cabeça?

— Marion me falou para usar a caminhonete quando precisasse — ela retruca. — O que *você* tinha na cabeça, remando no meio da noite só com uma lanterna de cabeça? Desde quando você voltou a entrar na água?

— Não é da sua conta! — grito, ao mesmo tempo que Meghan diz por sobre o ombro:

— Faz séculos que evoluímos para o caiaque.

Olho feio para ela.

— Quê? — Meghan pergunta na doca, olhando fixamente para nós duas. — Ela não vai contar para ninguém. Tate, você não vai contar para Lottie, vai?

Tate não responde, e meu mundo todo vira mais do que eu virei no caiaque. Se ela contar para minha mãe, está tudo acabado antes mesmo de começar. E não posso deixar isso acontecer. Não de novo. Minha mãe destruiu tudo na primeira vez. Tenho uma chance de resolver isso e não vou deixar que ela estrague as coisas de novo só porque minha mãe odeia o rio.

— Acordo de trégua — lembro a Tate. — Regra dois: proibido dedurar.

— Não *acredito* que sua mãe ainda tem um problema com o rio — ela protesta, e um pingo de esperança cresce em mim porque ela parece perplexa.

— Ah, ela tem, sim — Meghan diz. — Tem uma regra da piscina.

— Uma...? — Tate parece confusa.

— Não tenho permissão de entrar em nenhum local com água, exceto uma piscina com salva-vidas — explico.

— Sério.

— Daí o subterfúgio e o passeio de caiaque de madrugada — Meghan acrescenta. — Temos que praticar mesmo assim.

— Praticar para quê?

Abano a cabeça para a minha amiga, mas é tarde demais.

Meghan abre as mãos.

— Vou deixar vocês duas resolverem isso — ela diz. — Pen, Tate tem razão. Temos que encontrar uma forma de fazer isso durante o dia. Ainda mais porque... — Ela pressiona os lábios. — Vou deixar vocês duas conversarem — ela reforça.

E me abandona completamente, mas pega os caiaques e vai acabar fazendo todo o trabalho de guardá-los, então não posso ficar tão brava assim. Ainda mais porque é um lance que meio que cabe a mim explicar, mesmo que seja *nosso* lance. Meu e da Meghan.

Mas, antes, era do meu pai.

Eu me sento ao lado de Tate, e o lago envolve nossos pés. A rampa de barcos é irregular, não lisa, e consigo senti-la através da legging. Eu me ajeito, tentando encontrar uma posição confortável, mas acabo ficando mais perto dela.

— Para que você está praticando? — Tate pergunta. — Vai voltar a fazer rafting?

— E se eu disser que sim?

Sei que Tate não é como minha mãe, mas só consigo pensar na reação da minha mãe com relação a Jane. No fato de que, depois da sessão, ela vendeu a empresa do meu pai. Em como ela explodiu quando a confrontei sobre isso.

— Você adorava rafting.

— Eu adorava — digo. — Adoro — eu me corrijo. Sai meio enferrujado, mas é verdade.

— Então ótimo. Se faz você feliz. E você consegue... Suas mãos estão bem, certo? Para remar?

— Precisei evoluir aos poucos. Me ajustar. Fazer os exercícios. Mas não está tão ruim até agora.

— Dói?

Fico quieta por um segundo. Eu tinha machucado os tendões e quase perdido dois dedos da mão direita tentando puxar meu pai. Uma lesão de cabo de guerra, os médicos chamaram... Entendo por que chamam assim, mas parece mais uma brincadeira infantil do que o que é: essa representação física de perda da qual não tenho como fugir. Para a mão direita se reconstruir, eu dei sorte com cirurgiões muito bons, e vovó se certificou de que eu fizesse a fisioterapia. Agora, algumas coisas são difíceis, mas não impossíveis. Até aqui, pelo menos.

— Minha mão sempre vai doer às vezes, acho.

— Que droga.

Encolho os ombros, porque a vida é assim agora.

— Então você está evoluindo para voltar a praticar rafting e não quer que Lottie saiba.

— É. Isso aí.

Tem um momento em que ela só olha para mim.

— Você está mentindo.

Esta é Gillian Tate: a testemunha de todos meus piores momentos e reconhecedora de todas as minhas mentiras.

— Por que Meghan está tão envolvida nisso?

— Porque eu precisava de alguém para me ajudar. — É isso, mas não toda a verdade. Ela está olhando para mim como se soubesse que é mentira. — Eu e ela temos um plano — acrescento.

— Que plano?

— Minha mãe vendeu a metade da empresa de rafting do meu pai para o sócio dele, lembra?

— Sim, lembro.

— Ela não tinha o direito de...

— Penny, o que isso tem a ver com voltar ao rafting?

— Tom era o cara do dinheiro e dos números. Ele não era esportista como meu pai. Quer cair fora e aceitou vender os equipamentos e a lista de clientes para mim e Meghan quando a gente se formar.

Ela fica em silêncio por um momento.

— Onde você vai arranjar o dinheiro?

— O seguro de vida. Meu pai tinha duas apólices. Uma para minha mãe, uma para mim. Recebo quando fizer dezoito anos. Meghan tem uma herança dos avós. Vamos juntar o dinheiro e entrar como sócias na empresa.

Como ela não diz nada, só olha para mim em silêncio, minha pele formiga.

— É o que ele iria querer — digo. — Que eu fosse dona da empresa. Eu ia trabalhar para ele depois de me formar.

— Eu sei — ela fala.

Duas palavras. Por que elas significam tanto? Por que eu tinha tanta certeza de que ela riria de mim? Ou gritaria comigo?

— Sabe? — Minha voz está trêmula, assim como minhas mãos, e talvez eu queira as dela para me acalmar... Não posso pedir isso. Mas me lembro do dia em que o enterraram.

A promessa dela se mantém?

— Seu pai entendia você — ela diz, e meus olhos estão se enchendo de lágrimas antes de as palavras terminarem de sair de sua boca, porque sim, sim, ele entendia. E agora ninguém entende... ou estou enganada? Ela entende? — Ele teria adorado trabalhar com você — ela continua. — Sua mãe... ela quer que você use o dinheiro para a faculdade, certo?

— Sim.

— E você está pretendendo revelar esse plano para ela quando, exatamente?

— Eu estava pensando em *depois* que fizer dezoito e depois que eu e Meghan comprarmos o equipamento de Tom para ela não estragar tudo.

Tate solta um assobio.

— Ela vai tentar sabotar — insisto.

— Não, entendo esconder dela. Ela vai ficar...

— Pois é — digo, quando ela não completa, porque há muitas coisas que minha mãe vai ficar quando descobrir, e Tate entende isso melhor do que ninguém. Meghan entende, ela ouviu da minha boca, mas Tate *viu* grande parte.

Às vezes até coisas que eu não vi, porque minha mãe fugiu de mim.

— Que tal um plano de dez pontos para contar para ela? — Tate sugere.

Minhas bochechas ardem, porque penso que ela está me provocando, mas, quando olho para ela, vejo que está sendo sincera.

— Você não vai contar?

— Não, a menos que você continue aprontando essas de madrugada.

— Você vai ter que ajudar a me dar cobertura, então — digo, e talvez soe como um desafio, porque os olhos dela faíscam.

— Pode ser — ela aceita. — Eu ajudo.

— Por quê?

— Porque sua mãe está errada — ela diz. — E, como já falei para você uma vez, se existissem lados, eu estaria do seu. É fácil fazer isso quando é o lado certo.

— E... e se meu lado for o errado?

Mais um dos silêncios de Tate enquanto ela considera as palavras.

— Conheço você desde sempre, Penny. No que é importante, nunca vi você errada. Só... coisas erradas que aconteceram com você.

Então ela se levanta e estende a mão enquanto a água pinga de seu pijama de regata e calça listrada.

Tomo isso como um passo à frente.

É o que me parece.

14

TATE

ATO DOIS: BUSCA

QUINZE ANOS DE IDADE

No dia do acidente, Marion combinou de me buscar no treino de natação porque minha mãe está em Sacramento para alguns exames médicos.

Quando Remi aparece no lugar dela, sei que aconteceu alguma coisa. Ele acabou de tirar a carteira, mas a mãe é tão paranoica com ele dirigindo que *nunca* deixa que ele fique com o carro. Mas o garoto está esperando por mim com as chaves na mão, e quase desato a correr para chegar até ele.

E Deus abençoe Remi, porque a primeira coisa que ele diz quando chego perto é:

— Sua mãe está bem.

— O que...

— Aconteceu alguma coisa no rio.

Todo o alívio se esvai de mim em um segundo.

— Penny?

— Não sei. Marion ligou para minha mãe faz algumas horas, disse que Penny e o pai não apareceram no ponto de encontro.

— George vive estendendo os passeios — argumento, embora sinta uma batida surda na cabeça.

É meu coração, percebo um tempo depois. Está batendo rápido demais, tentando alcançar meus pensamentos acelerados. (Quando foi a última vez que vi Penny? Qual foi a última coisa que ela me disse? Que realidade foi essa em que entrei ao sair da piscina?)

Sempre consigo respirar, mas de repente não consigo mais.

— Encontraram a canoa — Remi diz.

Tum, tum, tum.

— Estava bem destroçada.

Tum, tum, tum.

— Parece que eles tiveram que baldear água.

Tum, tum, tum.

E então ele está falando algum palavrão, e suas mãos estão sob meus braços porque, senão, vou cair no estacionamento.

— Estou bem — digo, e me solto de suas mãos e firmo os joelhos.

Tum, tum, tum.

— Onde estava a canoa? Onde eles estão buscando?

— Acharam perto de Devil's Fork.

— Eles deveriam estar buscando na região do Wishbone — digo. — Da última vez que saí com eles, George estava falando sobre levar Penny lá para o aniversário dela. Liga para sua mãe. Diz para ela.

— Você sabe que ela não tem sinal lá.

— Tá. Então dirija.

Ele ergue uma sobrancelha.

— Fiquei de levar você para casa.

— Remi.

— Tá — ele diz. — Vamos.

Remington é meu melhor amigo. E é por isso que, no caminho para lá, ele toca música do meu celular em vez do dele e não diz uma palavra, só me deixa olhar fixamente pela janela e roer as unhas até sangrarem.

Ela vai ficar bem.

Mesmo se teve que baldear água, ela sabe nadar. E devia estar usando colete. George não deixaria nada acontecer com ela.

(A primeira afirmação é verdade, a segunda, não sei, e a terceira... acho que só estou mentindo para mim mesma, porque algumas coisas são maiores até do que os melhores entre os homens.)

Os pinheiros são lindos em qualquer época do ano, mas passam turvos pela janela enquanto subimos mais e mais a estrada. Serpenteamos pela estrada, curvas sinuosas através dos penhascos e árvores, o rio apenas uma faixa azul e branca através dos pinheiros grossos quando se olha para a direita. Tento me concentrar neles, em qualquer coisa, mas, quando Remi diminui a velocidade onde a estrada se divide, não consigo.

— Podemos ir atrás da minha mãe... — ele começa.

Faço que não. Devil's Fork fica a alguns quilômetros descendo a estrada sul. O Wishbone é vinte e quatro quilômetros ao norte. Não podemos perder tempo. Se ela estiver ferida...

— Wishbone. Agora.

— Minha mãe vai ficar maluca.

Ele suspira, mas ruma para o norte em vez do sul.

Nada é fácil na floresta. É a primeira regra que me ensinaram sobre ela. A floresta exige trabalho. Esforço. E obriga você a fazer por merecer as coisas.

Você precisa respeitá-la. O que ela pode dar a você. O que pode tirar.

(Será que tirou Penny?)

— Tem uma bolsa no banco de trás — Remi aponta com a cabeça. — Coisas de emergência. É melhor a gente levar.

Desafivelo o cinto para pegar a bolsa de lona pesada fechada com zíper. A mãe de Remi sabe o que faz, claro, então, me seguro à bolsa como a tábua de salvação que ela é.

Seguimos o rio e, aí, a estrada se inclina de maneira acentuada para cima, subindo em ziguezagues que fazem meu estômago se contrair. Em uma bifurcação, Remi vira à direita e passa alguns quilômetros, a estrada se transforma em cascalho e, então, pura terra esburacada. Depois de mais alguns quilômetros, temos que parar. Há um portão florestal.

— Merda — Remi diz.

Saio e testo o portão, mas está acorrentado, sem ter como contorná-lo. Remi sai do carro, a bolsa de emergência pendurada no ombro.

— Vamos confirmar se temos tudo — ele diz, sempre o escoteiro. Mas não reclamo.

Verificamos nossas provisões: a bolsa tem um kit de primeiros socorros, garrafas d'água, um cobertor, roupas, barras de cereal, dois apitos, uma faca e uma lanterna. Remi coloca um dos apitos em volta do pescoço e me dá o outro.

Pego o celular e programo um timer.

— Caminhamos por trinta minutos. Deve dar para cobrir uns três quilômetros pelo menos. Chamamos os nomes deles a cada dez ou quinze passos, para eles terem tempo de responder e podermos ouvir.

— Certo, vamos lá.

Partimos, determinados e a passos rápidos.

— Penny!

— George!

(Conto os passos. Um. Dois. Três. *Por favor.* Quatro. Cinco. Seis. *Ela não pode estar.* Sete. Oito. Nove. *Se ela estiver bem...* Dez. Onze. Doze. *Faço qualquer coisa.*)

— Penny!

— George!

Estou usando chinelos sem tiras, que escorregam no carpete grosso de gravetos de pinheiro caídos da estrada de acesso. Faz muito tempo que ninguém vem aqui. Talvez desde a última temporada de incêndios.

— Penny!

— George!

O suor escorre por minhas costas enquanto me movo, estável e constante, pela estrada.

— Penny!

— George...

Remi pega meu braço.

— Tate, olha.

Ele aponta, e levo um segundo para ver o que ele avistou: um lampejo de laranja vivo entre as árvores.

A esperança... é uma coisa terrível. É o que aprendi.

Corro. A estrada fica íngreme e uma clareira se abre entre as árvores quando finalmente chego ao ponto de observação certo. Daqui, consigo ver o rio lá embaixo, e consigo ver *Penny*, na ribanceira curva. Ela está sentada. Está viva. (Ai, Deus, ela está *viva*.)

O laranja é o colete salva-vidas dela. Ela o está usando, de costas para mim, olhando fixamente para a água lá embaixo.

— Penny!

Ela nem volta os olhos na minha direção. Será que consegue me ouvir? Ergo a voz.

— Penny?

Nada ainda.

Preciso descer lá.

Cadê o George? Olho ao redor freneticamente enquanto Remi chega atrás de mim.

— Remi, vá buscar o carro.

— O portão...

— Encontra um jeito. Vai buscar sua mãe, então.

— Não posso deixar... — Ele para, olha para ela, olha para mim. Engole em seco. — Certo. Vou dar um jeito.

— Seja rápido.

Ele faz que sim. Eu o escuto se afastar, e toda minha atenção se volta para ela. Preciso descer lá. Eu poderia avançar mais, procurando um caminho mais fácil, mas ela está *logo ali*... e parece que não consegue me ouvir.

Então me sento na beira do declive, ranjo os dentes, tomo impulso e escorrego, de bunda, em uma velocidade que arranha a pele. Minhas costas ardem enquanto cascalho e galhos me prendem e um de meus chinelos escapa antes de eu chegar ao pé da encosta, mas chego lá.

— Penny.

Vou engatinhando até ela.

Ela está... destruída. As mãos dela. Ai, meu Deus. As *mãos* dela.

— Penny?

Ela demora um segundo, mas, agora que estou agachada na frente dela, se foca em mim.

— Tate. — E então ela ri baixo, um som agudo histérico que provoca uma sensação de pânico no meu estômago. — Você me encontrou. Claro. Claro.

— Todo mundo está te procurando. — Me concentro nos fatos. — Penny, acho que você está muito machucada. Suas mãos...

— Estão bem — ela insiste, acenando uma delas.

Tenho quase certeza de que vejo o *osso* através do inchaço e das feridas, puta que pariu... E essa voz... não é dela.

— Penny. — digo baixo, olhando ao redor. Nenhuma das coisas dela está aqui. Nem mesmo uma garrafa d'água, nem um remo... nem nada. O rio fica uns metros abaixo. Como ela chegou aqui com as mãos desse jeito? — Cadê seu pai?

— Ele morreu — ela diz, de maneira tão direta que sinto um choque me perpassar.

— Não...

— Ele *morreu* — ela rosna para mim, tornando-se feroz em um piscar de olhos.

E, de repente, lá está Penny de novo, mas não é a Penny que conheço. Os olhos dela nunca arderam tanto: viro cinzas sob o impacto de seu olhar, com a terra machucando meus joelhos.

— Certo — digo. — Ele morreu.

É como se eu tivesse atirado nela; ela se sobressalta e, aí, *ah*, aí, pouco a pouco, ela cede com minha aceitação.

— Obrigada — ela sussurra.

Então ela chora de soluçar, devorada pela tristeza desse fato, e sou destruída pelo horror dele.

Não consigo pensar no que fazer primeiro. Algo como pânico borbulha sob minha pele. Preciso ficar calma. Preciso ser rocha.

(Preciso ser rocha. Ai, Deus, ela precisa de uma.)

Ela está *destruída*.

Machucada e surrada e com vergões de galhos no rosto e nas pernas. Duas das alças de seu colete estão estouradas; só resta uma fivela. As mãos dela estão em carne viva, sangue vermelho e roxo. Alguns de seus dedos estão curvados em direções que não deveriam. Será que ela ainda tem todos? Minha mente tropeça nesse pensamento horrível enquanto tento contá-los. Ela está segurando o braço de maneira estranha, como se não conseguisse estendê-lo. Será que quebrou? Preciso levá-la para o hospital.

— Ele soltou. Na água. Ele soltou a corda. Falei que eu estava segurando. *Eu estava segurando.* Eu era forte o bastante. *Eu era.* Tate, eu era forte o bastante. Eu estava segurando. Juro. Eu estava segurando. Eu estava segurando. Eu *estava*...

— Eu sei que estava.

O cabelo dela esconde parte de seu rosto, e começo a estender a mão, mas me dou conta de que não deveria, porque tem sangue empapado na lateral de sua cabeça. Será que ela bateu? Cadê o capacete dela?

— Por que ele soltou?

Nossa, as mãos dela estão *mutiladas*.

— Ele não queria.

Olho por sobre o ombro. Será que ela consegue andar? Devo carregá-la para subir?

— Mas ele *soltou*.

Ela encosta a mão no joelho, bem de leve; faz com que ela solte um grito alto.

Há quanto tempo ela está assim? O dia todo? Mais? O cabelo dela não está mais molhado. Então, tempo suficiente para secar ao ar. Tempo suficiente para o sangue empapar seu cabelo e se coagular em seus braços e pernas. Tempo o bastante para todos os hematomas brotarem sob a pele, pálidos.

Tempo demais.

Meu cérebro está correndo em um milhão de direções. Ela precisa de médicos. Remédios. Antibióticos. Provavelmente cirurgia. Cadê Remi e o carro? Precisamos levá-la para a cidade, depois descer a montanha onde tem um hospital, não apenas uma clínica.

— Por que ele soltou? — ela fica apenas repetindo, como se estivesse em looping.

O foco extraordinário dela, que faz você se sentir tão visto quando ela o volta para você, está fixado de repente nessa pergunta terrível, e ela está presa nisso sem conseguir se soltar.

Estendo a mão, tentando ser delicada (querendo muito ser), e não envolvo seu rosto mas o seguro. Ela se enrijece mas não resiste. Seus olhos encontram os meus. E então ela vai tremendo menos, apenas de leve, seu corpo é pura adrenalina e dor e seja lá o que a mantém ereta.

— Tate — ela diz de novo, parecendo confusa. — Você é real.

(É como se ela estivesse me conferindo essa condição.)

— Sim — falo. — Vim buscar você. — Lambo os lábios. Simples. É melhor falar as coisas em termos simples. Mantê-la falando e focada, longe do que seja lá que aconteceu. — É melhor... é melhor irmos para casa. É uma boa, não? Casa?

— Casa — ela repete a palavra com a voz distante, e então seu rosto se *desmorona*, enruga-se como um lenço amassado no bolso. — Casa — ela fala de novo. — Ai, Deus. *Minha mãe.*

— Você está bem. Ela vai ficar muito aliviada.

Sei que é um erro no segundo que sai de minha boca.

Penny ri. Não é um riso histérico como antes. É horrível: seguro e aflito ao mesmo tempo.

— Ela vai me odiar — ela diz, com a mesma certeza com que tinha dito *Ele morreu*, e é impossível não acreditar nela, porque George é o metal do ímã de Lottie.

Era, acho... Puta que pariu.

— Por que ele soltou? — ela pergunta, desamparada.

— Não sei — respondo, embora eu tenha quase certeza que saiba.

Ele soltou para salvá-la.

(Eu também teria soltado.)

15

TATE

24 DE JUNHO

Sob a luz do estacionamento do lago, Penny torce o rabo de cavalo, a água respingando no pavimento.

Estou encharcada também, minha calça e minha regata de pijama coladas da maneira mais constrangedora possível porque estou sem sutiã. Minha trança de dormir molhada escorre sem parar pela barriga, e quero soltar o cabelo e torcê-lo para secar, igual ela está fazendo.

— Você trouxe uma toalha pelo menos? — pergunto.

Minha bolsa de natação não está na caminhonete, já que a caminhonete não é minha.

— Não estava pretendendo dar um mergulho.

— Você virou o caiaque!

— Foi meio que espontâneo. Eu estava sentindo o momento. Um momento que você meio que estragou me assustando.

Olho feio para ela, que solta um suspiro.

— Tenho cobertas no carro. Venha.

Ela destrava a perua, revira a traseira e pega duas cobertas de lá. Ela me dá uma, e me viro de costas para ela para poder enrolar a toalha ao redor do corpo, como um escudo. Tiro a calça e a regata embaixo da coberta e a amarro como uma toga ao redor do corpo.

Eu me curvo para pegar minhas roupas molhadas e, quando me endireito – não pretendia olhar, juro –, mas a vejo de relance e, então, acabo olhando.

Ela não está despida.

Eu teria desviado o olhar se ela estivesse. (Não é isso que quero, não dessa forma.)

Ela está com a coberta enrolada ao redor do corpo assim como eu, os ombros nus, mas agora torcendo o cabelo. Movimentos treinados que meus olhos seguem como minhas mãos gostariam de fazer, a cabeça inclinada para o lado, e isso não deveria apertar minhas entranhas, essa coisa simples, essa coisa que já a vi fazer antes. (Mas é diferente aqui, de certa forma, sob a luz do estacionamento, depois de me assustar, de pular e de tudo o que fiquei sabendo.)

— Você está bem?

(Não é diferente, Tate, o que você está pensando? Certas meninas não conseguem certas coisas.)

— Sim — digo. — Estou. Obrigada pela coberta.

— É melhor irmos. São quase duas.

— Sim. Só vou... — Aponto o polegar para trás de mim na direção da caminhonete, e começo a me afastar dela de ré.

(Não consigo tirar os olhos e só me viro depois que ela se vira – que menina idiota, puta que pariu.)

Entro no carro, mas Penny sai primeiro com o dela. Graças a Deus ela faz isso, porque só me seguro tempo suficiente para as luzes de freio dela desaparecerem.

Meus pulmões ainda não recuperaram o fôlego desde que pulamos na água e, quando Penny sai de meu campo de visão, perco o controle.

Não existe uma forma graciosa ou boa de exprimir isso. Só perco a porra do controle todo: os dedos brancos no volante enquanto lágrimas se misturam à água do lago que escorre pela frente do meu corpo.

(Eu realmente achei que ela...

Nem hesitei.

Só pulei.)

Minha cabeça está zonza. A adrenalina faz isso com a pessoa. (E Penny tem um talento de elevar minha adrenalina, não tem?)

O movimento pelo canto do olho é o único alerta que recebo antes de ela bater na janela da caminhonete. Não me sobressalto, embora nem tivesse ouvido o veículo chegar. Mas quero atravessar o piso da caminhonete de Marion e me afundar na terra para escapar dela, já que não tenho como esconder meu choro.

Baixo a janela, erguendo uma sobrancelha, como se meus olhos já não estivessem tão vermelhos quanto meu nariz.

— Você não estava me seguindo. Fiquei preocupada que a caminhonete não tivesse ligado.

— Está tudo bem.

Ela coloca as mãos na janela. Será que acha que vou subir o vidro de novo? Definitivamente passou pela minha cabeça. Os dedos dela, pintados de cor de cobre com pequenos triângulos nas pontas, se curvam ao redor do vidro.

— Acho que apavorei você tanto quanto você me assustou — ela diz.

A respiração trêmula que solto é humilhante, mas estou desesperada para tomar ar.

— Acho que sim.

— Desculpa.

— Sério?

Ela cora como se fosse uma acusação. Eu não pretendia falar nesses termos.

— Acho que é meio difícil, Tate, ter você como testemunha de todos os desastres de minha vida.

— É... é isso que você pensa de mim? — Minha voz se abala, porque ela me abalou. É mesmo isso que sou para ela? Uma figura constante em todas as suas piores memórias?

Seus olhos se arregalam.

— Não. Não. É só que... — Os dedos dela apertam as bordas da janela, inclinando-se para perto de mim em vez de se afastar. — Nossas vidas, Tate, elas são cagadas em sentidos diferentes, certo?

Concordo com a cabeça.

— Mas você simplesmente... sempre parece lidar com tudo. E eu não consigo. Tipo, de jeito nenhum. Saio por aí tentando arrumar as coisas, e elas explodem na minha cara na maioria das vezes, e você está sempre lá. E eu só... queria ser...

— O quê?

— Queria não viver fracassando na sua frente, tá?

— Penny, eu... — Minha boca não sabe o que dizer, mas meu corpo parece saber, porque estou estendendo a mão na direção dela, os dedos deslizando sobre os dela, que apertam a borda da janela, e o suspiro que ela solta...

... Será elétrico para ela também? Como aquele frio na barriga quando você mergulha de cabeça pela primeira vez – corpo quente, água gelada –, o choque do qual não dá para fugir?

Se eu olhar para ela, já era, então, encaro nossas mãos. A dela e a minha. Meus dedos param sobre os dela, nós duas geladas pelo lago, mas não é esse o motivo por que os pelos se arrepiam.

Pelo menos não para mim.

— Só porque pareço ter tudo sob controle não quer dizer que eu tenha.

Mas a mão dela está na minha, e a minha está na dela – de verdade, metaforicamente... talvez para sempre.

— Você é melhor do que eu em todas essas coisas médicas — ela sussurra. Eu a conheço o bastante para saber como dói para ela admitir isso.

— Tive mais prática do que você como cuidadora — digo. — Mas você é a única de nós que realmente passou por uma cirurgia e precisou se recuperar num hospital.

As sobrancelhas dela se contraem, como se ela quisesse fazer careta.

— Não é a mesma coisa. Minhas mãos... É diferente.

— Sim, mas você ainda tem mais experiência em ser paciente. Aposto que você sabe qual gelatina do hospital é a melhor.

— A verde, *óbvio*.

— Limão-taiti? Eca — digo, em parte para ela rir, e ela ri.

Ela revira os olhos.

— Você é uma ignorante em questão de gelatina.

— Eu gosto da vermelha.

— Tem gosto de xarope para tosse.

— Xarope para tosse delicioso.

— É óbvio que vou fazer as escolhas de gelatina para minha *e* para sua mãe, se necessário.

— Óbvio. — Concordo com a cabeça, muito séria. — Elas devem ser protegidas de más decisões de gelatina.

— Eu sei do que estou falando — ela diz, e seus dedos se flexionam sob os meus, não como se ela quisesse tirar a mão, mas mais como se quisesse sentir meus dedos nos dela (ou talvez seja apenas uma vontade minha).

— O quê?

— Você está tentando me distrair.

— Foi *você* quem veio aqui e *me* distraiu. Eu já estaria em casa a esta altura se não fosse você.

— Pensei que você estivesse destruída!

— Mas não estou. Só estou tentando me recuperar depois de você ter tirado dez anos da minha vida.

— Você tem setenta anos? Essa é a coisa mais parecida com uma frase da vovó que você já disse — ela declara.

— Marion nem tem setenta.

— Tate!

Isso me faz olhar para ela (grande erro), e a expressão dela faz meu estômago se apertar (erro maior ainda), e um dos dedos dela pousa na cicatriz do anelar dela (o maior erro de todos).

— Falta só um dia — ela diz baixo.
— Eu sei — respondo.
Na sexta, tudo muda.
— É cedo demais. Tipo, sei que não é. Sei que não. Sei que, quanto antes, melhor. É que eu...
— Você quer o que não temos. Mais tempo.
— Não é só... — Ela se contém. Consigo sentir o pulso dela se acelerar, a maneira como o sangue dela lateja sob minha pele. — Achei mesmo que teria mais tempo — ela diz.
Espero, porque suas mãos estão quase tremendo embaixo das minhas.
— Achei que teria mais tempo para recuperar o amor dela.
Fico quieta, e ela finalmente ergue os olhos quando o silêncio se estende.
— Você não vai me dizer que minha mãe me ama? — ela pergunta, e é uma provocação, é um desafio.
Posso ser a testemunha do pior dela, mas ela é a provocação da minha vida (o desafio do meu bendito coração).
— Faz muito tempo que sua mãe é péssima em amar as pessoas, até ela mesma — digo.
— Ela vai dar parte do fígado para *sua* mãe.
— Vai. E vou ser eternamente grata a ela por isso. Mas isso não quer dizer...
— O quê?
— Não apaga o que aconteceu. Não perdoa tudo que sua mãe fez. Não deveria perdoar.
— Ela não é uma péssima mãe.
— Ela foi, *sim*. — Não estou fazendo rodeios. É isso que significa estar do lado de Penny. — Não é porque ela se perdeu no luto. Mas porque, quando melhorou e se recompôs, ela não pediu desculpas nem se redimiu. Só fingiu que nada aconteceu. Mas aconteceu. Eu sei que aconteceu e você também sabe. É por isso que ela evita me olhar nos olhos às vezes, porque eu estava lá quando minha mãe estava cuidando dela. E é por isso que evita você ainda mais. Ela não precisa evitar minha mãe... minha mãe é a melhor amiga para a vida toda dela. Elas são tudo que restaram uma à outra.
— *Nós* somos tudo que restou a elas — Penny intervém.
— Sim, somos. Mas é diferente entre as duas — digo. — Somos quase adultas. Se tudo der certo, vamos nos mudar. Seguir a vida. E elas são...
— Para sempre — ela completa, quase com amargura.
— Velhinhas tricotando no alpendre — falo, porque é a piada que minha mãe e Lottie fazem.

Mas isso não a faz sorrir. Ela tira a mão e, em sua ausência, a minha fica fria.

— É melhor voltarmos — ela diz, e noto o cuidado que ela tem em não chamar de *casa*.

Mas agora é: nossa casa. Temos que aprender a nova forma disso enquanto aprendemos a dividir o espaço que nunca tivemos que dividir; estamos muito acostumadas a ser apenas crianças.

— Vou atrás — é tudo que digo em resposta, porque, se eu continuar falando, muita coisa vai escapar.

(Porque eu estava lá, naqueles dias de luto profundo de Lottie, e Penny não estava, e fico grata por isso, mas é como se houvesse camadas de desconfiança no fundo de meu coração por causa daqueles meses, o tiro no escuro impulsivo que era Lottie e o rastro da dor dela, comigo contando comprimidos e verificando pulsos e criando hipóteses na minha cabeça.)

Eu me mantenho colada ao brilho vermelho das luzes traseiras dela durante toda a viagem de volta para casa. Fico em silêncio enquanto a sigo para atravessar a porteira e subir a estradinha e entramos na ponta dos pés na casa escurecida. Mas tenho que diminuir o passo porque não consigo enxergar, e não lembro se o cabideiro é à direita ou à esquerda, e trombar naquela monstruosidade de ferro fundido realmente seria o ápice desta noite.

Dou passos hesitantes à frente. Um. Dois. Consigo enxergar as sombras da escada agora.

Uma luz se acende na sala.

— Oi, meninas — diz uma voz.

Fico paralisada. Penny deixa as chaves caírem de tão assustada.

E minha mãe?

Ela apenas sorri com sarcasmo no sofá.

16

PENNY

ATO TRÊS: O FUNERAL

QUINZE ANOS DE IDADE

Depois que me levam ao hospital, tudo permanece nebuloso por muito tempo. Provavelmente porque a médica me injeta um monte de remédios e antibióticos assim que se aproxima de mim. Vou entender o motivo depois, porque eles têm que operar minhas mãos e colocar meu ombro de volta no lugar, e algumas costelas estão quebradas, mas eles não podem fazer muito a respeito disso, além de enfaixar minha barriga e me drogar mais um pouco. Na hora, tento resistir a isso – e a eles: todos exceto Tate, na verdade –, mas não consigo.

Fico no hospital grande por dias. Talvez semanas. Perco a noção depois do terceiro dia.

No terceiro dia, a equipe de busca e resgate o encontra. O único momento que minha vó sai de perto de mim é para identificar o corpo.

Não vejo minha mãe durante esse tempo todo.

— Ela está mal, amor — vovó diz. — Precisa descansar.

Eu sei a verdade: ela não quer me ver.

Isso se consolida como fato assim que me levam para casa... mas não para *casa*. Vou para a casa da vovó.

Durmo no quarto em que meu pai dormia quando era criança e quero senti-lo nas paredes, nos livros e nas varas de pesca que ele deixou, mas não sinto nada.

Não estou apenas dormente. Simplesmente não estou aqui.

Penny abandonou o prédio e o estado e provavelmente o planeta. Flutuo. Não sou nada.

Gosto mais disso do que deveria.

Anna vem. Ela traz Tate, e não olhamos uma para a outra durante todo o tempo que elas estão lá.

Ela se ajoelhou comigo, lá na terra. Envolveu meu rosto.

Ela me trouxe de volta.

Eu nem agradeci.

Nem disse nada.

Antes de elas saírem, Anna me dá um beijo na testa, ela hesita um pouco antes, como se não soubesse onde tocar, onde vai doer menos.

— Foi bom ver Tate, não foi? — vovó pergunta quando o som dos pneus do carro no cascalho desaparece.

Dou de ombros. Não consigo olhar para o outro lado porque ainda não consigo me deitar de lado. Mas é o suficiente para fazê-la deixar o assunto de lado.

Minha mãe decide enterrá-lo.

Quando vovó me conta isso, eu só a encaro, e ela precisa desviar o olhar. A vergonha arde vermelha em suas bochechas.

Já estou falhando com ele de novo.

— É a escolha da sua mãe, Penny.

Desta vez, não me importo o quanto doa me virar. A dor é a única coisa que me impede de gritar.

Na manhã do funeral, finalmente vejo minha mãe. Minha vó tem que me levar para casa para buscar meu vestido preto, e lá está ela, na sala de estar, já vestida e impecável, nem sequer uma mancha de rímel. Ela está paralisada no sofá, o olhar fixo voltado para a frente, e, quando a porta se fecha atrás de vovó, seus olhos se voltam tão rapidamente para nós que é quase assustador.

— Marion? — Escuto a voz de Anna chamar do fundo da casa. — É você?

— Sim, somos nós — vovó diz. Ela coloca o braço ao redor de mim. — Lottie — ela fala suavemente. — Estamos aqui. Para irmos todas juntas. Lembra?

Minha mãe faz que sim um segundo mais tarde. Ela está olhando fixamente para meus curativos, e tenho que resistir ao reflexo de escondê-los, porque dói mexer neles, ou pensar neles, ou mesmo ficar parada.

— Oi, filha — minha mãe me cumprimenta.

— Penny, quer ir se vestindo? — vovó sugere quando não respondo.

Mas estou focada em meu alvo agora. Abano a cabeça e estou em movimento, saindo do saguão e entrando na sala, até estar bem na frente dela. Até estar me engrandecendo diante dela, com meus hematomas e curativos bem na sua cara.

Há tanta coisa que quero dizer. Eu a odeio e a amo e preciso dela e *precisava* dela e ela ficou aqui esse tempo todo, e ela *sabia*, ela sabe agora, e ela ainda está simplesmente...

Paralisada.

Não sou mesmo nada. Para ela.

— Por que você vai colocar meu pai embaixo da terra?

É a primeira coisa que falo em dias. Vocifero isso contra ela, porque é algo que deve ser vociferado. É ridículo. É *errado*.

Não é o que ele queria.

— Penny — ela diz com a voz rouca. — Filha. Por favor, não faça isso comigo. Não hoje.

— Então não o coloque num caixão.

— Penny. — Ela abana a cabeça. — Preciso do meu remédio.

— Amor — vovó diz atrás de mim. — Vem. Você precisa se vestir.

Mas vovó não pode pegar meus braços ou mãos nem me guiar para longe pelos ombros, então uso isso a meu favor e fico parada.

— Não é o que ele queria.

Minha mãe fica só abanando a cabeça.

— Anna? — ela chama. — Preciso dos meus comprimidos.

— Amor... — vovó insiste.

Mas continuo falando. Só pensei nisso desde que vovó me contou. Meu pai num caixão. Meu pai fechado, para sempre. Meu pai, que amava o ar livre mais do que tudo, na escuridão profunda e abafada.

— Você *sabe* o que ele queria — continuo. — Ele queria ficar na água. Ele queria ficar no ri...

— Não se atreva. — Ela ganha vida num segundo, como uma cobra dando um bote. Ela se levanta do sofá e fica de frente para mim, e tenho quase a altura dela, mas nem tanto. — Você acha que vou dar mais uma parte dele para o rio? Você é maluca.

— Lottie!

Não é vovó quem diz isso. É Anna, que vem correndo do quarto dos fundos, com Tate a seu lado.

— Você escutou o que ela disse? — minha mãe pergunta, e é quase sarcástico quando ela continua. — O rio *mata* meu marido, e ela quer que ele seja colocado de volta lá. Maluca! — Desta vez, quando ela me chama de maluca, ela quase berra comigo.

Quero me encolher.

Mas não sou nada. E acho que existem vantagens nisso.

— Já chega — minha vó rosna.

— Lottie, você precisa *parar* — Anna diz. — Penny, meu bem, vai ficar com Tate, tá?

— Não — respondo.

Minha mãe baixa os olhos, mas sigo seu olhar. Eu me movo com ele. Eu me recuso a deixar que ela me ignore.

— Se você fizer isso, nunca vou te perdoar.

Então ela olha para mim.

Então ela ri da minha cara.

— Não sou eu quem precisa de perdão.

E é aí que minha vó acaba dando um tapa na minha mãe no dia do funeral do meu pai.

Não vou. Minha vó suplica, minha mãe nem se importa, Anna tenta argumentar, mas simplesmente não consigo.

Fico no alpendre dos fundos enquanto as escuto andar pela casa. Minha vó chama meu nome mais uma vez, mas, como não respondo, ela suspira, e seus passos se afastam. Quando escuto o carro se afastar, finalmente relaxo...

... e então me sobressalto, porque a porta corrediça se abre atrás de mim. Eu me viro, muito devagar – odeio como me movo devagar agora – e Tate está lá, com seu vestido preto, seu cabelo em tranças francesas como sempre.

— Sua mãe está desequilibrada — Tate diz ao atravessar o alpendre e se agachar a meu lado. — Entendo por quê. Mas não dê ouvidos a ela.

Não digo nada. Não sei o que dizer.

Será que ela sempre vai estar na plateia de meus piores momentos? Será que sou tão fraca e destruída aos olhos dela quanto sinto que sou?

Ela sabe o que fez naquele dia?

Preciso agradecer a ela. Mas, se eu fizer isso, vou ter que admitir.

Eu tinha flutuado sobre aquele rio. Talvez eu tivesse deixado que ele me levasse. Eu queria... talvez ainda queira. Mas, antes que tivesse a chance, ela estava lá, sendo que eu sabia que era impossível que ela estivesse.

E eu pensei: *Óbvio*. É óbvio que era *ela* que meu cérebro invocaria. Eu devia estar morrendo para sonhar com a presença dela.

Ela não tinha como ser real.

Mas aí ela tocou em mim, e ela era real. Ela estava lá.
Ela me encontrou.

E, pela primeira vez desde que ele soltou aquela corda, eu quis continuar respirando. Só um pouco.

— Minha mãe tem razão — digo a ela, porque Tate já viu meu pior. É melhor que ela saiba minha verdade.

— Sua mãe está cheia de asneira, luto e Diazepam — Tate diz bruscamente. — Ela nem sabe o próprio nome agora. Mas não ligo para as justificativas. Ela deveria ter ficado no hospital com você.

Sobe em meu peito tão rápido que não consigo nem me preparar para isso nem tentar conter. É como se ela tivesse aberto um buraco na represa dentro de mim, e o que escapa...

— Ah, merda, Penny — ela diz quando começo a chorar de soluçar. — Desculpa, eu não queria... sei que sua mãe está lidando com muita coisa também. Mas você quase *morreu*...

Não posso abraçá-la. Tenho medo demais de esbarrar a mão em algo tão sério. Mas coloco com cuidado a mão direita, a que tem apenas um pino, no joelho dela, e então coloco a esquerda com ainda mais cautela, e ela fica em total silêncio. Sua respiração se esvai em um chiado. Suas mãos se agitam no colo, a poucos centímetros de minhas mãos enfaixadas.

Por um longo tempo, é assim que ficamos. Um toque, mas através de tantas camadas, que quase não é um toque. As pontas de seus dedos poderiam encostar nas minhas se ela as esticasse um pouco.

— Obrigada — finalmente digo a ela.

Suas sobrancelhas se erguem.

— Pelo quê?

Seus dedos se esticam... Será de propósito?

— Por ir atrás de mim. Por ficar. Por estar do meu lado.

Os dedos de Tate tocam os meus. O peso leve de sua mão através das faixas me faz querer começar a chorar de novo.

— Vou atrás de você sempre que precisar de mim — ela diz. — E vou ficar se me quiser. Mas, Penny, não era para ter lados aqui.

Os dedos de Tate deslizam gentilmente sobre minha mão. Ela lambe os lábios. Os olhos dela são uma tábua de salvação. Não consigo desviar o olhar.

— Sempre tem lados.

Tenho que desviar os olhos porque, senão...

O luto faz você pensar coisas malucas. É o que dizem, né? Minha mãe tem razão. *Estou* maluca.

Quero tanto que alguém me abrace.

É Tate quem desvia os olhos.
É Tate quem se curva...
... para pressionar os lábios em minhas mãos enfaixadas.
Primeiro a direita. Depois a esquerda.
E é Tate quem me traz de volta à terra quando diz:
— Se existem lados, estou do seu.

PARTE TRÊS

Cirurgia
(ou: a vez na piscina)

17

TATE

24 DE JUNHO

Encaramos minha mãe sentada no sofá como se olha uma rainha triunfante. Ai, Deus, ela está tão presunçosa. Nunca vai me deixar esquecer deste momento.

— Vocês se divertiram saindo às escondidas? — minha mãe pergunta.

Penny ajeita a alça de sua toga de cobertor e passa a mão na cabeça como se fosse esconder o cabelo molhado. É óbvio que nós duas estávamos na água. Não dá para esconder isso da mãe de uma nadadora, mesmo uma tão retraída quanto a minha.

— A gente só estava... — Penny não consegue encontrar uma mentira, olhando para mim em desespero.

— Nadando peladas? — minha mãe pergunta, com as sobrancelhas arqueadas e mal segurando o riso.

Mesmo sob a luz fraca, consigo ver que os olhos dela estão praticamente cintilando.

Fico muito satisfeita por meu constrangimento adolescente ser tão divertido para ela. Sério mesmo. Ela precisa de todas as gargalhadas que conseguir dar.

— Não! — Penny diz, soando tão horrorizada que quase parece falso.

— Penny queria me mostrar o cervo perto do riacho — digo rápido, para ela não se afundar em um buraco ainda mais fundo. — Eles só saem à noite. Escorreguei e caí. Ela precisou me ajudar a sair.

— Uhum — minha mãe responde. — Penny, meu bem, por que você não vai para a cama, hein?

— Vocês vão...

— Amanhã de manhã a gente conversa — minha mãe diz com calma.

Penny olha para mim uma última vez antes de subir a escada correndo, fazendo com a boca *trégua* para mim, como se eu fosse esquecer. Não vou dedurá-la, com ou sem trégua. Até porque a regra de Lottie de proibir rafting no rio tem tudo a ver com Lottie e nada com Penny.

Mas não tenho a mesma sorte de Penny de poder ir para a cama.

Não apronto coisas como essa. Sou uma boa filha. Não saio às escondidas; não preciso. Porque eu e minha mãe temos uma relação de confiança. E sei como isso é valioso – e raro – porque vi o que não ter isso fez com Penny.

— Vem sentar — minha mãe diz, dando um tapinha no alto da montanha de almofadas do sofá. — Precisa de uma toalha?

— Estou bem assim.

— Tem alguma coisa para me contar?

— A gente só desceu ao riacho mesmo para ver o cervo. Não queria assustar você.

Há um momento em que ela parece decepcionada.

Então pega o celular da mesa de centro, abre um aplicativo e o entrega para mim. Olho para a tela: é o aplicativo do cartão de crédito dela, e vejo o pagamento que fiz.

— Recebi um e-mail dizendo que um pagamento extra foi feito — ela diz. — No início, achei que fosse um engano.

— Não é.

— Isso eu entendi. Tate, docinho, o que você fez?

É difícil demais olhar para ela, aquele rosto franco que me fala desde que me entendo por gente: *Você sempre pode conversar comigo*. Eu acreditei nisso e me irritei com isso e amei essa promessa que ela sempre me fez. *Nós contra o mundo.*

Traí essa promessa, passando por cima dela dessa forma.

— Minha caminhonete. Eu vendi e usei o dinheiro para quitar o cartão e algumas outras contas.

— Por que você faria isso?

— Porque o cartão estava quase estourado e eu sabia que precisávamos dele para alguma emergência, porque sempre tem uma emergência. E eu estava certa, né? Temos que pagar um aluguel em Sacramento e imunossupressores...

— Tate, conseguir prever a espiral decadente de uma doença crônica não faz de você uma Cassandra personificada. Só faz de você minha filha. E minha filha não deveria assumir o controle das minhas contas.

— Eu não...

— Você agiu pelas minhas costas em vez de conversar comigo. Não fazemos isso.

— Só queria tirar essa preocupação das suas costas. Você já tem que lidar com muita coisa.

— Você montou aquela caminhonete praticamente do zero com Marion. Era importante para você.

— Vou juntar o dinheiro para comprar e arrumar outra lata-velha antes de me formar — digo. — Mas isso era mais importante. Eu... era importante para mim.

— Por quê?

— Porque sim — digo. — Porque... — E aí apenas abano a cabeça, os olhos ardendo.

Certas coisas não podem ser desditas. Certas coisas as mães não deveriam ouvir.

(Porque sempre sinto no fundo da garganta o peso de quase perdê-la, porque sempre vou me preocupar mais com ela do que comigo mesma, porque sou gananciosa a ponto de ainda buscar o que quero, mas decente o bastante para entender que sou egoísta por isso. Porque, por fora, certas pessoas podem olhar para nós e pensar que *ela* é o fardo, mas na verdade sou eu.)

— Certo — ela diz, e esfrega círculos em minhas costas úmidas enquanto tento não tremer sob o toque dela. — Está tudo bem. Vamos só... fazer um acordo. Se quiser contribuir, converse comigo primeiro. Como fizemos com o trabalho de fim de semana na cervejaria. Não tenho como estar no seu time se você não me contar seus planos. E, mais do que nunca, precisamos estar no mesmo time.

— Eu sei. Desculpa

— É *meu* trabalho cuidar de *você* — ela me lembra. — E sei que tem sido o contrário...

— ... Não tem importância.

— Você já perdeu coisas.

— Desde que eu não perca você.

— Ah, docinho.

— Mais um dia, mãe — digo.

Ela aperta minha mão.

— Mais um dia — ela repete, e nos deliciamos com esse fato, com saber que em breve, talvez, esse seja o ponto de virada.

Eu me levanto cedo. Preciso encaixotar mais coisas do apartamento antes de partirmos para Sacramento amanhã. E preciso fazer algum tipo de plano de limpeza para podermos recuperar a caução. Ronnie, o proprietário, é conhecido por deixar de devolver o dinheiro por qualquer coisinha.

Então acordo às cinco e meia e, quando são seis e está claro lá fora, já estou de maiô e moletom, com a bolsa preparada.

Saio discretamente, tendo aprendido ontem à noite quais são os degraus que mais rangem. Mas minha cautela de nada adianta, porque Penny está sentada no degrau debaixo, esperando por mim.

— O que você está fazendo acordada a esta hora? — pergunto baixo.

— Precisamos começar a encaixotar a cozinha do apartamento, né?

— Eu posso fazer isso...

— E eu posso ajudar. Meu turno começa ao meio-dia, então você me tem por cinco horas; daí podemos voltar para o jantar de que nossas mães vão nos fazer participar. Ah! E separei os materiais de limpeza para deixar lá.

Ela bate no engradado a seus pés.

— Eu ia nadar primeiro — digo, e odeio como me sinto culpada por dizer isso.

Ela só dá de ombros.

— Tudo bem. Posso encaixotar enquanto você treina.

— Tem certeza?

— Sim. Mas vamos antes de elas acordarem, porque minha mãe vai querer supervisionar e depois desaparecer por duas horas buscando almoço para todo mundo, e sua mãe vai tentar fazer todo o trabalho... e as duas precisam descansar antes da viagem amanhã.

— Marion é a única pessoa sensata em toda esta casa — murmuro.

— Pode apostar — a voz dela responde da cozinha, seguida por uma gargalhada quando eu e Penny calamos a boca.

— Tchau, vó! — Penny sussurra alto antes de pegar o engradado com os materiais de limpeza.

Coloco a bolsa de natação no ombro, e saímos às pressas, com Penny olhando para mim por sobre o ombro e sorrindo como se fosse uma piada interna.

Destranco o portão, e ela passa com o carro para eu poder trancá-lo atrás de nós. Depois de entrar na perua, afivelo o cinto e começo a revirar minha bolsa.

Ela olha para o galão roxo que tirei da bolsa e começa a rir.

— Isso é *enorme*.

— É útil.

— Não é de se surpreender que sua pele brilhe, de tão hidratada que você é.

— Minha pele não *brilha*.

— Meghan me pediu várias vezes para espiar sua rotina de cuidados com a pele, então, sim, você brilha.

— Minha rotina de cuidados com a pele é protetor solar.

— Ai, meu Deus, óbvio que é. Que injusto. Enquanto isso, estou aqui dando dinheiro para as empresas de adesivos para espinha. Acne hormonal é um horror.

— Minha mãe diz para tomar chá de hortelã para isso — sugiro enquanto serpenteamos pela estrada curva na direção da autoestrada.

— Eu topo qualquer coisa. Como se a cólica já não fosse o bastante para enfrentar todo mês. — Ela abana a cabeça e pergunta: — Sua mãe ficou muito brava ontem à noite?

— Ficou. Mas não por nossa causa.

— Por que ela ficou...

— Ela descobriu que vendi minha caminhonete.

— Puta merda.

— Mas está tudo bem.

Ela olha para mim com ceticismo puro.

— Sério? — Ela sobe na rampa para a estrada, seguindo em direção à cidade. — Ela deixou passar? Você estava tão preocupada.

— Acho que minha mãe não tem energia para me castigar — digo.

— Eu diria que você tem *sorte*, mas é um motivo muito bosta para ter sorte.

Ela entra na via rápida para ultrapassar um caminhão carregado de troncos de pinheiro.

Não sei por quê, mas isso me faz abrir um sorriso.

— Não é sorte. Eu e ela temos um acordo.

— Que tipo de acordo?

— Não nos preocupamos com coisas pequenas. Nós focamos o quadro geral. Pensei que viraria uma grande briga. Era com isso que eu estava preocupada. Mas agora tem motivos maiores de preocupação. Eu não sabia que precisaríamos alugar um apartamento em Sacramento por um mês por causa da recuperação delas. Agora sei, então, acho que talvez você tenha razão: é sorte eu ter vendido.

— Não. Eu estava errada. Foi esforço seu — ela disse. — Você sempre se esforça.

Preciso olhar para a janela nesse momento. Focar as árvores que passam em alta velocidade. Senão, acho que posso tentar esticar o braço para ver se a mão dela se lembra da minha ontem à noite... porque a minha se lembra.

18

Penny

24 DE JUNHO

É estranho ficar sozinha no apartamento de Tate. Eu a deixei na piscina e vim de carro, carregando meu engradado de produtos de limpeza pelos degraus de cimento dos anos 1970.

O lixo não foi tirado, então, começo por ele e desço a escada.

A lixeira fica do outro lado do estacionamento e, enquanto caminho na direção dela, uma porta se abre no fim do corredor do térreo. Um homem sai, apoiando-se no batente, observando-me com um olhar lento de cima a baixo que faz minha pele se arrepiar. Penso em simplesmente correr de volta escada acima; às vezes, fugir é a melhor opção. Mas lanço um olhar duro; ele só fica me observando, e os alarmes em minha cabeça estão disparando. Merda. Escolhi errado. Eu deveria ter mantido os olhos baixos e saído às pressas.

Jogo o lixo fora e volto a subir a escada, tentando sem sucesso não parecer que estou correndo. Ele não sai do lugar.

É uma coisa boa Tate e Anna saírem daqui. Nossa casa é mais segura.

Lembro de trancar a porta antes de começar a montar as caixas. Ligo meu aplicativo de ruído branco e começo a usar a fita adesiva enquanto grilos cantam, árvores farfalham e pássaros piam. Quando Tate voltar, ela vai querer colocar música. Mas posso ter minha floresta relaxante agora.

Enquanto fecho as caixas com fita adesiva, meus pensamentos divagam, minha mente boia, flutuando na corrente. Depois de menos de vinte e quatro horas morando juntas, Tate já descobriu meu grande segredo.

Duvido que Anna tenha acreditado em nós. Ela seguiria o código das mães e contaria para minha mãe que estava rolando alguma coisa. Esse é o jeitinho delas.

Quando meu pai morreu, uma parte de mim ficou muito grata por minha mãe ter Anna. E parte de mim ficou muito brava por ela ter Anna. Porque isso significava que ela não precisava nem um pouco de mim. Talvez fosse egoísmo. Mas eu precisava da minha mãe, e o que recebi foram promessas quebradas e negação... olhos vítreos e regras que me fizeram querer fugir ao mesmo tempo que me deixavam mais perto de alguém que passou meses sem mal conseguir olhar para mim.

Seria mais fácil se parássemos de fingir? Ou seria tão difícil quanto nós duas pensamos?

Não é por isso que continuamos fingindo?

Bem quando acabei de terminar a parte da frente dos armários, escuto a porta se abrir.

— Tate? — chamo. Eu tinha trancado a porta, não tinha?

— Penny, é você? — A voz de Anna pergunta.

— Na cozinha.

Anna coloca a cabeça para dentro.

— O que você está fazendo aqui?

— Encaixotando as coisas. Tate me deu as chaves. Ela está na piscina até as dez.

— Penny... — Ela sorri. — Não mereço vocês duas.

— Merece, sim. Você deveria ir para casa e repousar. Temos uma viagem longa amanhã. Tem chá gelado na geladeira e espreguiçadeiras no barracão. São legais de colocar no jardim da vovó com todas as borboletas.

— Eu deveria ajudar...

— Você deveria repousar. Aposto que minha mãe está descansando.

Ela se apoia no balcão.

— Como você está, Penny?

Penso na trégua. *Não estressar as mães.*

— Estou ótima.

— Mesmo? Sei que é assustador. O que sua mãe está fazendo por mim...

— É ótimo.

Ela sorri, e há compreensão demais em seus olhos.

Anna tem um ar de sabedoria. Não tem como escapar. Ela atrai você. Acolhe você. Faz você querer confiar. Mas tenho que resistir.

Amo Anna. Sou grata por ela, porque minha mãe pode estar mantendo-a viva agora, mas tenho quase certeza de que ela manteve minha mãe viva depois da morte do meu pai. Anna sempre sabe o que fazer.

Eu a amo por isso – ela soube o que fazer com a aliança do meu pai e com o coração e a cabeça da minha mãe depois do acidente – e a odeio um pouco por isso porque ela tem todas as respostas sobre minha mãe que a própria não consegue, ou talvez não queira, me dar.

— Mesmo assim, é assustador — ela diz. — Você perdeu muita coisa nos últimos anos.

— Não quero falar sobre isso.

Diga a sua mãe que a amo.

— Eu sei — ela fala. — Mas, se um dia quiser...

Cresce dentro de mim a irritação que eu não deveria ter com ela.

— Você não quer que eu fale sobre isso, Anna — digo, e suas sobrancelhas se franzem.

Ela perdeu peso nos últimos meses. Voltou a parecer doente, como era durante a quimioterapia. Eu não deveria estressá-la assim.

— Quero que você possa conversar sobre tudo que aconteceu.

— Não quer, não — digo a ela. — Você ama minha mãe.

— Amo — Anna responde. — E amo você.

— *Porque* você ama minha mãe.

— Ah, Penny — ela diz, e é tão triste a maneira como ela pronuncia. Não sei se é porque ela sabe que é verdade ou porque sabe que sou o tipo de menina que não consegue imaginar qualquer outra verdade.

— Estou mesmo com tudo sob controle aqui — falo, pegando outra caixa dobrada. — E Tate vai acabar em uma hora.

— Certo — Anna diz devagar. — Só vou pegar algumas coisas. Tenho que falar com Drew na cervejaria antes de voltar para casa.

— A massa de pretzel — lembro.

— Ele não consegue acertar por nada nesse mundo. — Anna estala a língua. — Não tenho ideia do que eles vão fazer enquanto eu estiver fora. Então vou deixar isso com você se Tate vai voltar logo.

— Ela vai, sim.

— Só mais uma coisa.

— O quê?

— Sobre ontem à noite.

Meu estômago se revira e meus dedos apertam o frasco de spray.

— Pedras cobertas de alga e só uma lanterna não foi uma boa ideia, admito — respondo, tentando manter a voz leve em vez de suplicante. Será que ela consegue deixar para lá em vez de seguir o código das mães?

— Certo. Entendo que também não queira falar sobre esse assunto. Sei que deve ser constrangedor, considerando tudo. Mas só me deixe perguntar: vocês estão usando proteção? Você e Tate estão usando proteção?

Meu cérebro se atrapalha por um momento, porque a primeira pergunta meio que faz sentido, mas a segunda, somada ao tom da voz dela, não. A cara que ela faz tem alguma coisa de errado; é mais divertida e resignada do que chateada por eu ter quebrado as regras da minha mãe, e fico muito confusa até ela continuar:

— Quando vocês estão juntas, digo. Sei que as aulas de educação sexual não são muito boas com assuntos sáficos, mas, só porque vocês não têm que se preocupar com gravidez, não quer dizer que não precisem se proteger. Ainda mais se tiverem sido sexualmente ativas antes de ficarem juntas.

O papo de sexo faz tudo se encaixar. Ela não está falando de rafting. Está falando de...

Anna nos viu juntas ontem à noite, todas desgrenhadas e, bom, *não vestidas* sob nossas togas de coberta, somado àquela desculpa péssima de Tate...

Ai, merda.

Anna acha que saímos às escondidas para...

Meu rubor é tanto que tenho quase certeza de que cobre meu corpo todo. Ela pensa que estamos juntas. Juntas *mesmo*. Tipo, juntas *dormindo juntas*.

Se meu cérebro estava atrapalhado antes, fica ainda pior agora. Estou considerando o que é melhor: Anna achar que estou transando com a filha dela ou Anna perceber que entendeu tudo errado e estou andando de caiaque no lago à noite. E, nesse tempo todo que estou tentando decidir, a noite se repassa em minha cabeça como um filme, como se a suposição de Anna tivesse destravado algo que eu havia escondido. Meus dedos descendo pelo ombro de Tate na água, a alça da regata dela escapando com eles, e não parando dessa vez. Como seria tocar as partes sardentas da clavícula dela? A mão de Tate ao redor da minha sobre a janela do carro como se pudesse me conter inteira na palma de sua mão... como seria deixar?

Me abrir para ela?

— Não quero me intrometer — Anna continua. — Só quero garantir que vocês estão...

— Sim! — respondo rápido, antes que ela comece a, tipo, perguntar se preciso de proteção — Sim. Claro que estamos.

Ela sorri, aliviada.

— Que bom. Fico feliz. — Ela aperta meu ombro. — Não apenas por isso. Fico feliz que vocês tenham se entendido finalmente.

E então ela sai andando, e fico paralisada porque, ai, meu Deus, o que ela queria dizer quando falou que ficou feliz por *finalmente* termos nos entendido?

Acabei de deixar a mãe de Tate pensar que...
O que significa que *minha* mãe vai achar que...
E acabei de me permitir pensar em... Tate. Nesse sentido.
Como naquela noite no palheiro: a pele dela era tão macia que às vezes penso que eu *estava* bêbada, que imaginei aquilo. Como naquele dia no alpendre: os lábios dela nem sequer tocaram minha pele, só os curativos, mas mesmo assim sinto como se eu os conhecesse. Como naquela noite no hotel de Yreka...

Não. Nisso não posso pensar.
Eu me recuso.

19

!!! — P

Meghan! Socorro! — P

M — O que aconteceu? Sua mãe descobriu sobre ontem à noite?

Anna flagrou a gente na volta. — P

M — Ela contou para sua mãe?!

Não. — P

Anna acha que... — P

Penny está digitando...
Penny está digitando...

Tá, sei lá por que, mas Anna pensa que eu e Tate saímos às escondidas para... bom, SABE. — P

M — Espera. Q?

M: Você tá me dizendo que a mãe da Tate acha que vocês estavam transando, tipo, no meio do mato?!

P: À beira do riacho.

P: É onde Tate falou que a gente estava.

M: Que aventureiro.

M: Mas meio frio e sujo.

M: Daria candidíase com certeza.

P: Meghan!

M: Quê? É engraçado.

P: Não é!

P: Por que ela acharia isso?!

M: Sim, por que Anna acharia que você e Tate estão se pegando? Não faço ideia.

M: O que ela disse quando você falou que ela estava errada?

P: Meio que deixei ela achar isso.

M: Você não quis se dedurar?

M: Nossa, tem uma piada aí em algum lugar sobre dedos, mas você vai ficar brava comigo, né?

P: Muito.

P: Anna contaria para minha mãe! Daí todos os nossos planos já eram.

P: Além disso, eu e Tate concordamos em não chatear nossas mães.

P: Temos que estar em Sacramento amanhã!! Ninguém precisa de mais estresse!

M: E você acha que Anna ficaria chateada se você NÃO estivesse ficando com Tate?

P: Ela pareceu estranhamente tranquila com isso...

P: Sei lá.

P: É só que...

P: O que vou falar para Tate?

M: Não faço a mínima ideia.

20

M: Parece aquelas coisas de comédia romântica, Remington.

R: O que aconteceu dessa vez?

M: Pelo jeito, eu e você não fomos os únicos a notar o lance entre Penny e Tate.

R: Ah?

M: ANNA acha que elas estão ficando.

R: Mas elas não estão.

M: Claro que não. Senão as duas teriam que admitir SENTIMENTOS.

R: Tate é péssima com sentimentos. Ela tenta enterrar tudo.

R: Acho que é uma coisa meio tosca da minha parte falar isso. Eu também faço isso.

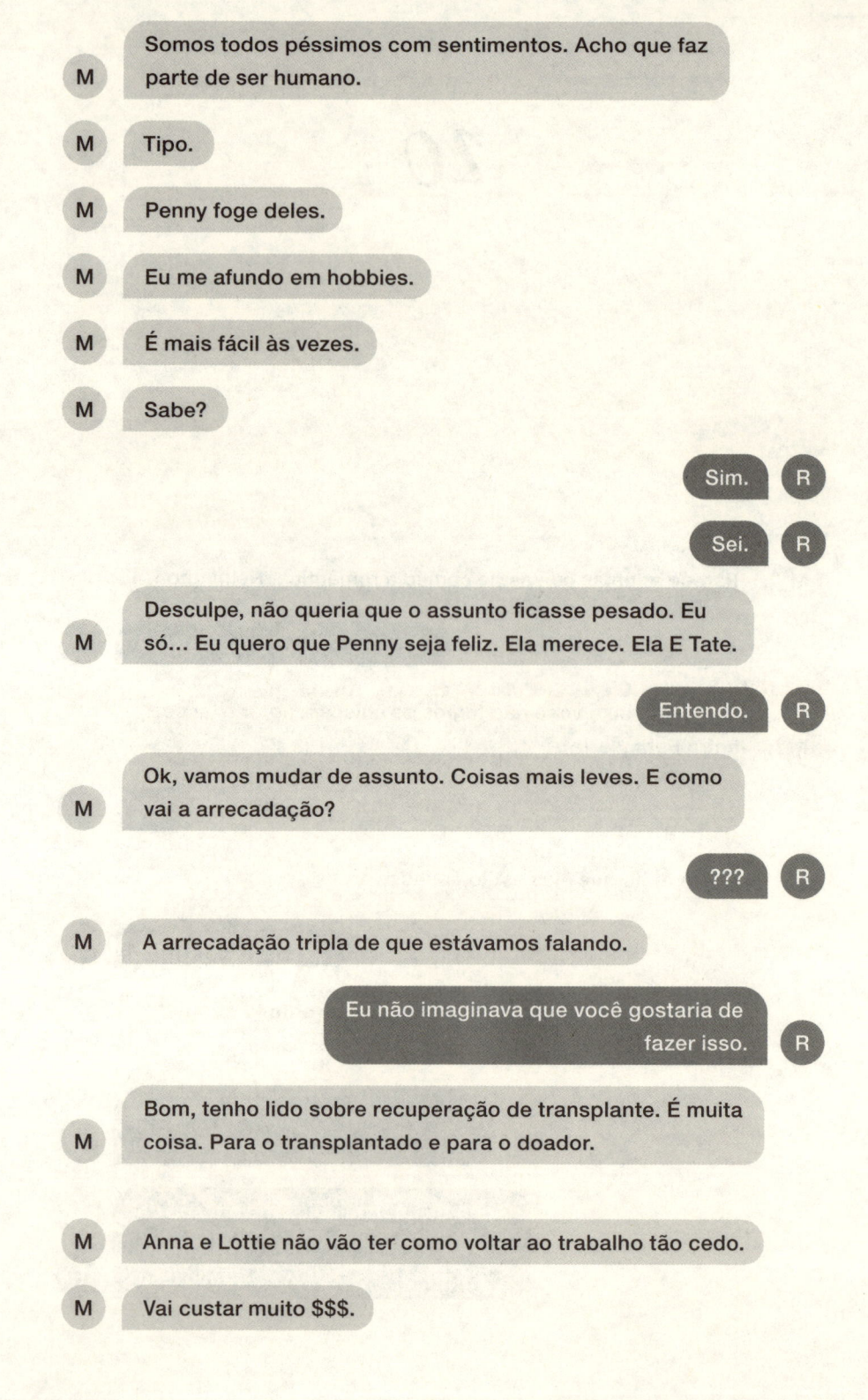

M Somos todos péssimos com sentimentos. Acho que faz parte de ser humano.

M Tipo.

M Penny foge deles.

M Eu me afundo em hobbies.

M É mais fácil às vezes.

M Sabe?

Sim. **R**

Sei. **R**

M Desculpe, não queria que o assunto ficasse pesado. Eu só... Eu quero que Penny seja feliz. Ela merece. Ela E Tate.

Entendo. **R**

M Ok, vamos mudar de assunto. Coisas mais leves. E como vai a arrecadação?

??? **R**

M A arrecadação tripla de que estávamos falando.

Eu não imaginava que você gostaria de fazer isso. **R**

M Bom, tenho lido sobre recuperação de transplante. É muita coisa. Para o transplantado e para o doador.

M Anna e Lottie não vão ter como voltar ao trabalho tão cedo.

M Vai custar muito $$$.

R — Podemos fazer uma vaquinha on-line?

M — Perguntei para a Penny. Ela disse que as mães delas não curtiram a ideia de tornar a história delas pública.

R — Tá.

R — Mas a churrasqueira da loja não vai dar conta.

M — A cervejaria tem uma.

R — Você sabe fazer churrasco?

M — Você pode me ensinar?

R — Claro.

M — Podemos vender batatinhas e refrigerantes também.

M — Também podemos pedir para a Lanchonete Amora doar umas tortas.

M — Vou fazer uma lista e algumas ligações.

R — Vou perguntar para meu gerente sobre a carne e a churrasqueira.

21

24 DE JUNHO

M Como você está?

P Estou fazendo as malas para amanhã.

M Não fez ainda?

P Estou tentando caçar todas as coisas da minha mãe.

P A mulher nunca nem ouviu falar de caixa organizadora, juro.

M Então... você conversou com Tate?

M Ou contou a verdade para Anna?

P Ocupada demais, na real.

Meghan está digitando...
Meghan está digitando...

M Tá.

P — Eu sei que você quer falar alguma coisa.

M — Eu quero!

M — Mas agora não é a hora, né?

M — Você tem que resolver uma caralhada de coisas.

M — Então...

M — Estou aqui, tá?

P — Eu te amo, você sabe disso?

M — Acho bom!

M — Tb te amo.

22

25 DE JUNHO

> **R** A churrasqueira é nossa! Também consegui uma doação de carne.

M Que demais!

> **R** Sabe a que horas elas saem amanhã?

M Cedo, eu acho.

M Vou passar lá de manhãzinha para Marion me mostrar como regar o jardim dela enquanto elas estiverem fora.

M Quer ir ajudar? Você pode ver a Tate.

> **R** Sim.

> **R** É uma boa.

> **R** Valeu, Meghan.

23

25 DE JUNHO

M — Não precisa se estressar em me responder. Sei que você está dirigindo.

M — Estou mandando energias boas para todas.

M — Amamos muito vocês e, se precisarem de QUALQUER COISA, posso chegar aí em seis horas. Talvez cinco, se eu correr bastante.

M — Mesmo se estiver entediada ou precisar de uma pausa ou quiser acabar com a raça de alguém no Scrabble. Eu vou aí.

M — Não tão rápido, óbvio.

M — Mas eu vou.

M — Te amo! Me avisa quando chegar!

24

25 DE JUNHO

R: Ei.

R: Você já deve estar na estrada.

R: Sei que a cirurgia de amanhã é importante.

R: Minha mãe mandou falar que está rezando por vocês.

T: Você sabe que não acredito nessas coisas.

R: Eu falei isso para ela.

T: O que ela disse?

R: Ela só suspirou.

R: Não estou rezando por vocês. Sei que você não curte essas coisas. Mas estou pensando em todas vocês, tá?

R: Vai dar tudo certo. Tenho certeza.

R Se precisar de mim, posso chegar a Sacramento em poucas horas.

R Mas não posso garantir que Meghan não me siga.

Estamos parando no posto de gasolina. Preciso ir. **T**

Obrigada, Remi. **T**

25

Penny

25 DE JUNHO

Os problemas começam assim que chegamos à recepção. O hotel tem dois andares e fica em um terreno perto da estrada. E o estacionamento está lotado.

É a quarenta minutos do hospital, o que não é recomendado, mas tenho quase certeza de que aquelas recomendações foram escritas por cirurgiões que nunca tiveram que se preocupar com pagar diárias de hotel. Ou não. Talvez tenham cirurgiões de origem pobre.

Não estou prestando muita atenção enquanto estou sentada ao lado de Tate e Anna, isso logo depois de ajudar Tate a deixar a bagagem delas fora do caminho para que Anna pudesse esticar as pernas.

— Obrigada, meninas — ela diz enquanto minha mãe cumprimenta a recepcionista.

— Oi, temos três quartos para hoje. No nome de Tate.

— Claro. Temos três quartos com cama de casal reservados para vocês — a recepcionista disse.

— Como você está se sentindo? — pergunto a Anna.

— Só cansada — ela diz.

— Vamos fazer o check-in para você poder descansar — Tate fala, olhando para minha mãe.

— Era para ser um com cama de casal e dois com duas de solteiro — minha mãe diz à recepcionista. Ela olha para nós por cima do ombro e faz com a boca: *Só um segundo*.

— Ah, não. — A recepcionista começa a digitar no computador dela.

— Deve ter tido um engano com a reserva. Infelizmente, não temos nenhum quarto duplo disponível para hoje. Sinto muito.

— Ah, bom, tudo bem — minha mãe fala. — Dividir uma cama não vai matar vocês, né, meninas?

Ela direciona a pergunta para nós, olhando por sobre o ombro com um sorriso.

Nenhuma de nós responde. Porque, ai, meu Deus, que tipo de resposta se dá a isso? Tento não olhar de esguelha para Anna, porque vai que ela seja contra?

Mas Anna só dá risada.

— Quer dizer que vou ter que dividir a cama com você? — ela pergunta a minha mãe, com a voz seca.

— Qual é o problema?

— Você rouba as cobertas! Aprendi isso em várias festas do pijama.

— Você quer que *a gente* divida uma cama? — Tate pergunta, e minhas bochechas ardem, porque ela parece horrorizada.

— Bom, acho que uma de vocês pode dividir com Marion... — minha mãe começa.

— De jeito nenhum — minha vó diz. — Sou uma idosa. Não divido a cama.

— Eu...

Tate olha para mim e desvia o olhar logo em seguida, e estou completamente vermelha. Devo estar. Meu rosto está ardendo demais para não estar. Anna está olhando para nós com curiosidade.

Merda. É claro que está. Ela acha que estamos ficando. Nossa, ela acha que estamos transando. Na cabeça dela, deveríamos estar *adorando* essa ideia. Mas Tate não está adorando: por que ela adoraria se...

Não temos um bom histórico. Quartos de hotel e eu e Tate. Não depois de Yreka.

Minha vida é uma novela. Mas sou a única que sabe disso.

— Tudo bem — digo rapidamente, afinal, o que mais vou falar?

Não tem outra opção aqui. Só vou... dormir em uma das poltronas ou no chão ou em alguma coisa. Vou dar um jeito.

Não estressar as mães. Muito menos agora, a horas de quando tudo vai ser melhor para Anna e Tate.

— Podem ser esses quartos — minha mãe informa à recepcionista, e entrega as chaves. — Aqui, meninas — ela diz, jogando chaveiros de plástico para nós. — Vamos todas desfazer as malas e nos instalar, está bem? Eu e Anna estamos no quarto 201, e sua vó está no quarto 208.

Pego a chave, olhando para o número *215* gravado nela.

— Vou desfazer as malas — é tudo que Tate diz, e estou prestes a sair do lobby atrás dela quando vovó coloca o braço ao meu redor. — Pode vir me ajudar com as malas?

Eu a sigo até o carro de Anna e pego a grande mala de vovó do tempo em que não colocavam rodinhas nas malas. É pesada, então tenho que usar as duas mãos para carregá-la escada acima até o quarto dela.

— Perfeito — vovó fala, sentando-se na cama e apoiando as mãos atrás da cabeça. — Senta aqui. — Ela bate o pé na beira da cama, e obedeço.

— Como foi a viagem?

— Tranquila — digo.

— Você e Tate passaram o caminho todo brigando por causa do rádio?

— Dividimos as horas — digo. — E tocamos coisas de nossos celulares. Você deveria me deixar baixar algumas músicas no seu...

— Tenho meus discos — vovó diz. — Não gosto de ter todos esses *gugus* no celular.

— São aplicativos. E discos riscam.

— Riscos dão personalidade. Nada na vida vem sem nenhum arranhão.

— Isso é... tá, meio que verdade.

— Como você está?

Abro um sorriso radiante para ela.

— Ótima.

Ela se vira na cama, inclinando a cabeça para mim.

— É mesmo?

— Claro.

— Você mente igual a seu pai — é tudo que ela diz e, então, espera. Ela acha que pode me vencer pelo cansaço. Está errada. — Você não vai ao hospital desde...

— ... não é isso. Não sou bebê.

— A questão não é ser bebê — vovó diz. — É reconhecer que você passou por muita coisa naquele hospital. Eu também passei.

— Minha mãe, não.

Silêncio. É um silêncio incisivo, como sempre é com vovó.

Houve momentos naqueles meses depois da morte do meu pai em que pensei que minha mãe nunca voltaria para me buscar... e tenho certeza de que vovó pensou o mesmo. Vovó ficou comigo a cada passo e cada pequena conquista no processo de cicatrização. Tentei agradecer a ela uma vez, no começo, quando era tudo doloroso, não apenas em meu corpo, mas também em meu coração. E ela riu, beijou minha testa e sussurrou, muito baixo e firme: *Nunca vou deixar você, docinho.*

Porque ela sabia que eu tinha sido deixada, não apenas pelo meu pai, mas também pela minha mãe.

— Seu pai estaria muito orgulhoso de Lottie por fazer isso — vovó diz.

Isso me pega de surpresa. Passei tanto tempo tentando evitar pensar nele, como se minha mãe tivesse me treinado a isso com seu silêncio, que nunca passou por minha cabeça me perguntar como ele teria se sentido em relação a esta situação.

Às vezes fico com medo que a forma como minha mãe o apaga, como na arte dela, reverbere no resto da nossa vida. Que isso já tenha acontecido. Que não falar sobre ele faça com que ele seja esquecido mais rapidamente.

Será que perder alguém é apenas uma bola de luto que cresce sem parar? Como neve rolando morro abaixo, crescendo mais e mais até afundar você? Era para melhorar, em vez de piorar. Será que é disso que minha mãe está tentando me salvar?

Será que vovó tem razão? Ele estaria orgulhoso? Busco uma resposta em mim mesma, imaginando o rosto sorridente dele.

Sim.

Ele ficaria orgulhoso. Ele a teria chamado de *minha esposa, a heroína*. Estaria aqui com minha mãe e Anna, no lugar da minha vó. Vovó estaria conosco em Salt Creek, cuidando de nós enquanto meu pai cuidava da recuperação delas. Ele levantaria fundos e moveria montanhas e faria tudo acontecer.

Perco o fôlego me permitindo imaginar essa vida alternativa por um segundo. Ele foi tirado de nossas histórias, uma conclusão terrível que acabou com a dele tão abruptamente, e imaginá-lo aqui...

É algo novo. É uma ferida. Algo em que não pensei em fazer porque... ah.

Ele teria tornado tudo mais fácil.

Nossa, como teria sido tão mais fácil.

— Penny — vovó diz, e fungo, abanando a cabeça e torcendo para as lágrimas não escorrerem.

— Estou bem — falo. — Foi só uma viagem longa.

Foi uma semana longa. Um mês. Um ano.

Foi uma vida longa, e só tenho dezessete anos.

— Sua mãe... ela está fazendo algo muito corajoso — vovó diz.

— Eu sei.

— Mas houve momentos em que ela não foi tão corajosa assim — vovó continua. — Ela aperta meus ombros, olhando para mim com atenção. — Quero que você entenda isso. Eu vejo.

Faço que sim.

— Obrigada — eu me forço a dizer.

— Por que não toma um banho e descansa um pouco e, depois, levo você e Tate para jantar? Elas não podem comer antes da cirurgia, então vão ficar aqui. Acho que mencionaram uma maratona de filmes.

— Ai, Deus, elas vão passar a noite toda assistindo a comédias românticas e recitando todas as falas — digo. — Sim, por favor, tira a gente daqui.

Vovó ri.

— Seu desejo é uma ordem, docinho. Vai desfazer as malas e contar o plano para Tate; vou passar lá em uma hora, e escolhemos um restaurante.

Eu me levanto e me abaixo para dar um beijo na testa dela.

— Eu te amo — digo.

— Acho bom — ela responde, passando a mão em meu cabelo. — Também te amo, docinho. Vai ficar tudo bem.

Desço até meu carro e pego minha mala. Então subo a escada e passo pelo corredor a céu aberto na direção do meu quarto – não, do meu quarto e de Tate –, tentando não arrastar os pés. Mas, quanto mais me aproximo do quarto 215, mais difícil fica de me mover. Mais difícil fica não me lembrar... de quando bati na porta daquele quarto de hotel em Yreka. Quarto 143. Sabendo que Tate estava do outro lado. Sabendo que aquele quarto – ela – era o lugar mais seguro depois de Laurel...

Tiro isso da cabeça. Não há lugar para isso aqui. Não agora. De preferência nunca.

Respirando fundo, enfio a chave na fechadura e abro a porta, depois puxo a mala para dentro. Ela já está com a bolsa de natação no maleiro. Está com o zíper aberto, um monte de roupas jogadas para o lado, e meus olhos se fixam nas alças de renda azul que devem ser de um sutiã, e eu simplesmente...

Acho que não me dou conta disso.

A porta se fecha. Ela ergue os olhos da bolsa.

E então estamos totalmente a sós no quarto de hotel.

26

TATE

25 DE JUNHO

A única maneira de garantir que você vai conseguir se distrair ainda que ligeiramente do transplante de fígado iminente de sua mãe? Ir parar em um quarto de hotel com uma cama só e a menina com quem você não deve dividir a cama.

Passo os primeiros cinco minutos tentando não surtar. Os dez seguintes tentando desfazer as malas, mas praticamente só surtando. E então ela aparece depois de ajudar Marion com as coisas dela. Eu deveria ter me oferecido para ajudar. Foi egoísta de minha parte sair andando.

Ficamos paradas, eu de um lado da cama de casal e ela do outro... e quem imaginaria que uma cama poderia ser tão grande e tão pequena ao mesmo tempo? O silêncio se estende, e eu com certeza é que não vou ser a primeira a quebrá-lo.

É um déjà-vu, e estou tentando não sentir nem pensar nele.

Porque criamos uma regra. Está na lista de trégua.

Proibido falar de Yreka.

O que quer dizer que é proibido pensar em Yreka também, porque, se eu pensar, vou me perder naquela espiral, e não posso. Não há distração que valha a pena.

Consigo sentir os olhos dela em mim, mas me concentro apenas em desfazer as malas. Ela vai até o outro lado da cama e começa a fazer o mesmo com sua mala roxa, indo e voltando entre o banheiro e o quarto, depois voltando a atenção para pendurar as roupas.

Não trouxe nenhuma roupa que eu precise pendurar, então termino antes dela e não sei o que fazer. Sigo para o banheiro com a última coisa de minha bolsa: minha bolsinha de plástico enorme com um xampu e protetor solar e tal.

— Minha vó queria levar a gente para jantar — Penny diz.

— Tá — respondo, antes de fechar a porta.

Eu me recosto nela por um momento, tentando respirar enquanto olho para a banheira, perguntando-me se caibo bem ali com algumas toalhas como uma cama improvisada.

Talvez tenha uma forma de convencer Marion no jantar a me deixar dividir a cama com ela... mas, mesmo ao pensar nisso, sei que não vai acontecer.

Estou no inferno. Ai, meu Deus. Este é o inferno. Penny está do outro lado da porta, e é ainda pior do que estar do outro lado do corredor dela em casa, mas não tão ruim quanto dividir um banheiro *de verdade* com ela, onde está sua coleção de banho de espuma e as velas perfumando o ar, e é por isso que ela sempre cheira um pouco a tudo, a flores e baunilha e um pouco de especiaria, em vez de um perfume específico. Ela usa um tônico de água de rosas e guarda discos de algodão num pote de vidro verde da era da Grande Depressão, e esses são detalhes que não tenho como esquecer.

Ela já colocou o kit de maquiagem dela aqui. É uma bolsa cor de lavanda felpuda em formato de nuvem, e o contraste entre nós nessa única coisinha de repente me impressiona.

(Eu sou a bolsinha de plástico com uma mancha de pasta de dente no fundo porque a tampa escapou, e Penny é uma nuvem felpuda feita para ser tocada e amada.)

Só vou sair discretamente depois que ela cair no sono; vou dormir no carro e voltar na ponta dos pés antes de ela acordar. Ela vai simplesmente evitar o assunto, como já fez antes.

(A luz matinal difusa de Yreka e o calor intenso em minha barriga – o braço dela ao redor de mim, mas, como eu estava meio dormindo, não sabia disso... só sabia que me sentia em casa.)

Levo uns bons cinco minutos para criar coragem de voltar ao quarto. Ela já desfez as malas e está com a agenda aberta na pequena escrivaninha encaixada no canto do quarto. Ela até trouxe um cestinho de plástico azul de materiais de escritório consigo. Canetas hidrográficas e carimbos e pequenas carimbeiras e adesivos.

— Fazendo um cronograma para amanhã? — pergunto.

Ela fecha a cara imediatamente.

— Não estou dizendo que é ruim — digo às pressas, antes que ela retruque. Os ombros dela relaxam.

— Desculpa — ela responde. — Eu... — Ela só suspira.

— Eu também.

É muito mais fácil atravessar o quarto e me sentar na cadeira à frente dela, porque a outra opção é me sentar na cama, e isso não vai rolar. Não mesmo.

(Não de novo.)

— Vovó vai passar aqui em vinte minutos — Penny diz. — Ela quer que a gente escolha um restaurante.

— Tipo para agradar a gente?

— Como se a gente tivesse nove anos, sim.

— Que fofa.

Ela passa a caneta laranja pela página antes de selecionar uma hidrográfica preta do estojo feito à mão que reconheço ser obra de Lottie.

— Pois é.

— Ela é incrível, sua vó — continuo.

Não conheço mais ninguém que largaria tudo por meses dessa forma. Sei que ela as ama. Mas Lottie se meteu num campo minado emocional que só minha mãe consegue atravessar, e Marion está entrando na parte mais profunda de livre e espontânea vontade. É admirável.

E eu sei que ela nos ama. Mas Penny é sangue de seu sangue, e eu sou só uma desgarrada.

— Eu estaria ferrada sem ela — Penny diz com tanta naturalidade que mexe em algo dentro de mim. Como quando se vira uma pedra, e a terra embaixo dela são larvas e vermes, grama morta e terra prensada, uma marca na terra onde algo deveria estar.

— Que bom que você a tem.

Ela não para de desenhar. O cronograma desbota de rosa para um tom frio de laranja, e ela listou as etapas – *admissão, check-in da equipe, centro cirúrgico, UTI para recuperação* – ao lado de estimativas do tempo que cada uma vai levar.

— Também acho bom.

O celular vibra a seu lado. Ela olha o aparelho.

— Por falar no diabo, como vovó diria.

Ela fecha a agenda e começa a guardar seu conjunto de canetas.

Marion nos leva para comer tailandês, e passamos o tempo todo nos empanturrando de satay de frango e *mee grob* sem falar do que vai acontecer dali a doze horas. Só consigo mandar mensagem para minha mãe duas vezes para ver se ela está bem porque, na segunda, ela manda um vídeo dela e de Lottie cantando "In Your Eyes", porque elas estão assistindo a *Digam o que quiserem...*

— Aqueles duas não têm um pingo de talento musical — Marion diz, e estala a língua enquanto desligo o vídeo antes de terminar.

— Nem nós. — Penny aponta para ela e para mim, e não deveria me dar um frio na barriga (ser um *nós*, mesmo que por um segundo, com ela). Mas dá.

— Tate tocava flauta doce no primário — Marion retruca. — Me lembro da apresentação.

— Ah, eu me lembro disso. — Penny sorri. — Você queria tocar bateria e não deixaram.

— Não foi dessa aula que expulsaram você por se esconder no quartinho da limpeza?

— Tate — Marion repreende, embora isso fizesse uns dez anos.

— Eu não queria fazer música! Queria fazer arte. Mas as aulas já estavam lotadas quando minha mãe me inscreveu.

— Não é desculpa — Marion diz, quando nos trazem a conta.

Ela nos leva de volta ao hotel, assumindo o controle completo do rádio. Toca Beatles para nós durante o caminho todo de volta, e Penny finge se irritar enquanto Marion canta "Yellow Submarine" para ela, mas nem me esforço para esconder o sorriso.

— Vou para a cama — Marion anuncia enquanto subimos a escada do hotel.

Ela abraça Penny, depois me abraça e, por um segundo, quero apenas ficar ali, acolhida e segura com ela, porque ela nunca se despedaçou sob o peso do que lhe aconteceu. Ela é a única pessoa sobre quem posso dizer isso, e quero saber o segredo... porque sinto que estou me despedaçando. E muito.

— Tentem dormir — Mairon fala, como se soubesse que é impossível.

— Vou ver como minha mãe está — digo.

(Qualquer coisa para evitar aquele quarto e aquela cama.)

Penny apenas encolhe os ombros e sai andando pelo corredor. Digo a mim mesma que é isso que eu quero (tem que ser) e caminho na direção oposta para o quarto da minha mãe. Consigo ouvir o ruído agudo da TV pelas paredes finas, então bato de leve na porta.

Lottie já está de pijama, seda tingida de cinza-azul que sei que ela mesma fez porque fez um par para minha mãe de Natal um ano; e minha mãe está na cama, de costas para mim. O notebook velho de Lottie também está na cama, pausado no que parecer ser *Legalmente loira*, se decorei corretamente os filmes de Reese Witherspoon.

Ela está acordada? Faço com a boca para Lottie, que faz que sim.

Vou até a cama enquanto Lottie volta a se deitar.

— Ei, mãe — murmuro, tirando o cabelo dela da testa. Ela pisca para mim, sonolenta, virando-se de costas na cama e sorrindo para mim.

— Oi, fofura. Foi bom o jantar?

— Uhum. Marion nos levou para comer tailandês. Só queria dizer boa-noite.

Sua mão encontra a minha. Três apertos. *Eu te amo.*

— Grande dia amanhã.

— Grandíssimo dia — digo. — Mas vou deixar você descansar. Preciso dormir para fazer a digestão também.

— Temos que estar no hospital cedinho amanhã — ela me lembra.

— Eu sei.

Dou um beijo na sua testa, tentando não me demorar, tentando não temer que essa seja uma das últimas vezes. Então, vou até o outro lado da cama.

— Boa noite, Lottie — digo e, acho que, para a surpresa dela, me abaixo e dou um beijo na bochecha dela também. — Obrigada — sussurro em seu ouvido. Ela dá um suspiro trêmulo, apertando meu braço antes de eu me afastar. Seus olhos estão brilhando com a emoção que sempre estou buscando nela, sem entender por que não é dirigida a Penny. — Boa noite — repito, com um sorriso que não se reflete em meus olhos.

Fecho a porta ao sair, o corredor se estendendo diante de mim. Olho para a direita, o quarto que divido com Penny. E então olho para a piscina em formato de feijão que não tem nem vinte e cinco metros... mas não estou em posição de escolher.

(E não posso dividir aquela cama com Penny. Não até realmente precisar.)

27

Penny

25 DE JUNHO

Fico olhando para o cronograma que criei em minha agenda. A passagem do laranja a um rosa feliz. Do perigo à segurança.

Admissão, check-in da equipe, centro cirúrgico, UTI para recuperação. A cirurgia da minha mãe começa antes da de Anna. Lógico. A gente não pensa muito nessas coisas, na maneira como tudo funciona, até ter que pensar. Minha mãe vai ficar apagada por, tipo, seis horas enquanto tiram metade do fígado dela. E a cirurgia da Anna vai durar ainda mais e ser mais complicada, com muito mais tempo de recuperação.

Nem comecei o cronograma de recuperação. Eu deveria. Deveria fazer isso agora.

Mas, enquanto encaro este, as letras começam a se turvar, e pisco furiosamente, tentando clarear minha visão... mas isso só faz meus olhos derramarem as lágrimas. Talvez me concentrar nisso seja algo ruim. Vai acontecer amanhã de um jeito ou de outro. Talvez eu devesse pensar em alguma outra coisa.

Vou até minha mala e tiro o pacotinho que Meghan preparou para mim. Dentro dele há várias máscaras faciais diferentes e um frasquinho de suco de maçã e uva. Minha mãe adora máscaras faciais, então pego uma para ela e uma para Anna, além do balde de gelo e minhas chaves. Posso dar boa-noite para minha mãe e Anna no caminho de volta da máquina de gelo.

Há algo de assustador em hotéis à beira da estrada à noite. É como um lugar intermediário. Mas acho que é essa a definição de um ponto de parada. Pego o gelo, subo a escada e me dirijo ao quarto da minha mãe.

Mas, antes que eu possa bater na porta, eu as escuto, suas vozes atravessam a janela aberta:

— Você está roubando as cobertas de novo — Anna diz.

— Juro que estou tentando não roubar!

Hesito, perguntando-me se devo me intrometer. Porque é isto que sou na vida de minha mãe, não é: uma intromissão?

— Tate veio aqui? — Anna pergunta. — Não sonhei isso?

— Sim, ela veio quando você estava cochilando durante o filme. Deve ter ido nadar.

— A piscina está fechada.

— Você acha que isso vai impedi-la? Aquela menina é decidida — minha mãe diz, e a admiração em suas palavras incomoda.

— Penny também é — Anna fala.

— Penny se recusa a falar comigo sobre faculdade. Ela se fecha sempre que tento tocar no assunto.

— Ela só deve estar nervosa.

— Ou está cumprindo a ameaça dela.

— Que ameaça?

Minha mãe suspira.

— Quando vendi a parte do George da empresa para Tim, lembra como ela ficou brava? E eu disse que tinha que fazer isso pelo futuro dela. Pela faculdade. E ela riu e falou que nunca perderia tempo com faculdade. Torço para que ela só estivesse emotiva, mas é a Penny.

Minha mãe ri, mas não há alegria. É um som sufocado, preso na garganta, assim como estamos presas em nosso fingimento.

Tenho medo de que seja tudo o que nos restou uma da outra. Que não exista mais nada real entre nós.

— Você vive me dizendo que este é o meu recomeço — Anna diz a minha mãe. — Mas pode ser o seu também.

— Tomara — é tudo que minha mãe fala e, sem vê-la, não sei dizer se é sincero... mas, se me mexer, elas vão me ver. Então estou presa, de novo, pensando.

— Talvez algumas semanas em Salt Creek com Tate façam bem para Penny — Anna diz. Depois ela ri. — Parece um pouco hipócrita, mas não acho que eu acharia tão normal que elas dormissem na mesma cama se uma delas fosse menino.

Ah, não. Não. *Não*. Ela não vai...

Ah, mas ela vai. Ela vai mesmo, mesmo.

— Hum? Do que você está falando? — minha mãe pergunta, enquanto meu pavor cresce.

Anna *racha o bico*.

— Não comentei que nossas filhas estão ficando? Devo ter esquecido.

— Quê? *Não!* — A voz da minha mãe se transforma em um rangido agudo.

— Ah, juro para você, elas estão. Eu flagrei as duas entrando em casa seminuas. Tinha umas togas de coberta interessantes rolando.

— Você está de brincadeira.

Como posso impedir isso? Não tenho como. Não agora. O que é que vou fazer?

— Eu estava guardando a notícia para um momento *muito* bom — Anna diz. — Acho que elas estão tentando manter em segredo agora, então não comente nada.

— Por que elas esconderiam isso? As duas são assumidas para nós.

— Vai saber — Anna diz. — Dá um tempo para elas contarem direito.

— Há quanto tempo você sabe disso? — minha mãe questiona, com a voz bem-humorada e indignada.

— Só fiquei sabendo ontem.

— Anna! Você esperou vinte e quatro horas? Que injusto. Você deveria ter me dito assim que descobriu! Achei que Penny ainda estivesse triste por causa da Laurel.

Quase derrubo o balde de gelo com a menção da minha ex, subitamente consciente da água gelada escorrendo em minhas mãos.

— Acho que já passou — Anna diz.

— Ai, meu Deus. — A voz da minha mãe se transforma em um sussurro empolgado. — Parece coisa de filme!

— Lembra quando estávamos grávidas e brincávamos que, se tivéssemos um de cada, eles poderiam se casar? Não passou pela minha cabeça que, se tivéssemos duas meninas, elas namorariam.

— Pela minha também não. Penny diria que foi muito heteronormativo da nossa parte.

Porque é! Tenho que torcer a boca para não dizer isso.

Anna ri.

— Para falar a verdade, foi sim.

— Ai, meu Deus. É por *isso* que ela fica saindo às escondidas.

Eu me recosto na parede de gesso do hotel, tentando não respirar alto demais para elas não me ouvirem. Ela sabe que estou saindo às escondidas? *Merda*. Isso vai estragar tudo!

— Penny anda saindo às escondidas? — Anna pergunta.

— Ela acha que não notei.

— Você nunca tentou pegá-la no flagra?

— Para ela se fechar ainda mais? Enfim, se ela só estava saindo para encontrar Tate...

— Mas Tate não está saindo às escondidas — Anna diz com firmeza.

Minha mãe ri.

— Tem certeza?

— Tate acorda todo dia às cinco da manhã. Ela pode tirar sarro de Penny por causa dos cronogramas e agendas, mas aquela menina vive à base de rotina igualzinho a Penny.

— Ai, Deus, aquelas agendas, ela me mata com aquilo — minha mãe resmunga. A raiva cresce em mim mas se dissipa quando ela continua: — As colagens que ela faz nelas? São *muito* boas. Mas ela não me deixa olhar direito. Tinha uma com um jardim de flores apodrecidas que era tão gótico. Eu queria passar uma hora olhando para aquilo. Mal consegui cinco segundos antes de ela fechar a agenda.

— Você faz o mesmo com *seu* caderno de desenho — Anna argumenta, com delicadeza.

Minha mãe ri.

— Verdade — ela admite.

— Tal mãe, tal filha.

— Ela é total George, e você sabe disso.

Há quanto tempo não a escuto dizer o nome dele? Antes era uma parte constante da minha vida. Minha mãe chamando meu pai. Rindo ao falar o nome dele quando ele a beijava na bochecha. Murmurando-o junto a ele enquanto os dois dançavam na cozinha. Até que ela não disse mais. Como se, no minuto em que o gravou naquela lápide, pronunciá-lo invocasse os erros dela.

Diga a sua mãe que a amo.

— Nossa, ela puxou muito ao pai em algumas coisas — Anna concorda.

— A terapeuta que me obrigou a ver para considerar que eu era mentalmente apta a dar a fatiazinha para você...

— É assim que vamos chamar o pedaço de fígado que você vai me dar?

— Eu ia chamar de Eunice, mas lembro como você era crítica com os nomes de bebê naquela época.

— Sua preferência por nomes de velhas é um pouco estranha. Penelope é um nome lindo. Mas *Gertrude*? Essa criança ia sofrer bullying.

— Gertie e Trudie são apelidos fofos! *Enfim*, a terapeuta me disse que eu falo da Penny como se ela não fosse metade de mim. E eu contei que aquela menina saiu da minha barriga perguntando *Cadê o papai?* e depois *Cadê o rio?*.

Anna ri baixo.

— Ela era a queridinha do papai, sim. Mas tem muito de você também. Especialmente quando você era mais nova. Puxou de você a parte de jogar pedras.

Minha mãe bufa.

— Eu estava pensando nisso no caminho — minha mãe diz, e franzo a testa porque nunca ouvi uma história sobre ela jogar pedras. Jogar pedras em quem? — Ainda tenho uma cicatriz dentro da coxa de trepar naqueles carvalhos velhos esperando por eles.

Esperando por quem? Mas parece que não vou ter uma resposta tão cedo, porque Anna continua:

— Você me salvou naquela vez. E está me salvando agora.

— Duas vezes em quase trinta anos não é nada mal, considerando quantas vezes você salvou a *minha* pele — minha mãe diz, e é sufocado, uma leveza forçada decidida.

— Você está dando muito a mim e Tate — Anna diz. — Nunca vou esquecer.

— Você prometeu que não ficaria melosa comigo — minha mãe diz, mas aí funga alto. — Você sabe que te amo.

— Acho bom — Anna diz. — Porque a gente pode virar parente em breve.

— Porra, seria incrível.

Minha mãe dá uma gargalhada, alta, sincera e tão rara perto de mim que me deleito nela por um segundo antes de me virar e voltar para meu quarto, com a condensação do balde de gelo pingando de meus dedos.

28

25 DE JUNHO

> **P:** Por que essas coisas acontecem comigo?

> **M:** Está tudo bem?

> **P:** Anna contou para minha mãe toda a confusão sobre estarmos ficando, só que ela não sabe que é uma confusão.

> **M:** Merda. O que você vai fazer?

> **P:** Lidar com isso amanhã. Ou depois. Ou talvez nunca.

> **M:** Vai contar para Tate?

> **P:** Ela está na piscina.

> **M:** ?

> **M:** Ela não vai ficar lá para sempre. Você pode contar para ela agora.

> Não posso. Não hoje. Estou com todo o lance da cama para lidar. **P**

M Que lance da cama?

> A reserva se embaralhou. Deram um quarto com uma cama só para a gente. **P**

Meghan está digitando...
Meghan está digitando...

M Tá, só consigo dizer o seguinte: 😂

> Meghan! **P**

M Desculpa! É engraçado!

> Me diz o que fazer! **P**

M Vocês podem se pegar para transformar toda a história de que estão ficando em realidade?

> Você é ridícula. **P**

M Só finge estar dormindo quando ela voltar.

> Ah. **P**

> Essa é boa. **P**

> Posso fazer isso. **P**

> Tá. Tenho que ir. **P**

> ♡ **P**

29

TATE

26 DE JUNHO

— Dormiu bem? — minha mãe pergunta.

Olho para ela no leito do hospital.

— Não dormi nada.

— Penny não deixou você dormir, foi? — Minha mãe muda as cartas de baralho de lugar.

Eu tinha passado a noite toda encolhida no sofá de dois lugares do quarto de hotel, mas eu é que não contaria isso para minha mãe.

— Não, Penny já estava dormindo quando voltei da piscina. Eu só estava nervosa.

— Bom, que bom que ela não ronca como Lottie.

Rio, olhando para minhas cartas. É uma tradição jogarmos enquanto esperamos. Estamos com as cartas dispostas na mesinha de servir que balança sobre a cama dela.

Quando eu era pequena, era Go Fish e War. Ela expandiu meu repertório conforme fui ficando mais velha. Mas hoje é um simples de novo: dupla paciência. Já fizemos um jogo todo, com as enfermeiras entrando e saindo, e Marion mandando mensagem a cada quinze minutos.

— Você poderia pelo menos me deixar vencer — ela diz quando a derroto pela segunda vez.

— Você poderia ter pedido para jogar um jogo em que fosse melhor.

— Se entrarmos numa partida de pôquer, vou ficar pensando nela até o centro cirúrgico.

Ergo os olhos para o relógio. Levaram Lottie faz um tempo. A cirurgia pode demorar até seis horas. Isso estava no cronograma da agenda de Penny. O transplante da minha mãe vai demorar até doze.

Eles virão para prepará-la em breve. E aí será minha vez de ficar sentada no saguão sem fazer nada além de esperar e torcer por horas e horas.

— Você parece triste. Vem cá.

Ela empurra a mesa para o lado e chama com o dedo, curvando-o como se fosse uma bruxa má de um conto de fadas. Minha mãe faz a melhor risada de bruxa. Faz muito sucesso no Jardim Cervejeiro Mal-Assombrado que a cervejaria monta em Miller's Field todo Halloween.

— Estou bem — digo a ela, mas são só os acessos intravenosos que estão me impedindo de me deitar na cama com ela.

— Você está com cheiro de toranja — ela comenta.

— Peguei o hidratante da Penny sem querer hoje cedo.

— Estou muito feliz que você esteja com ela nesse momento — ela diz, ainda segurando minha mão.

Estou com medo de retribuir o abraço tão apertado que ela está me dando. (Assim ela saberia com certeza como estou com medo.)

Já passamos por isto antes. Não exatamente *isto*, claro. Mas já estivemos nessa zona intermediária assustadora em que há uma luz no fim do túnel que, porém, parece abafada.

— Logo vai chegar o momento, fofura — ela diz.

— Mãe...

Ela tem uma regra. Não posso vê-la ser levada na cadeira de rodas. Ela teve que ver a mãe ser levada na cadeira de rodas e nunca mais voltar; minha vó morreu de câncer de ovário antes de eu nascer, quando minha mãe era adolescente.

(Nossa, ela tinha mais ou menos minha idade, não?)

Acho que temos em comum esse estranho traço de cuidado, embora eu nunca o tivesse considerado até este segundo. Ela cuidou da mãe porque o pai dela foi embora quando a mãe adoeceu. Tento cuidar da minha mãe porque meu doador de esperma nem esperou até as linhas ficarem rosa.

Será que as mulheres da minha família estão condenadas a viver os mesmos ciclos? É isso que ser filha significa? Seguir os passos ou desviar do caminho da mãe – e da mãe *dela* e da mãe da mãe *dela*? Não sei se vou acabar com alguém que vai embora, mas não vou perdê-la aos dezessete anos como minha mãe perdeu. (Uma faísca de consolo em um medo que é intenso demais para controlar.)

Já passamos por isso tantas vezes que vai ter uma conversa agora. Por via das dúvidas. Sei todos os pontos abordados: onde estão as senhas e os papéis... e o dinheiro de emergência, escondido na lata de café no fundo de seu armário: *Eu te amo, Tate. Você é a melhor coisa que já me aconteceu, está me ouvindo?*

Não sei se consigo passar por isso de novo. E é como se ela entendesse, porque diz:

— Já contei como eu e Lottie viramos amigas?

Franzo a testa, olhando para seu acesso.

— Já deram tantas drogas para você assim? Eu sei como vocês se conheceram.

— *Conhecer* é diferente de virar amiga — ela diz, misteriosa.

— Lottie sempre compara com amor à primeira vista.

— Lottie gosta de romantizar as coisas. No primeiro ano que nos conhecemos, não nos dávamos bem. Eu achava que ela era uma princesinha irritante.

— Errada você não estava.

— Ela tem seus momentos — minha mãe admite. — Mas aí ela fez uma coisa que me surpreendeu... que me salvou.

— Como?

Eu *nunca* ouvi essa história. Lottie sempre diz que elas viraram amigas quando minha mãe furtou um posto de gasolina e Lottie deu cobertura para ela.

— Quando eu era nova, o condado era muito violento, ainda mais no lado de Blue Basin do rio. E tinha um grupo de meninos que dominavam aquele trecho. Bom, aterrorizavam era a palavra certa. Se você fosse encurralado por eles... — Ela abana cabeça. — Você seria espancado e teria suas coisas roubadas, e teve uma menina que... — Ela perde a voz de novo e o silêncio se estende enquanto meu cérebro começa a preencher as lacunas.

Um horror frio toma conta de mim.

— Você está... eles...

Ela não está querendo dizer o que penso que ela quer dizer, está?

Minha mãe volta a me olhar com firmeza.

— Tinha um boato sobre uma menina que foi violentada. Ela se mudou para longe de repente. Todos ficamos sabendo. Trocamos os boatos entre nós, como se trocássemos dicas de maquiagem e os melhores horários para atravessar a ponte de Vollmer para evitar os meninos.

— Mãe, que *horror*. Por que ninguém falou nada? Ninguém denunciou esses caras?

— Em parte porque não fui criada como criei você. Não teria passado pela minha cabeça contar para alguém. E, se eu tivesse contado, é provável que tivessem me dito que era *brincadeira de meninos.*

Sua boca se contorce de repulsa, assim como a minha. Por um segundo, somos gêmeas, as únicas diferenças em nossos traços desparecendo nas expressões iguais.

— Quanto a denunciar... para quem? Três dos meninos eram parentes de policiais. E a menina se mudou e não prestou queixa. — Ela dá de ombros. — Dá para entender alguém não querer passar por um sistema que não é feito para ajudá-la. Ela fez o que podia na época para avisar as outras meninas.

— Os meninos foram atrás de você?

— Sim — ela respondeu. — Um deles ficava puxando meu sutiã na aula. Fui castigada por empurrá-lo. — Ela revira os olhos. — Nossa, eu odiava o professor de história. Mas, quando saí da escola, eles estavam me esperando.

Ela fica em silêncio por muito tempo, olhando fixamente para o acesso em sua mão. Ela tem veias difíceis, então colocaram em uma veia na mão dela, em vez de do lado de dentro do punho.

— Não precisa me contar — digo.

— Eu quero contar — ela diz. — Quero que entenda, porque eu vejo, fofura... a pergunta em sua cabeça. Por que eu e Lottie somos *eueLottie*. — Ela ajeita uma mecha de cabelo atrás da orelha. Vão colocá-lo sob uma touca azul para o transplante, mas, agora, está apenas numa trança. — Fui encurralada. Os meninos pegaram minha bicicleta e minha mochila. Achei que seria só isso. Mas, depois que eles pegaram minhas coisas, tudo mudou... as risadas, a maneira como alguns olhavam para mim... tudo ficou tenso e pesado, como se o ar pudesse me cortar tanto quanto eles me machucariam. E fiquei assustada. Acho que nunca tinha ficado tão assustada na vida. Então o maior deles pegou meu braço.

Será que ela sabe que está passando a mão no mesmo braço? É involuntária a maneira como ela o toca.

— Eu ia resistir. Mas antes que eu tivesse a chance... — O sorriso que se abre no rosto dela é tão contrário a este momento que me prende como um gancho na bochecha. — Pedras simplesmente vieram voando do ar na direção deles. Como se um deus vingativo tivesse chegado e estivesse decidido a puni-los. Uma acertou o líder, o que tinha puxado meu sutiã, bem na cabeça, e foi ele que caiu, não eu. Simplesmente *bam*! — Ela estala os dedos. — Acertou a cabeça, e ele caiu duro no chão. Ela o pegou direitinho. — O sorriso dela se alarga. — Os meninos se dispersaram. — O lábio dela se curva enquanto ela diz isso. — Fiquei olhando ao redor, confusa, salva por alguém, sem entender quem... e então lá estava ela, descendo da árvore: Lottie, com sua blusinha e sua calça jeans, com uma mochila cheia de pedras nas costas.

Nem consigo imaginar, mas ao mesmo tempo consigo, sim. Porque Penny é filha de Lottie e Penny é a pessoa com um machado na floresta...

assim como, de repente, sua mãe era a garota na árvore com as pedras. Esse tipo de temeridade de alta adrenalina? Não é algo que Penny herdou apenas do pai.

É de Lottie também. Manifestava-se de maneira diferente. Impulsiva... e às vezes muito ruim.

Mas não desta vez. Nem naquela época.

— Ela salvou você.

— Lottie e a menina que se mudou eram amigas — minha mãe diz. — E quando ela foi embora...

— Lottie ficou sozinha com a verdade — completo.

— E fez questão de que as outras meninas soubessem que era melhor tomar cuidado com os meninos — minha mãe continua.

— Ela espalhou o boato?

— Sim — minha mãe responde. — E vigiou a floresta. Ela era boa em trepar em árvores na época... e era a estrela do time de softball.

— Que demais — digo, e odeio como soo relutante em admitir.

— Ela se arriscou por mim — minha mãe fala. — Igual está fazendo agora.

— Fico feliz — digo. — Pelas duas vezes. Mãe, você não faz ideia de como fico feliz. Mas... — Paro. Eu amo Lottie. Amo. Mas nutro sentimentos conflitantes por ela em meu coração e, às vezes, isso pesa em mim. É como ter que revirar a areia para chegar a uma pérola caída. — Mas você também tem que entender, mãe.

— Entender o quê?

— Que ela não se arriscou por Penny.

Minha mãe desvia o olhar, baixando o queixo na direção do peito, como se machucasse ouvir isso. Mas é *verdade*. Eu estava *lá*. E, se não pudermos conversar sobre as verdades mesmo se machucarem, o que nos resta?

— Eu amo Lottie. E fico grata por ela. Mas... — Paro, sem conseguir dizer.

Ela estende o braço e pega minha mão e a aperta. Uma. Duas. Três vezes. *Eu te amo*. Uma mensagem secreta de toque.

— Mas você também ama outras pessoas — minha mãe completa.

Não tiro a mão – preciso tomar cuidado porque é a mão dela com o acesso que está segurando a minha – mas quero. Meu coração bate forte, traiçoeiramente, um calor sobe para as minhas bochechas.

— Não tem problema, sabe — minha mãe continua com a voz suave. — Você ficar do lado de Penny.

Sinto um nó no estômago. E, quando meus olhos encontram os dela, nem tento esconder as lágrimas.

— Mãe — digo, e é um eco de anos atrás, naquele alpendre com Penny em vez do funeral. — Não era para *ter* lados.

— Ah, fofura — ela diz, e não é triste; ela está me olhando como se eu a tivesse atingido com um raio. — Caramba — ela diz, abanando a cabeça. — Você tem razão. Você... você tem toda razão.

E então não podemos mais falar, porque três enfermeiras entram no quarto.

— Hoje é o dia, Anna — uma delas diz. — Meu nome é Jessica. Como você está se sentindo?

Minha mãe se endireita na cama, ajeitando a camisola hospitalar.

— Bem... nervosa. É... Hoje é um grande dia — ela responde, e sua voz treme pelo peso disso.

— Essa é sua filha? — a enfermeira pergunta.

— Essa é Tate — minha mãe diz, enquanto uma das outras enfermeiras vem e começa a olhar o acesso.

— Oi. — Faço um aceno breve.

— Certo, fofura — minha mãe diz.

— Não — protesto.

— Está na hora de ir — ela insiste. — Na próxima vez que me vir, vou ser uma nova mulher.

— O mundo que se cuide.

Ela estende a mão, tomando cuidado com o acesso e os tubos, e segura meu rosto com as duas mãos.

— Sabe o que amo em você? — ela pergunta.

— Meu humor ácido?

— Bom, isso em primeiro lugar, claro — ela me responde. — Amo como você luta pelas pessoas. Você se impõe e diz: *Isso é errado*. Quero que continue fazendo isso, fofura, sempre falando a verdade.

Suas mãos apertam meu rosto com um pouco de força demais.

— Pode deixar.

Sei que, se continuarmos seguindo por esse caminho, nós duas vamos começar a chorar. Não quero que ela encontre os médicos com o rosto cheio de lágrimas.

— Vou ficar esperando aqui — digo, beijando a testa dela, porque abraçar só nos enroscaria. Minha outra mão ainda está na dela.

— Você sabe que eu adoraria uma recapitulação de *Judge Judy* quando acordar — minha mãe pede.

— Vou lembrar disso. — Não quero soltá-la, mas preciso fazer isso. — Eu te amo.

— Também te amo, fofura. Vou estar acordada com um fígado funcionando antes que você se dê conta.

— Bom, não precisa apressar todo mundo — respondo.

Isso a faz rir, e fico grata que, quando saio, ela está sorrindo, que essa é minha memória dela, da parte esperançosa antes da longa escalada.

Jessie aponta o saguão de familiares para mim e, enquanto passo pelo corredor cheio, mal escuto os sons por causa das batidas fortes, lentas e constantes, quase zombeteiras, de meu coração. Um lembrete de que sou e sempre fui saudável e forte. Descer este corredor não é como um sonho. É mais como uma pintura: quanto mais perto você chega, mais vê que é tudo textura e manchas de cor.

O saguão é pequeno, mas confortável, e, quando a porta se abre e entro, a cabeça de Penny se ergue tão rápido que é uma surpresa que ela não a bata na parede na parede atrás dela.

Nossos olhos se encontram do outro lado do corredor. Ela está pálida sob as sardas, o cabelo não está mais preso em um rabo de cavalo, como na última vez que a vi. Está solto e desgrenhado ao redor de seu rosto agora. Ela andou mordendo o lábio inferior. Consigo ver as manchas vermelhas daqui.

Nós nos encaramos. Não consigo desviar os olhos. De repente, ela é a única pessoa que me entende. Somos as duas únicas pessoas que têm o mesmo a perder pelo mesmo motivo.

Tudo que nos resta a fazer é esperar e torcer.

E nos preocupar.

Porque certas meninas não conseguem certas coisas.

E todas as meninas perdem as mães ou se perdem delas, no fim.

30

TATE

26 DE JUNHO

Entendo tudo sobre esperar, sabe.

Aqueles trinta segundos mais ou menos quando você está esperando naquele bloco de partida, com o corpo tenso e flexionado, esperando para se lançar.

Aquelas horas depois de minha mãe desmaiar no trabalho e Marion me buscar, tentando dizer tudo menos a palavra *câncer* porque, mesmo aos oito anos, eu sabia que câncer é uma das piores.

Aqueles dias depois do diagnóstico, uma nuvem de confusão enquanto George nos levava para a escola, e Lottie levava e trazia minha mãe das consultas médicas, e eu dormia no quarto de Penny, tentando não chorar à noite.

Aqueles meses depois que tiraram os ovários dela na tentativa de se antecipar à doença.

Aquelas semanas de quimioterapia quando eu tinha nove anos, quando ela definhava e eu podia até não ter idade suficiente para entender como era um tratamento pesado, mas sabia que era a única coisa que impedia o câncer de se agravar.

Aqueles anos – mais de dois – que todos esperaram para ouvir a palavra *remissão*.

Criamos um tipo instável de estabilidade, que logo foi desfeito por uma doença inteiramente nova.

Esperei pela cura dela.

(Esperei pela morte dela, para ser sincera, mas é algo difícil. Uma menina assustada de nove anos é mais sincera do que uma menina apavorada de dezessete. Às vezes, queria ainda ter nove, mas sei que eu não estaria aqui se não tivesse me tornado quem sou. Às vezes, você precisa amadurecer para estar à altura do desafio. E você amadurece quando o desafio é de vida ou morte.)

Esperei tantas coisas. Algumas que estão quase a meu alcance; outras não. (Aqueles lençóis ásperos no calor de Yreka, a mão de Penny se virando, os dedos se curvando nos meus, um ombro encostado a outro, nossos corpos próximos, quase se enroscando.)

Eu gostaria de poder dizer que sou boa nisso, mas só faço parecer quem sou. *Sua filha é estoica*, Lottie disse para minha mãe certa vez, e foi aí que soube que tinha enganado todo mundo sobre a tempestade dentro de mim.

Esperamos. Marion tenta nos fazer comer, e nós duas recusamos. Toda vez que alguém passa pelas janelas do saguão, a cabeça de Penny se ergue e seus olhos a acompanham como se sua sobrevivência dependesse daquela pessoa.

Pego o baralho que trouxe comigo, tentando não olhar para o relógio enquanto arrumo as cartas em montes ordenados. Eu me perco na ordem: números decrescentes, cores alternadas.

Esperamos. Mantenho o foco nas cartas: preto, vermelho, preto, vermelho.

Penny morde o lábio e rói as unhas, estragando o esmalte preto e dourado. Ela encara o relógio como se fosse fazê-lo andar mais rápido.

— Penny, por que não pega esse dinheiro e vai buscar alguma comida das máquinas, pelo menos? — Marion diz, estendendo uma nota de cinco dólares.

Penny mal olha para ela – apenas olha por educação, porque não se pode ser grossa com Marion.

— Não precisa, vó — ela diz vagamente, os olhos se voltando para o relógio.

Vermelho. Preto. Vermelho. Preto. O *vup* baixo das cartas é pontuado pelo tique-taque do relógio.

— Ai. — Meu polegar desliza em uma das cartas no ângulo errado.

A cabeça de Penny se ergue para mim enquanto chupo o dedo por causa do corte de papel, tentando ignorar o ardor.

— Aqui — ela diz, revirando a bolsa e me dando uma latinha antiga de pastilhas de menta.

— Meu hálito está tão ruim assim? — perguntou, mas abro a latinha e vejo que ela a transformou em um minikit de primeiros socorros com band-aid, pomada cicatrizante e uma cartela de analgésico. — Escoteira — digo, só para ver seus olhos arderem.

— Você só está brava porque eu vendia mais biscoitos do que você.

— E você ainda está brava porque não existia uma insígnia de "Sobreviver na floresta com um machado".

— Fique você sabendo que mandei uma carta sobre...

Ela para de repente, todo o sangue e resistência se esvai de seu rosto quando uma cirurgiã se dirige ao saguão, a cabeça coberta por uma touca cirúrgica.

— Ai, Deus, é a cirurgiã dela — ela murmura, e minha mão encontra a sua e aperta com tanta firmeza que doeria se eu tivesse algum tato.

(Mas nunca tive quando o assunto era ela.)

Muito menos com a cirurgiã a vinte passos de nós. Uma eternidade. Uma goela escancarada de espaço, à espera de nos engolir.

Dez passos.

Cinco.

Três.

Dois.

Ela abre a porta do saguão, que se fecha atrás dela.

31

26 DE JUNHO

> Minha mãe saiu da cirurgia e está na UTI para recuperação! **P**

M EBA!!!

M 🎉🎉🎉🎉🎉

> Ai, meu Deus, achei que iria vomitar quando a cirurgiã entrou. **P**

> Tipo, vomitar no sapato dela. **P**

> Graças a Deus que não vomitei. **P**

> Ela disse que correu tudo bem. **P**

> E também que minha mãe tem um fígado "muito bonito". **P**

> Sei lá o que isso quer dizer. **P**

M Estou TÃO aliviada!

M — Como Anna está?

P — Sem notícias ainda.

P — Vou voltar para ficar com Tate. Meu sinal dentro do saguão é péssimo, então tive que sair para que as mensagens fossem encaminhadas.

M — Vai continuar dando tudo certo! Só mais algumas horas!

32

Penny

27 DE JUNHO

Quanto mais as horas se estendem, mais horrível fica. É como se nós três estivéssemos sendo esmagadas pelo peso do tempo, presas naquele saguão.

Meus olhos estão irritados pelo pouco sono, e eu deveria ter me lembrado de trazer colírio, mas não trouxe, e a lojinha lá embaixo fechou faz horas. Já passa da meia-noite.

Faz tempo demais. A cirurgia de Anna começou ao meio-dia. É para levar *até* doze horas. Não *mais do que* doze horas.

Vieram nos atualizar umas três horas atrás. Ou será quatro? Disseram que estava tudo correndo bem.

Será que alguma coisa deu errado depois disso? É essa a pergunta em que estamos todas pensando. Sei que deve ser, mas Tate continua jogando paciência, e continuo sentada aqui, em silêncio, observando-a jogar, porque parece ser o que ela quer. Deus nos livre de conversar.

O que eu diria?

O que vamos fazer se Anna...

Não pense nisso. Nossa, não pense nisso nesta sala, neste lugar, onde ela está a poucas paredes de distância, talvez lutando pela própria vida.

Mas Anna é uma lutadora. Da cabeça aos pés. Não é inspirador como quando falam sobre pessoas doentes, é inspirador porque ela é o tipo de mulher que você quer ser quando crescer.

O tipo de mãe que você gostaria de ser, se não tivesse uma como ela e quisesse quebrar o ciclo.

— Vai dar tudo certo — vovó diz de repente, mas Tate nem para de ordenar as cartas.

Rei de espadas. Rainha de copas. Valete de paus. Dez de ouros. Nove de paus.

O silêncio do hospital no fim da noite, interrompido por bipes e mensagens ocasionais no sistema de alto-falantes, oprime de todos os lados até eu ficar zonza. Tento me concentrar nos sons suaves de Tate embaralhando as cartas para mais um jogo.

— Gillian — vovó diz, e o primeiro nome de Tate me faz erguer a cabeça tão rápido quanto ela.

Tate solta as cartas e se levanta antes mesmo de erguer os olhos.

Eles entraram pelas portas duplas. Estão em dois. Uma mulher e um homem tirando as toucas cirúrgicas enquanto caminham em nossa direção.

— Estou aqui — vovó diz, segurando a mão de Tate. Mas é para mim que ela olha.

Sei como é estar distante. E sei como é ser puxada de volta por mãos delicadas. Nunca fui delicada, mas estou aqui. Estou disposta. Vou segurá-la aqui se acontecer o pior.

Eles entram na sala e, quando a cirurgiã sorri para Tate, o nó em minha garganta começa a se desfazer.

— Dra. Rhodes? — Tate diz, com a voz rouca.

— O transplante correu maravilhosamente bem — ela conta, ainda sorrindo. — Anna está na UTI, se recuperando. Você provavelmente vai poder vê-la à tarde se tudo continuar como o esperado.

— Ela vai ficar bem? — A voz de Tate não treme. É monótona. Amortecida como se tivesse que matar algo dentro de si para nivelar o tom. — Ela está bem?

— Ela está muito bem. Tivemos muita sorte. Deficiência de alfa-1-antitripsina costuma ser muito difícil de diagnosticar e não são muitos os doadores vivos. Conseguir um transplante antes de a cirrose piorar ou se tornar cancerosa é um passo muito positivo para a cura a longo prazo.

Tate a encara, em silêncio, e a médica se inclina para a frente, a voz mais suave:

— Pode respirar, Tate.

Tate assente, mas não obedece. Em vez disso, dá um passo à frente e joga os braços em volta da dra. Rhodes, um abraço forte e rápido de uma menina que não gosta de abraços.

— Obrigada — ela sussurra.

Então, de repente, ela se afasta dos médicos e passa por eles, sai do saguão e desce o corredor, desaparecendo no hospital sem dizer uma palavra.

— Ai, meu Deus — Marion diz.

— Ela não vai tentar encontrar a mãe, vai? — a dra. Rhodes pergunta. — Anna ainda não pode receber visitas.

— Não, não vai. Ela só... — vovó diz. — Ela não gosta de demonstrações públicas de afeto.

— Entendo. — A dra. Rhodes sorri gentilmente. — Tem algumas coisas que eu gostaria de repassar com a senhora.

— Claro — vovó diz. — Penny, pode ir atrás de Tate?

— Sim — respondo, como se já não estivesse a caminho da porta.

Posso tentar seguir na mesma direção que Tate foi, na esperança de alcançá-la, mas, em vez disso, aposto que a conheço. Ela passou o dia todo enfurnada, como uma lagosta em uma panela em fogo lento. Agora está livre.

Ela vai sair.

Pego o elevador para o saguão, pensando que vou encontrá-la perto da fonte.

Mas ela não está lá.

Meu celular vibra no bolso. Quando o tiro, vejo a mensagem dela:

Voltei para o hotel. Pode avisar Marion?

— Merda — digo.

Tenho que buscar as chaves da vovó.

33

Penny

A VEZ NA PISCINA

27 DE JUNHO

Ela está na piscina quando chego ao hotel, embora seja quase duas da madrugada. Ela deve ter subornado a recepcionista.

A água cintila à noite. É cheio de barulho e poluição luminosa. Completamente diferente de casa, onde dá para ficar no campo e ver estrelas que nunca se veria aqui. Só vou conseguir dormir bem quando estivermos de volta em nossa estrada onde só devem passar uns vinte caminhões em um dia movimentado. Abro o portão da piscina e entro. Ela não nota. Tiro os chinelos e me sento na beira da piscina, com os pés pendurados na água. Ela está a uns quinze centímetros de distância, no meio da braçada, quando percebe que não está sozinha.

Tate nem se preocupou em colocar touca de natação, só os óculos sobre as tranças duplas, o maiô azul-escuro cortando seus ombros. Nunca usa maiôs com estampas. As outras meninas do time dela usam, mas o de Tate é todo preto e azul, às vezes vinho, se ela estiver se sentindo extravagante.

Será que ela está tentando se esconder? Porque ela sempre se destaca. Ela é mais bonita e mais alta e mais rápida do que todas as outras e, quando olha para você, com aquela seriedade cinza-azul, o mundo não desaparece, mas se aguça. Como se você nunca o tivesse notado antes dela.

— Vai embora, Penny.

— Se você pode usar a piscina, eu também posso — digo a ela, porque nunca vou deixá-la sozinha depois de ela sair correndo daquela forma.

Tate não foge. Ela é valente. É admirável e irritante ao mesmo tempo.

Ela mexe na água de um lado para o outro com as mãos.

Ela está tremendo. Consigo ver isso agora, as vibrações na água, os ombros dela estremecendo sob a luz da piscina.

— Tate — digo devagar. — Você está bem?

Ela faz que sim, um movimento abrupto, mas, enquanto falo, envolve o corpo nos braços como se precisasse se proteger. De mim. A mágoa que sinto não é nova, mas é inédita porque é ela quem a está causando. Às vezes, as coisas me corroem, mas quase nunca machucam. Não dessa forma.

— Sua mãe está bem — digo, só para lembrar a ela, e Tate faz que sim de novo. — Está tudo bem. Correu tudo como deveria.

Ela continua fazendo que sim, mas aí começa a falar. Quase não noto a princípio. Um murmúrio baixo que vai ficando mais claro aos poucos:

— *Porra. Porra. Porra.*

Vezes e mais vezes.

Não sei bem o que fazer. Não devo ser a melhor pessoa para isso. Mas sou eu quem está aqui. E era ela que estava lá quando precisei.

Portanto, faço a única coisa que consigo pensar em fazer. Entro na piscina. A saia do meu vestido, de um tecido fino que gruda quando molha, sobe flutuante, e a empurro para baixo. Meus pés encostam no fundo até não encostarem mais, até eu ter que chutar na água ou me segurar em Tate.

Minhas mãos sobem até seus ombros, e ela simplesmente para. Para de tremer. Para de falar palavrão. Para de se mexer.

Somos apenas eu e ela. Sem desviar os olhos. Sem mais mentiras cuidadosas.

Só a verdade.

Espero, a respiração presa na garganta.

— Penny, pensei que ela estivesse morta. Quando demoraram tanto tempo... eu tive *certeza*.

E aí está.

O calafrio que perpassa o corpo dela é tão forte que sinto no meu.

— Sei que fiquei dizendo que daria tudo certo. Só pensamentos positivos. Mas eu pensei... ai, caralho, quando demoraram tanto tempo para sair, pensei que ela estivesse morta. Eu não parava de pensar: *É isso*. Todo meu ser estava preparado para isso, então, quando eles chegaram todos sorridentes, como se nem tivessem feito a gente esperar, como se eu não tivesse passado todos os minutos cada vez mais convencida...

Ela recua na água como se não conseguisse ficar parada, e meus dedos começam a se perder dos ombros dela até sua mão subir e os cobrir. Ela me puxa mais para a parte funda, nossas pernas enroscadas, os quadris se encostando, até os ombros dela repousarem na borda de concreto da piscina.

Estamos tão perto que consigo sentir o calor que emana de seu corpo; ela está sempre quente, como se a velocidade de que seu corpo é capaz irradiasse dela.

Meu queixo entra e sai da água que reverbera ao nosso redor.

Água escorre pelo rosto dela – ou talvez sejam lágrimas, e não consigo suportar essa ideia.

— Conseguimos passar por isso — digo.

Ela faz que não com a cabeça e, quando seus lábios se unem, sei que ela está chorando.

— É só o começo.

Ela tem razão. É o primeiro passo de muitos. Mas é um passo que muitas pessoas não dão, e Anna deu. Quero que Tate comemore, mas também entendo por que é tão difícil para ela fazer isso.

Estendo a mão e seco as lágrimas da maçã do rosto dela, a umidade se acumulando em meus dedos, no sulco de uma de minhas cicatrizes.

Dor guardada *versus* dor passada. Faz sentido, parece.

Será que ela pensa antes? De fazer o que faz em seguida? Porque, antes que eu me afaste direito, a mão dela cobre a minha. Conheço o formato da bochecha dela na curva de minha mão como conheço as cicatrizes que perpassam minha pele. As duas me assombram de maneiras diferentes.

Nós nos encostamos da cabeça aos pés na água, meus dedos dos pés roçando nos tornozelos dela, tão próximos que, quando seu braço envolve minha cintura, ancorando-me, trazendo-me para *muito* mais perto, não é uma surpresa.

É inevitável.

Minha pele se lembra da dela – do palheiro e do estacionamento do lago, do hotel em Yreka, da luz de manhãzinha e da minha bochecha encostada no ombro dela – e meus nervos suspiram algo como *finalmente*, cada centímetro meu é desejo. Meus olhos se fecham. Quase não há espaço entre nós. Consigo sentir. Consigo sentir *ela*.

É um alívio tão grande. Como se eu finalmente me encaixasse.

— Ei! O que vocês estão fazendo aí?!

Uma voz masculina ecoa, assustando-me tanto que mordo a língua ao saltar para trás. Sangue brota em minha boca.

O raio da lanterna nos atinge, e estreito os olhos sob a luz súbita enquanto Tate se afasta. Pisco, tentando tirar as manchas da visão enquanto ela sai da piscina para falar com o segurança.

— Temos que ir — ela diz quando volta à beirada, estendendo uma toalha para mim. — Mostrei nossa chave para ele, mas ele disse para ficarmos fora da piscina.

Nado até a escada e saio, tentando alisar o vestido e simplesmente... não consigo.

Tate enrola a toalha sobre meus ombros e baixa os olhos, como se não tivesse me puxado contra si como em um romance, e minha cabeça está girando. Como ela está agindo de maneira tão normal? Estávamos prestes a...

Eu estava prestes a...

Ainda estou prestes a...

Ai, meu Deus, vou morrer se isso tudo for só coisa da minha cabeça. Não é... é?

Não pode ser.

Nunca foi.

— Estamos acordadas há vinte e duas horas — Tate diz. — Temos que acordar em poucas horas.

E simplesmente a sigo. Não sei mais o que fazer. Quando dou por mim, estamos naquele quarto e tem aquela cama e continuo pingando no carpete, então digo:

— Vou tomar uma ducha.

Então entro no banheiro e tenho um *surto*.

PARTE QUATRO

Sozinha

(ou: a vez no pico Damnation)

34

TATE

27 DE JUNHO

São três da madrugada, e tem uma garota na minha cama.

São três da madrugada, e *a* garota está na minha cama.

Tecnicamente, a cama não é minha. Muito menos a garota. Mas e a esperança?

A esperança é cruel.

Minha mãe vai sobreviver. Acredito nisso agora. *Sei* disso.

De esperança eu entendo. De medo, também. Já com o alívio não faço ideia do que fazer.

Se eu não tivesse entrado naquela piscina e começado a nadar, teria mergulhado até o fundo e começado a gritar.

Mas aí lá estava ela.

Eu não podia dormir no sofá como ontem à noite. Não desta vez.

Ela não está dormindo. Sei como Penny dorme – com os braços e pernas largados e esparramada na cama como se ela fosse a dona. Ela está encolhida como um tatu-bola agora.

Seu pijama azul tem estampa de carneirinhos. Mesmo daqui, da outra ponta da cama, consigo ver como o tecido parece macio. Quase felpudo.

Eu me distanciei o máximo possível dela, e não adianta.

(Se aquele segurança não tivesse interrompido...)

Minhas mãos apertam os lençóis. O único cheiro que consigo sentir é a doçura forte de seu hidratante de toranja. Minhas tranças não param de pingar água no travesseiro porque nem me dei ao trabalho de desfazê-las nem mesmo de secar o cabelo com a toalha. Só coloquei o pijama enquanto ela estava no banho e fingi que estava dormindo quando ela saiu.

Agora estamos as duas fingindo. Exaustão e adrenalina rodopiam dentro de mim. Estou tão cansada. Faz... quantas horas que estou acordada?

Fecho bem os olhos. *Durma*, digo a mim mesma. *Durma*.

Penny se mexe um pouco do outro lado da cama. Há espaço demais. Não há espaço suficiente.

Ela é minha eterna contradição. Minha perdição.

(Ela se encaixou em meu corpo naquela piscina como se aquele fosse nosso lugar.)

— Tate? Está dormindo?

Continuo respirando, devagar e constante, mesmo quando ela se aproxima um pouco para confirmar.

Durma. Só durma.

Ela se afunda de novo nos travesseiros, e continuo respirando, devagar e constante, até o fingimento virar realidade.

Não consigo me mover. Meu celular, que está na mesa de cabeceira, me desperta. Uma longa linha de calor está pressionada ao meu lado, e pisco sob a fresta de luz que entra pelas cortinas. Um arzinho roça em meu pescoço e, quando viro a cabeça...

Lá está Penny. A centímetros de distância. Respirando suavemente em meu pescoço.

Ela se esparramou na cama durante a noite. Sem manter mais um espaço cuidadoso entre nós. Seu braço está ao redor de minha barriga, e a perna, encaixada entre as minhas. Consigo sentir a maciez das suas pernas contra a aspereza das minhas.

Tento me afastar, mas ela faz uma careta, e simplesmente... congelo.

Ela está quentinha enquanto estou fria, e eu estou áspera enquanto ela está macia, e recuar parece impossível. Inútil.

(Como na piscina quando ela suspirou em mim, e tudo que consegui pensar foi *finalmente*.)

Meu celular vibra de novo. Desta vez não é meu alarme. É uma mensagem. Tenho que pegá-lo. Se for de minha mãe...

— Humpf — ela resmunga quando me mexo embaixo dela, tentando pegar o celular. Sua bochecha acerta meu peito e, se eu tivesse mais seio, o rosto dela estaria perigosamente perto dele. Estou me esforçando muito para não pensar nisso quando vejo a mensagem de Marion: **Está tudo correndo bem! Conto mais depois.**

Agora que parei de me mexer, Penny voltou a se acomodar na curva de meu pescoço, seus lábios roçando a cada respiração.

Por que ela não tem um sono leve? Se eu tiver que acordá-la...
Merda. Vou ter que acordá-la.
No três, Tate. Um. Dois.
Merda. Odeio minha vida.
Três.

— Penny. — Puxo o braço dela, tirando as pernas de debaixo das dela. — Vamos, Pen. Acorde.

Chacoalho um pouco o ombro dela, e ela acorda, um pouco agitada, piscando rapidamente para mim.

Porque meu rosto ainda está, tipo, a poucos centímetros do dela. Se eu simplesmente me inclinasse para a frente...

(Nós duas estaríamos com mau hálito e seria terrível e maravilhoso, e é apenas um pequeno movimento, apenas uma escolha monumental... é só que certas meninas não conseguem certas coisas.)

Ela se afasta de mim como um elástico arrebentado.

— Bom dia! — ela diz com a voz rouca do outro lado da cama, com a cara assustada, o que não é muito lisonjeiro para meu ego, admito.

Já passamos por isso antes, afinal. Uma vez é um erro, duas é uma coincidência. Não precisa chegar a três para saber que é um padrão.

Conheço o padrão. Bem até demais.

— Sua vó me mandou mensagem — digo. — Está tudo correndo bem.

Ela acena com a cabeça, apertando o lençol junto ao peito.

— Tate, eu...

— Vou tomar banho — eu a interrompo. — Quer tomar café do hotel depois? Está incluso.

Nem espero ela concordar. Só me levanto e corro para o chuveiro.

Ainda mais impressionante: não grito com a cara nas toalhas. (Mas é o que quero fazer.)

35

27 DE JUNHO

Penny convidou Tate e Marion para o grupo
EQUIPE SACRAMENTO —> CASA.
Tate entrou no grupo.
Marion entrou no grupo.

P: Bom dia, vó!

M: Penny, não gosto de escrever mensagem.

P: Eu sei, vó! Mas assim vai ficar mais organizado.

T: Assim você só precisa digitar as coisas uma vez, em vez de mandar para nós duas.

P: A gente está se arrumando para fazer o check-out. Você já viu as duas?

M: Ainda não. A dra. Rhodes disse que em breve.

P: Certo. Então vou compartilhar as informações que reuni ontem:

> **Próximos 7-10 dias (Recuperação hospitalar)**
> **Ala de enfermagem do transplante**
>
> JESSICA: Enfermeira-chefe. É a ela que precisamos recorrer se precisarmos de algo importante.
> YOLANDA: Tem mais tempo de casa. Os médicos têm medo dela. As enfermeiras obedecem a ela. Também vai avisar quando trocarem os doces da máquina de vendas automática.
> LILAH: Recém-contratada. Último recurso se precisar encontrar alguma coisa ou precisar de algo rápido.
> DIANE: Pessoa mais doce que você já conheceu. Descrita para mim como uma arma secreta. — P

T: Eu gostaria de saber como você conseguiu essas informações.

P: Conversei com Grace da pediatria. Nós nos conhecemos da época em que fiquei aqui.

T: Você tinha uma fonte interna esse tempo todo?

P: Só fui dar oi e levar um cafezinho para ela quando admitiram minha mãe. A mulher deve ter me salvado de uma infecção. Era o mínimo que eu poderia fazer.

T: Foi ela quem viciou você naquela gelatina terrível de limão-taiti?

P: Meu paladar superior me viciou na gelatina de limão-taiti.

M: Todos sabem que o melhor sabor de gelatina é limão-siciliano.

T — Marion chegando do campo esquerdo com um novo adversário.

P — Virou comentarista esportiva agora? Limão-siciliano, vó, sério?

M — Como você acha que deixo meu bolo de limão-siciliano com aquele sabor?

P — QUÊ?!

P — Você me falou que o segredo eram raspas da casca de limão-siciliano!

M — O segredo da cobertura são as raspas da casca.

M — Mas é um bolo de caixinha, com ovos extras e um monte de água com gelatina de limão-siciliano.

P — !!!!

T — Hum, bolo de limão-siciliano. A gente deveria fazer quando voltar.

M — A receita está na caixinha de madeira em cima do armário do meu trailer.

P — Viu, é por isso que se criam grupos de chat. Dá para descobrir traições familiares com mais facilidade.

M — 🍋 Descanse em paz, bolo de limão.

P — Vamos fazer o check-out, vó. Daqui a uma hora a gente se fala.

36

TATE

27 DE JUNHO

Paro sob o batente do quarto da minha mãe, sem saber se ela está acordada, mas ela vira a cabeça em minha direção e abre um sorriso tão largo que deixa claro para mim que deram drogas *muito* boas para ela.

— Ei, fofura — ela diz ao me ver. Está conectada a um monte de tubos e máquinas e tal, mas está acordada daquele jeito grogue, completamente chapada.

— Oi — digo com a voz rouca.

— Vai me contar o que aconteceu em *Judge Judy*?

— Esqueci.

É só o que consigo dizer antes de correr até o leito. Não consigo abraçá-la, óbvio, mas seguro a barra de segurança de plástico do leito hospitalar e olho fixamente para ela, contemplando-a.

Ela parece melhor. Não é coisa da minha imaginação, é? Talvez seja. Mas ela parece melhor para mim. Parece perfeita.

O quarto dela está cheio de flores, outra coisa em que não pensei e deveria ter pensado. Eu deveria ter trazido algumas. Mas, por sorte, todos da cervejaria se esforçaram. Graham e os cozinheiros mandaram flores, e os garçons entregaram cupcakes para as enfermeiras. Os pais de Meghan mandaram uma árvore bonsai e a mãe de Remi mandou tulipas e, por mais estranho que pareça, o gerente do Sentry Market em que Remi trabalha mandou um presunto – um tipo caro de presunto italiano que eu não sei se minha mãe poderia comer, considerando suas restrições alimentares pós-operatórias. Eu nem sabia que minha mãe conhecia o chefe de Remi, mas talvez eles tenham feito encomendas juntos em algum momento. Levar coisas montanha acima é caro.

Ela pega no sono quase assim que chego, e uma enfermeira entra – Jessica, a enfermeira-chefe da lista de reconhecimento médico da Penny – e verifica as máquinas e a bolsa coletora de urina.

— Ela está se recuperando muito bem — Jessica diz com a voz baixa.

Aceno com a cabeça.

— Obrigada por tudo.

Jessica me abre um sorriso rápido antes de retomar suas rondas.

Jogo paciência. Há uma certa paz nisso, o barulho baixo das cartas e os bipes dos aparelhos. A respiração suave da minha mãe (ela está respirando, ela vai viver, ela sobreviveu, ela sobreviveu, ela sobreviveu).

Agora que a vi, estou contente de uma forma que é quase inquietante, porque não sei como é estar dessa forma. É um sentimento grande demais. Não sei como o reunir em pedacinhos pequenos o bastante para guardar dentro de mim.

— Você está com meu celular, fofura? — minha mãe murmura.

Tiro os olhos das cartas.

— Ei, quer água, lascas de gelo ou coisa assim?

Ela faz que não.

— Meu celular... Quero ver como funcionaram as coisas na cozinha ontem. Drew prometeu que me mandaria mensagem.

— Mãe. — Coloco as mãos no quadril. — Drew não vai mandar mensagem para você sobre o trabalho na noite em que você passou por um transplante de fígado. Ele só disse que mandaria para agradar você, porque você é controladora.

— Que maldoso! — Mas ela sorri toda boba. — E se eles tiverem botado fogo na cozinha? Louisa vive sendo irresponsável com a fritadeira.

— Juro que os cozinheiros não botaram fogo na cervejaria. Estavam ocupados demais me mandando mensagem para ver como você estava. Assim como todo mundo que trabalha na cervejaria ou frequenta o lugar. É daí que vem todo esse jardim aqui.

— Eu *amei* a arvorezinha — minha mãe disse. — Lottie ganhou uma arvorezinha? Não quero dividir a minha.

Eu me pergunto se deveria ter perguntado a Jessica quanta morfina deram para ela.

— Não sei — digo. — Vou perguntar.

— Que bom — ela responde, os olhos se fechando de novo. — Não esqueci, sabe — ela murmura.

— Do quê, mãe?

— Da história dos lados — ela diz. — Vamos falar mais sobre isso quando voltarmos, tá?

Seus olhos se abrem como se num esforço, como se ela precisasse olhar para mim enquanto diz isso, porque faz uma promessa, e minha mãe não quebra promessas.

— Tá — é tudo o que digo. Mas já me impregnei de ceticismo, uma chaleira largada por tempo demais até ficar amarga. Não consigo imaginar como é para Penny estar do lado dentro, se é assim para mim do lado de fora.

Ela pega no sono de novo, e me encolho na poltrona desconfortável e aproveito ao máximo as horas que ainda faltam.

37

Penny

27 DE JUNHO

Minha mãe está dormindo. Ela dorme durante quase todas as quatro horas que me deixam visitar e, quando está acordada, é difícil para ela focar em algo. Ela não para de perguntar por Anna.

— Anna está se recuperando — lembro a ela, e isso faz seu rosto se franzir de confusão antes de relaxar e ela se lembrar.

Vovó foi ao hotel para tomar banho e se trocar, sua última chance antes de eu e Tate voltarmos para casa e ela ter que ficar com as duas funções, cuidando de minha mãe e de Anna. Então, quando a enfermeira, Diane, vem ver como minha mãe está, pergunto:

— É normal ela ficar assim?

— É uma cirurgia delicada — Diane explica. — A dor dela vai se aliviar ao longo da semana e, quando tiver alta, vai ser muito mais controlável. Não precisa se preocupar.

Mas é difícil não me preocupar quando minha mãe está com dor. Minha mãe não é estoica. A dor fica clara em seu rosto quando ela está dormindo.

— Está tudo bem, mamãe — sussurro quando ela choraminga, tentando ajeitá-la na cama.

— Está doendo — ela diz.

— Eu sei — respondo. — Mas você está sendo muito corajosa.

— A única coisa que fiz foi ficar lá deitada — ela fala, e essa é uma piada que ela faria com Anna, não comigo.

— Bom, vamos deixar você deitada *aqui* — digo. — E já, já não vai doer tanto.

— Hum. Nunca gostei de morfina. Coça. — Ela vira a cabeça no travesseiro... tomba a cabeça, na verdade, para me encarar. — Você está bem?

Minha boca fica seca, porque não sei bem quando foi a última vez que ela me perguntou isso.

— Estou — digo, afinal, mesmo se eu dissesse a verdade, ela não lembraria.

— Você se parece muito com seu pai.

E, puta que pariu, é uma ferida que vem do nada.

De repente também não gosto de morfina, embora eu estivesse agradecendo ao universo por ela alguns anos antes.

— Queria que ele estivesse aqui. — Os olhos dela se fecham e então se abrem, um esforço contra as drogas que pesam sobre ela. — Era tão mais fácil quando ele estava aqui.

— Sim — concordo baixinho, porque é verdade, e ela não vai se lembrar. — Era.

O relógio tiquetaqueia e o tempo acaba.

Deixá-la para trás é tão fácil que me assusta.

Tal mãe, tal filha, imagino eu.

38

Penny

27 DE JUNHO

— Quero que vocês dirijam com segurança — vovó diz, fechando a porta de trás do meu carro no estacionamento do hospital. — Liguem assim que chegarem, não importa a hora.

— Vamos ligar — prometo.

Ela me abraça, beijando o topo de minha cabeça no processo. E então puxa Tate com o outro braço, apertando-nos uma contra a outra em seu abraço, e é difícil não ficar arrepiada com a pressão quente da pele de Tate contra a minha.

— Estou muito orgulhosa de vocês — vovó diz com firmeza. — As próximas semanas vão ser difíceis... os próximos meses também. Mas agora sei que vocês estão preparadas.

— Eu te amo. — Não sou eu quem diz isso primeiro: é Tate.

Apertada no ombro de minha vó, mal consigo ouvir, mas é como se eu conhecesse o formato dessas palavras no ar quando ela as diz.

— Também te amo — vovó diz. — Amo vocês duas.

— Obrigada — Tate sussurra. — Você sempre esteve lá. Por mim. Pela minha mãe.

— E sempre vou estar — vovó promete.

Ela nos observa colocar o cinto com o tipo de preocupação linha-dura que só uma avó consegue ter.

— Dirijam com cuidado — ela nos instrui de novo.

— Tchau, vó.

Depois que ela volta para dentro do hospital, olho para Tate.

— Não é melhor irmos direto para o apartamento para encaixotar as coisas?

Tate resmunga.

— Temos o que, três dias?

— Está mais para dois e meio, porque tenho que trabalhar de manhã. *É só o começo.*

— Vamos — ela diz.

São quase cinco da tarde quando chegamos à cidade. Nós tínhamos nos enchido de bagels e folhados do buffet de café da manhã do hotel, então nem paramos para comer. Só começamos a encaixotar.

— Você tem uma lista, não tem? — ela me pergunta enquanto destranco a porta do apartamento.

— Talvez.

— Mesmo assim, vou pôr minhas roupas em sacos de lixo — é tudo que ela diz depois que pego a agenda e, quando reviro os olhos, ela faz aquela cara satisfeita.

— Por que não cuida do seu quarto? Vou terminar a cozinha — digo.

— Tá.

Ela desaparece no quarto dela depois de pegar uma caixa de sacos de lixo, embora as caixas de mudança estejam logo ali.

Entro na cozinha, abrindo a agenda no checklist de encaixotamento.

Anna tem muitos utensílios de cozinha, por motivos óbvios, e não quero esquecer nem quebrar nada. Minha mãe não cozinha, então a maioria de nossas coisas em casa é da vovó. Ela e Anna vão ter que pensar no que vai ou não para a garagem, porque não vou me meter em qual panela de ferro vai aonde. Os cozinheiros são assustadoramente protetores com essas coisas. Temperos ou algo do tipo.

Olho o celular, mas não tem nenhuma mensagem. Eu não estava esperando nada – minha mãe estava praticamente desmaiada –, mas achei que...

Será que ela quer mesmo um recomeço? Ou só estava sendo sentimental com Anna quando escutei a conversa delas?

Música ressoa da porta fechada de Tate, algo com uma batida rápida e palavras que não consigo identificar. Pigarreio e pego meus fones, ligando meu aplicativo e colocando para tocar os sons de chuva.

Não abafa completamente, mas percebo que não me importo tanto assim.

Quando meu celular começa a vibrar com uma mensagem de Meghan, já esvaziei todos os armários.

| M | Já chegaram? |

| Sim. Encaixotando as coisas do apartamento da Tate. | P |

| M | Ótimo! Já passo aí. |

— Ei, Tate? — chamo, indo até o corredor para bater na porta dela.
— Oi?

Abro a porta. Tem um saco de lixo amarrado e uma bolsa de natação cheia de roupas ao lado do pequeno armário sem portas.

— Meghan está vindo. Ela acabou de me mandar mensagem.
— É? Remi também. Eles devem estar juntos.

Franzo a testa.

— Desde quando eles andam juntos?

Tate dá de ombros.

— Não sei. Acho que faz pouco tempo. Ele comentou.
— Bom, Meghan, não.
— Pode me ajudar a enfiar essas coisas no saco? — Ela aponta para os lençóis extras.

Pego o saco de lixo e o chacoalho, estendendo-o aberto para ela.

— O que Remi disse exatamente? — pergunto.
— Ele falou alguma coisa sobre ensiná-la a fazer churrasco.
— Como assim?
— Se eles estão andando juntos ou coisa assim, não deveríamos nos meter.
— Espera, você acha que eles poderiam estar *coisando assim*?
— Sei lá. Você vai agir desse jeito quando eles chegarem?
— Só estou tentando entender a situação! — Penso em Remi e Meghan juntos. — Eles meio que fariam um casal fofo. Ele não é secretamente do mal, é?
— Você acha que eu andaria com um macho escroto? Ou que algum babaca misógino *me* aguentaria? — Tate pergunta.

Tento não rir, mas, quando ela arqueia a sobrancelha, não consigo.

— Só queria ter certeza! Eu queria apedrejar o último namorado da Meghan até a morte, bem no estilo medieval.
— Você e sua mãe — ela murmura.
— Como assim?
— Aparentemente, sua mãe andava pela floresta perto do rio e atirava pedras em potenciais estupradores.

— *Como é que é?*

Meu queixo cai com tanta força que deve ter se deslocado.

— Minha mãe estava em um clima de revelação antes da cirurgia — Tate explica.

— Não creio. Ela devia estar louca de analgésicos.

Tate faz que não.

— Fez muito sentido para mim.

— *Como?* — questiono.

— O trauma quebra ou cria laços.

É como se uma sombra perpassasse meu coração com as palavras dela. Como ela sempre consegue fazer isso? Simplesmente... me destruir, de um jeito tão simples e fácil?

Como uma pessoa consegue ter a outra na palma da mão e não saber?

— É — digo. — Tem isso.

Meu celular vibra de novo. Eles chegaram.

— Eu trouxe comida! — Meghan diz, estendendo uma bolsa de lona.

— E bebidas — Remi acrescenta atrás dela.

Meghan entra. Sua saia estampada tem um cordão com sinos nas pontas, então ela tilinta um pouco a cada passo.

— Trouxe picanha, coisa para sanduíches, batata frita... Tate, não sabia do que você gostava, e Remi parece ter amnésia alimentar sobre a melhor amiga...

— Ei! — ele intervém, mas abre um sorriso para ela enquanto coloca as bebidas no balcão.

— ... então eu trouxe um monte de coisa diferente — Meghan completa, sem hesitar. — Também trouxemos mais caixas e o reboque para conseguir levar os móveis. Como vocês estão?

— Estamos bem — respondo rápido quando Tate meio que só olha para ela, tentando absorver todas as informações.

Meghan é muito focada nos detalhes e fala rápido, ainda por cima.

— E as mães?

— Estão se recuperando. Vovó me mandou uma foto no caminho para cá. — Mostro a foto para ela. — Aparentemente minha mãe já está reclamando de não poder dividir o quarto com Anna.

— Parece ótimo — Tate diz a Meghan, olhando para o banquete que ela serviu com cuidado. — Você fez tudo isso?

— Estou ensinando Meghan — explica Remi.

— Parece divertido — digo com cautela.

Quero lançar um olhar para Meghan de *o que é que está rolando*, mas ela se recusa a me olhar nos olhos.

— Podem comer — ela incentiva. — Vocês estavam vivendo à base de comida de hospital!

— Você fez mesmo isso? — pergunta, depois de demolir meio sanduíche.

— Eu até fiz minha própria versão de tempero para churrasco. Remi duvidou de mim, mas eu estava certa, não estava?

— Estava — ele concorda.

— Na verdade, temos um motivo para Remi estar me ensinando — Meghan me diz.

Tate ergue os olhos do sanduíche, arqueando as sobrancelhas. Quero fazer com a boca *Eu falei!*, mas não consigo.

Ela o cutuca com o pé, e ele cutuca de volta, tão de leve que sei que eles não estão apenas andando juntos. Mesmo que achem que é isso que estão fazendo.

— Temos uma coisa para contar para vocês — Meghan diz. Ela está sentada *muito* perto de Remi.

— Ah, é? — pergunto, tentando não soar presunçosa.

— Eu e Meghan estamos trabalhando juntos em uma coisa — Remi acrescenta.

— Voilà! — Meghan tira um panfleto das profundezas de sua saia sibilante e o coloca sobre a mesa entre nós.

**CHURRASCO DE ARRECADAÇÃO DE FUNDOS
SANDUÍCHES! SORTEIOS! PRÊMIOS!
GANHE SEU PRÓPRIO URSO DA AMORA!**

— Conseguimos doação de todos os materiais e prêmios — Remi explica. — E vamos usar as churrasqueiras grandes da loja e da cervejaria.

— Daí as aulas de churrasco — Meghan acrescenta.

— Meghan é muito boa. — Remi sorri com carinho.

— Pegamos a ideia de captação de recursos de um livro de Lottie — Meghan diz. — Mas pensamos que poderíamos levantar dinheiro suficiente para pelo menos pagar o aluguel de Sacramento.

Olho fixamente para o panfleto, sem saber o que dizer.

— Isso é… — Pressiono a mão contra o coração, que está batendo tão rápido que meus ouvidos ressoam. — Vocês dois… planejaram isso tudo? Como? Quando?

— Nos últimos dias — Meghan diz, como se isso fosse remotamente fácil ou normal.

— É o que acontece quando você dá meu número de telefone para as pessoas — Remi diz a Tate, e ela realmente ri e então o chuta. O que o faz rir e chutá-la em resposta.

— Meghan — falo, e não consigo dizer mais nada porque sinto um nó na garganta. — Não acredito...

— Vocês merecem muito mais — Meghan diz com sinceridade. — Mas isso...

— Isso nós podemos fazer — Remi completa por ela quando os olhos dela se enchem de lágrimas.

— Eu só... — Lágrimas escorrem por minhas bochechas, e então a abraço. — Obrigada — sussurro no ouvido dela.

Recuo.

— Certo. — Fungo, tentando recuperar um pouco do controle. — Quero ouvir tudo sobre a logística aqui. Vocês têm uma planilha?

— É claro que temos uma planilha — Meghan fala, tirando o celular do bolso enquanto Remi resmunga.

— Vamos para o sofá ou coisa assim — ele diz a Tate, que o segue avidamente sem dizer outra palavra.

39

TATE

27 DE JUNHO

São quase dez da noite quando levamos o primeiro carregamento de móveis e caixas montanha acima, e Remi e Meghan vão para casa.

Penny se afunda no sofá rosa. Há dois sofás agora, o da Lottie e o da minha mãe, dispostos de frente um para o outro como se fossem para a batalha: o sofá rosa de Lottie dos anos 1930 que ela própria reformou e o bege da minha mãe, que compramos na loja de móveis usados.

— A gente precisa arrumar todas essas coisas — Penny diz, apontando para a cozinha, lotada por um labirinto de caixas. — Rearranjar os móveis. Colocar algumas coisas na garagem.

— Tem algum espaço na garagem? — pergunto. — Pensei que o lugar todo fosse o ateliê de Lottie.

— Meio ateliê, meio garagem. Meu pai construiu uma parede para separar. — Ela hesita, como se estivesse surpresa consigo mesma por mencioná-lo.

É minha deixa, e a aproveito, porque é estranho estar nesta casa e perceber agora como Lottie apagou George do andar debaixo. Que aquele cantinho no andar de cima é a única lembrança em uma casa na qual ele cresceu, e é simplesmente…

Será que Lottie acha que, se evitar a memória, ele não vai assombrá-la pelo que ela fez? Porque, se existem fantasmas e justiça, ele vai encontrar um caminho.

— Posso perguntar uma coisa?

Ela faz que sim, mas com tanta desconfiança que quase não pergunto.

— Sua mãe simplesmente nunca fala dele com você?

Penny não desvia os olhos, mas seu olhar se transforma em um desafio quanto mais se mantém, até nem eu conseguir mais desviar os olhos, as bochechas ardendo sob seu inquérito e talvez um pouco com minha audácia.

— Ela falava sobre ele quando morou com vocês? — Penny pergunta.

Meu coração palpita, porque a resposta é sim, mas provavelmente não no sentido que ela acha.

— Falava?

— Ela falava sobre muitas coisas. Alguns dias. E, outros, simplesmente não falava nada.

De repente há coisas que não se pode desdizer, há certas coisas que não se podem desouvir. (Lottie implorando para minha mãe dar os remédios para ela, deixar que ela partisse...)

Nunca vou esquecer.

— Ela não fala sobre nada comigo — Penny diz. — Muito menos sobre ele.

— Você pode falar sobre ele comigo — ofereço.

Seu rosto se suaviza.

— Isso é... obrigada.

— Ele também me ensinou muito — digo, dando de ombros, porque é verdade. Era ele quem nos levava para acampar quando éramos crianças. Sei fazer uma fogueira e usar uma motosserra por causa dele. Ele foi um bom pai... um bom homem.

Talvez, quanto melhor você é, maior seja o buraco que deixa. George deixou uma vazio imenso.

Ela abre um sorriso suave e então pigarreia.

— Definitivamente tem algo rolando entre Remi e Meghan — ela declara.

— Eles contaram o que está rolando — digo, sacando a indireta de que ela quer parar de falar sobre o pai. — Estão organizando um evento de arrecadação de fundos.

— Não acredito que eles fizeram isso.

— Eu acredito.

Ela me olha com curiosidade.

— Remi e Meghan são bons como rolinhos de canela — explico. — E pessoas do tipo rolinho de canela gostam de espalhar essa bondade.

Ela se empertiga.

— Isso significa que *nós* somos o quê?

— Pessoas que assumem mais trabalho e vendem objetos de valor assim que as coisas ficam difíceis, porque quem mais cuida da família além de você?

— Mas não é bem assim — ela argumenta.

— Mas é assim que reagimos.

Isso a silencia, porque ela sabe que é verdade. Reagimos como se dependesse só de nós e de Marion ajudar nossas mães. Não reagimos como se pudéssemos ter ajuda de outras pessoas.

E Remi e Meghan provaram que sempre tivemos.

— O que você acha que isso significa que nós somos? — ela pergunta de repente.

Levo um tempo para dar uma resposta, embora eu tenha uma.

— Acho que significa que somos machucadas.

Ela não diz nada depois disso. Nem quando me levanto e pergunto:

— Vejo você de manhã?

Ela apenas faz que sim; subo a escada rangente e entro num quarto que é meu mas não é. Quando a escuto subir alguns minutos depois, depois o trinco da porta à frente da minha, a proximidade... Os poucos passos que levaria para atravessar o corredor são quase piores do que estar na cama com ela.

Quando meu despertador toca às quatro, meu corpo todo protesta. Mas me arrasto para fora da cama em vez de apertar a função soneca. Uso o banheiro e então faço vinte minutos de ioga. Quando acabo e estou virando minha garrafa d'água, escuto o bipe persistente do despertador de Penny do outro lado do corredor.

Tomo banho lá na piscina, então só me visto e tranço o cabelo. A essa hora, não consigo mais ignorar o bipe.

— Penny? Está acordada?

Silêncio mortal, pontuado pelo bipe.

Abro a porta e entro. O calendário dela tem as três semanas em que nossas mães vão ficar fora pintados de laranja, e a colagem cada vez maior atrás da cama dela cresceu de um jardim de flores para um emaranhado de florestas sombrias.

— Penny? — Ela não se mexe quando chamo o nome dela, então, adentro mais o quarto, com cuidado para não tropeçar no tapete de pano que ela deixa aberto no chão de madeira, cobrindo anos de tinta descascada. Eu me sento na beira da cama, aperto a mão no ombro dela e chacoalho um pouco. — Você precisa acordar, Pen.

— Humpf.

Ela se move um pouco sob meu toque e, aí, vira em minha direção, abrindo os olhos e piscando. O sorriso que ela me abre, sonolento e satisfeito, é simplesmente tão relaxado, mais relaxado do que vejo em meses, que faz meu corpo inteiro se sobressaltar como se eu tivesse perdido um degrau.

— Aí está você — ela diz, os olhos se fechando enquanto ela volta a se afundar nos travesseiros.

— Hora de se levantar.

— Hum. — Ela franze a testa. — Não. Volta para a cama.

— Quê...

Ela pega meu braços, os dedos se fecham ao redor de meu bíceps e puxam, fico tão surpresa que cedo, resistindo apenas no último segundo.

Seus olhos se abrem.

— Tate?!

Penny solta meu braço, saltando do emaranhado de cobertas e travesseiros como se fosse um brinquedo de corda.

— Desculpa! — ela diz com a voz aguda. — Pensei que... — E então sua boca se fecha.

Olho fixamente para ela, meu coração se contorcendo em meu peito como só faz perto dela.

— Ai, Deus, está muito cedo — Penny resmunga, colocando a cabeça entre as mãos.

— Desculpa — digo. — Tenho que ir correr.

Ela franze a testa.

— Na estrada?

Faço que sim.

Ela resmunga, empertigando-se.

— Vou com você.

— Não precisa...

— Tate, tem ursos. Além disso, se um caminhão jogar seu corpo de lado num barranco onde ninguém consiga encontrar, sua mãe vai me matar. Sabe onde vovó guarda o spray contra ursos ou onde estão os pontos cegos da estrada?

Odeio quando ela tem bons argumentos.

— Certo, pode vir.

— Só me dá cinco minutos.

Tento fingir não escutar o "merda" murmurado enquanto saio do quarto.

(Mas é meio difícil.)

40

TATE

28 DE JUNHO

Mensagem de Mãe. Abro o vídeo dela na cama do hospital, dando um tchauzinho.

Estou me sentindo bem! É tudo que ela escreve, mas reproduzo o vídeo quatro vezes no estacionamento da piscina, embora esteja atrasada. Saio correndo do carro, na esperança de ainda conseguir uma raia.

Quando vejo as três meninas do time de natação reunidas perto da piscina, é tarde demais para dar meia-volta. Elas já me viram. *Ela* já me viu. Sei que sim porque os olhos de Laurel se estreitam, como sempre acontece quando ela tem que aturar minha presença.

Eu e a ex de Penny nunca nos demos bem. Mesmo antes de ela ser ex de Penny.

É um dos motivos por que nado de manhã. Elas nunca nadam de manhã.

Então, simplesmente continuo andando, deixando a bolsa de rede na raia mais distante delas. Mesmo com esse sinal, Evie não se toca. Não teria como. Ela é o golden retriever mais bonzinho do mundo, e falo isso como um elogio. A menina é uma fofa. E a única que é remotamente simpática comigo desde o ano passado. Mas não quero lidar com isso agora. Não quero pensar no passado quando meu presente se transformou em tudo o que eu esperava.

Ela vai sobreviver. Minha mãe está em Sacramento com um fígado funcional.

— Tate! Oi! — Evie vem saltitante em minha direção, o cabelo loiro platinado molhado ao redor do rosto, a touca na mão.

— Oi, Evie. Theresa. Laurel.

— Como está sua mãe? — Evie pergunta.

— Está ótima, obrigada. Vai sair do hospital em breve.

Evie sorri, e não é forçado.

— Que demais!

— Estamos muito felizes por você, Tate — Theresa diz.

— Obrigada. Eu agradeço. Minha mãe também. Enfim. Preciso... — Aponto o polegar na direção do vestiário.

— Claro — Evie diz. — Só me deixa. — Ela dá um passo à frente. — Posso? — Ela estende as mãos.

Ai, Deus, acho que ela quer me *abraçar*.

— Claro?

Ela me abraça de leve, como se eu fosse feita de vidro.

— Estou muito feliz pela sua família — ela sussurra. — Você já passou por muita coisa.

Não consigo relaxar no abraço. Suas palavras me fazem respirar com um pouco mais de dificuldade. Será que escondi tão mal assim?

— Obrigada, Evie — digo, quando nos separamos. — A gente se vê por aí.

— Me manda mensagem; a gente pode marcar alguma coisa.

— Claro — respondo, sabendo que não vou mandar.

Algumas coisas você não pode desdizer.

Algumas coisas você não quer desdizer.

Fico grata pelo refúgio e pelo vazio do vestiário depois de ser pega de surpresa por aquele grupo. Eu não tinha pensado em como seria essa parte da minha vida – a parte da natação – com Penny me trazendo e me levando. Que bom que fui eu que a deixei, e não o contrário.

Tiro a roupa e estou vestindo o maiô quando o som agudo da porta de metal ecoa pelas fileiras de armários.

— Oi?

Olho por sobre o ombro e, quando vejo quem é, só me volto para minha bolsa e tiro a toalha, enrolando-a ao redor da cintura. Sem dizer uma palavra, penduro a bolsa no ombro e me dirijo à saída.

— Você está fedendo — Laurel me diz quando passo por ela.

Odeio que provavelmente seja verdade depois de minha corrida. Odeio que isso me faz parar. Odeio que me irrita.

(Mas meio que odeio Laurel, então, pronto.)

Não digo nada; só a encaro e espero.

Laurel se ajeita. Ela nunca consegue ficar parada. É uma nadadora de alta velocidade, boa no começo de um revezamento, mas ela se força demais, não guarda nenhuma energia para o final. Somos opostas nesse sentido. Começar bem, terminar bem, sem diminuir a velocidade no meio. É isso que busco.

É por isso que ganho dela, e ela odeia isso. Quase tanto quanto me odeia. Nossa única coisa em comum.

(Quer dizer, além de Penny.)

É como se esse pensamento tirasse as palavras de sua boca, porque ela pergunta:

— Como está Penny?

Parece que ela precisa quebrar o maxilar para dizer isso.

Quero sair andando, só deixá-la lá com a pergunta, mas, se eu adiar lidar com Laurel, Penny pode se machucar. E não quero isso de novo. Eu e Laurel estamos no mesmo time. O que significa que vai ser mais difícil para Penny evitá-la.

— Eu e você vamos fazer um acordo.

— Ah, sério? — Laurel pergunta. — Alguém nomeou você como Rainha da Piscina?

— Estamos morando juntas. Eu e Penny.

Ela fica vermelha com a maneira como fraseio.

— Vocês estão morando com suas *mães*.

— Agora, somos só eu e ela — digo e, aí, deixo a frase pairar entre nós, todas as hipóteses e implicações que fazem as bochechas dela ficarem escarlates de raiva. — Isso significa que, se você visitar, arame farpado não vai ser a única coisa que vai te impedir.

Ela solta um bufo que tenta ser uma gargalhada.

— Você é sempre tão dramática.

— E você não sabe deixar a menina em paz. Penny deixou bem claro que não queria falar com você depois que vocês terminaram.

— Eu sei — Laurel retruca, tão alto que ecoa entre os *pinga-pingas* dos chuveiros. — Você deve estar muito feliz — ela murmura.

— Estou — digo, e o sorriso que se abre em meus lábios é totalmente real e verdadeiro, porque *é* verdadeiro. — A "mãe doente da triste e estoica Tate" não está mais tão doente.

Ela hesita quando a cito na cara dela.

— Você vai ver Penny na frente da escola quando ela me buscar do treino e tal. E vai deixar ela em paz.

— E se ela não *me* deixar em paz? — Laurel pergunta.

— Penny pode fazer o que quiser. — Encolho os ombros. — Deixa ela em paz a menos que ela vá falar com você. Mas eu não apostaria nisso depois do que você fez.

— Você não faz ideia do que aconteceu entre mim e Penny.

Dou de ombros, porque sei que isso a enfurece.

— Se é o que você diz.

— Não vou concordar com isso. Você não pode me impedir de falar com ela.

— Não, não posso. Mas ela pode. E posso ajudá-la. Acho que vamos ver como vai ser isso.

Saio andando, e a voz de Laurel ecoa quando ela grita para mim:

— Ela nunca vai te amar, Tate.

Dou meia-volta para olhar para a cara dela, sem parar de andar, para trás desta vez, sem hesitar enquanto dou de ombros.

— Não é esse o motivo de eu estar fazendo isso.

Quando dou as costas, ela não tem mais nada a dizer.

(Mas eu também não tenho.)

41

TATE

29 DE JUNHO

— É o último dia antes de entregarmos as chaves — Penny me lembra enquanto limpo as manchas de gordura no fogão.

— Eu sei — digo pela terceira vez. — Não precisa ficar repetindo.

Ela está sentada em cima da pia, usando um pano de microfibra para limpar cada lâmina individual da maldita persiana pendurada em cada cômodo. É uma tarefa ingrata, e ela não reclamou em nenhum momento, mas consigo ver que a estava cansando porque ela não para de me lembrar da passagem do tempo de vinte em vinte minutos. É como se tivesse um alarme em sua cabeça.

— Desculpa. É só que... — Ela solta uma expiração longa e segura o ar por alguns segundos, depois inspira. — Só quero que isso tudo acabe.

— Vai acabar — falo. — Pense em outra coisa.

— Em quê? — ela pergunta, desesperada.

— Minha mãe disse que podem dar alta para Lottie amanhã.

— Tomara que para sua mãe também.

— Talvez ela demore mais alguns dias depois de Lottie.

— Ai, Deus... quer dizer que minha vó e minha mãe vão ficar sozinhas no mesmo apartamento? — Os olhos de Penny se arregalam. — Eu definitivamente não gostaria de estar lá para essa luta.

— As coisas entre elas são tão ruins assim? — pergunto.

— Você viu como foi quando comentei das contas — Penny diz.

Faço que sim.

— É daquele jeito.

— Elas se davam bem antigamente.

— Bom, antigamente eu tinha um pai, e vovó tinha um filho, e minha mãe tinha um marido.

Ela não consegue olhar para mim enquanto fala isso, focando a poeira.

— Certo — digo, porque não consigo suportar a maneira como seus ombros se curvam, como ela nem me olha nos olhos quando está admitindo o vazio em sua família.

É como se Lottie achasse que apagá-lo o preencheria mais rápido.

— Mudando de assunto. Me conta da empresa de rafting.

— Meus planos com Meghan?

Faço que sim, passando o pano para tirar o limpador e a gordura do forno cheio de espuma.

— Bom, Meghan pensou em um passeio guiado de acampamento de uma semana. Tem duas versões: uma mais selvagem, uma mais refinada.

— Refinada? Como se deixa isso refinado?

— Mais trailers, menos barracas — ela explica, enquanto termino o forno e passo para a pia. — Mas isso vai exigir arranjar quatro mini-trailers e reformá-los do jeito que a gente precisa.

— Você sabe fazer isso?

— Meghan adora essas coisas, e eu posso aprender. E, depois que contarmos para o pai dela sobre nossos planos, ele vai querer ajudar. Ele tem uma oficina inteira, o que significa que não vamos precisar investir em muitas ferramentas caras.

— Você já pensou em tudo.

É claro que já.

(Nossa, Lottie vai ficar furiosa.)

— Vamos ter que fazer acordos com alguns donos de terras para poder acampar ao longo de certos trechos, mas acho que dá para fazer isso. Meu pai tinha muitas relações com pessoas, e acho que posso dar continuidade. E também tem a grande viagem.

— O que é isso?

— Tenho muita preparação a fazer para dar certo, mas, no futuro, quero fazer viagens por todo o rio. Do começo até o mar.

— Você quer fazer rafting pelo rio inteiro?

— Tecnicamente seria caiaque, mas, sim.

— Dá para fazer isso? Tem barragens e tal.

— Sim, tem que dar a volta por eles a pé. Mas tem gente que faz.

— Quanto tempo leva?

— Três semanas mais ou menos para chegar a São Francisco.

— Isso é... uau.

Ela sai de cima do balcão para passar para a próxima tarefa de sua lista.

— Você acha que é uma má ideia?
— Não — digo. — É legal. Só... radical.
— Mas quero fazer mais do que isso. Fazer com que não seja só o aspecto físico da viagem. Fazer com que o foco seja o rio. O que ele significa para cada pessoa.

(Ah, sim, Lottie vai perder a cabeça com isso.)

Ela está olhando para mim como se precisasse de meu selo de aprovação, e é estranho sentir que ela precisa de algo de mim.

— Passa a ser muito mais do que uma viagem... é toda uma experiência de aprendizado. É ótimo — digo, e ela sorri, aliviada.

Conhecendo Penny, ela vai fazer a lição de casa. Quando Lottie descobrir, vai estar tudo providenciado, e as coisas vão estar tão adiantadas que Lottie não terá como impedir.

— É bom ter uma segunda opinião — ela fala. — Meghan é tão otimista. Às vezes preciso de alguém que se preocupe junto comigo.

— Você pode ficar preocupada comigo. Mas a gente precisa levar o lixo para fora — digo, apontando para a pilha de sacos que deixamos perto da porta.

— Boa ideia. Preciso esticar um pouco as pernas.

Juntamos o lixo e descemos a escada de cimento. Ela cambaleia no último degrau, quase derrubando o saco, e, quando se endireita, viro para olhar para o que chamou a atenção dela.

Ronnie está apoiado no batente, sem tirar os olhos de nós.

— Quem é aquele? — Penny pergunta.

— O proprietário — digo.

— Ele me encara toda vez que levo coisas para a lixeira — Penny fala.

Um arrepio desce por minha espinha.

— Ele chegou a cantar você?

— Só olhou. Com cara de tarado. Mas não disse nada.

— Vamos torcer para que continue assim — respondo.

— Ele é mau? — Penny pergunta baixo enquanto subo a escada atrás dela, tentando não olhar para ele, que ainda nos encara, tomando seu café.

Eu entro no apartamento atrás dela e fecho a porta.

— Ele é definitivamente tarado. Também é um daqueles escrotos que vai fazer o possível para ficar com sua caução. Tinha uma moça muito simpática que morava do lado uns anos atrás, e o apartamento dela estava muito limpo quando ela foi embora, mas ele disse que tinha que vaporizar os carpetes porque estavam com "cheiro de mofo" e pegou metade da caução.

— Filho da puta — Penny diz.

— Pois é. E precisamos da caução de volta, então...

— Não se preocupe, vou me comportar — ela garante. — Só faltam o banheiro e os pisos.

Meu celular vibra em cima do balcão, e o pego. Uma mensagem da minha mãe.

Sei que você começa os turnos na cervejaria amanhã. Pode filmar Drew fazendo a massa de pretzel para mim? Preciso entender o que ele está fazendo de errado.

— Olha isso — digo a Penny, mostrando a mensagem para ela.

Penny ri.

— Ela ainda está nessa?

— Pelo visto, ele só atendeu duas das seis ligações diárias dela porque, como qualquer pessoa racional, quer que ela descanse.

— Ele vai pagar por isso quando ela voltar para aquela cozinha.

Sorrio, mas é um sorriso tenso.

— Vai demorar uma vida para ela voltar a trabalhar — digo. — A recuperação...

— É muito mais longa do que a da minha mãe — Penny completa.

— Eu sei.

— Você me fez um favor falando com Graham sobre cobrir alguns turnos na cervejaria. Vamos precisar daquele dinheiro. Se tudo der certo, ele pode me manter quando as aulas começarem. Ou posso arranjar outro emprego.

— Já temos muitas despesas de inverno. — Penny abana a cabeça. — Minha mãe... ela simplesmente não presta atenção nessas coisas. Meu pai sempre cuidou das finanças e agora...

— Você cuida.

— Mesmo com nós duas trabalhando e eu pegando muito mais aulas particulares quando voltar para a escola, vai ser apertado. Se alguma coisa quebrar ou chegar uma conta inesperada...

— Posso perguntar à treinadora sobre dar aulas de natação quando ela voltar — digo. — Talvez eu consiga encaixar entre o treinamento e a escola e os turnos da cervejaria.

— Vamos dar um jeito — Penny responde.

— Quem é a otimista agora?

Ela ri.

— Estou muito feliz que sua mãe vai sair do hospital — digo.

— Eu sei — Penny diz. — As *duas* vão estar em casa em breve. Tá... não exatamente em breve, mas...

— Meio em breve.

— Meio em breve — ela concorda com a cabeça. E me abre um sorriso hesitante, e então voltamos ao trabalho.

Levamos quase a quinta toda, mas, quando acabamos, o apartamento está impecável. Penny faz uma inspeção final enquanto carrego os sacos de lixo restantes para fora do local, descendo as escadas periclitantes e atravessando o estacionamento até a lixeira. Já há moscas rondando e um cheiro de ovos podres saindo de lá, então tento fazer isso rápido.

E, claro, é aí que Ronnie sai do apartamento em minha direção.

— Está fazendo o que aí?

Basta o som da voz dele para arrepiar os pelos de minha nuca.

— Só limpando o apartamento, Ronnie — digo ao proprietário do nosso quase ex-apartamento. — Vou deixar as chaves no escritório.

— Vi uma outra menina deixando lixo na lixeira. Quase liguei para a polícia para reclamar de descarte ilegal até vê-la subir para o apartamento.

— É minha amiga que está me ajudando. Nada de ilegal nisso.

— Que bom que entendi isso antes de chamar alguém, hein?

— Que bom — digo entre dentes.

Moramos aqui por seis anos, desde que eu tinha onze. E nunca foi grande coisa – Ronnie fez questão disso ao consertar relutantemente apenas as coisas mais urgentes –, mas era nossa casa. Também era tênue, como todas as coisas na vida quando você nunca tem dinheiro suficiente. Atrasar o aluguel com Ronnie era um inferno. Com as despesas médicas, era sempre uma coisa ou outra, às vezes todas ao mesmo tempo.

— Vou sentir falta de sua mãe por aqui — ele diz com aquele sorriso tarado. — Vou ter que ir à cervejaria para dar uma olhada nela.

Você precisa da caução, Tate. Não interaja.

(Mas, ah, eu quero.)

— Ela vai ficar de licença por um tempo. Gostamos muito de nossa casa nova — digo, me esforçando para me manter inexpressiva, torcendo para ele simplesmente *ir embora*. Passei anos de interações com ele sentindo exatamente a mesma coisa, mas acho que minha esperança é demais, porque ele fica parado.

— Sua mãe tem muito mais classe que você — ele diz, e é um alerta, que eu normalmente seguiria. — Você deveria aprender com ela. Ou pode ter consequências.

— Não estou fazendo nada além de limpar o apartamento — digo, tentando manter o rosto sério e provavelmente não conseguindo porque, puta que pariu, odeio esse cara. Só consigo pensar no sorriso tenso da minha mãe e na maneira como ela tentava deixar o cheque do aluguel quando ele não estava e em como ela recusava firmemente quando eu me oferecia para entregar e como se certificava de que eu sempre carregasse meu chaveiro de spray de pimenta.

— Você está usando uma parte grande demais da lixeira. Não é justo com meus outros locatários. Os que realmente vão ficar.

Eu o encaro, incrédula. Deve ter uns oito sacos de lixo do nosso apartamento na lixeira.

— Um pouco de classe ajuda muito — ele me diz.

E então lambe os lábios.

Sou uma chaleira no fogo porque a próxima coisa que sai da minha boca é:

— *Vai. Se. Foder.*

Dou um passo à frente em vez de recuar.

— Você olha descaradamente para a bunda da minha mãe toda vez que a vê há *anos* e, em algum momento, começou a olhar para a minha também. Você não vai conseguir nada comigo, seu tarado com síndrome do pequeno poder.

— Sua...

Ele dá um passo em minha direção a mim, e fico tensa, achando que ele vai me bater ou me agarrar ou coisa assim.

— Ei, o que está rolando?

A voz de Penny.

Penny está aqui. Parada logo atrás dele. Sou tomada de alívio quando Ronnie se afasta com um sobressalto, os punhos se cerrando enquanto seu olhar alterna entre nós.

Os olhos de Penny se estreitam, e ela inclina a cabeça, o rabo de cavalo balançando como um presságio enquanto ela me observa, e consigo ver que ela sabe. (Sabe como meus nervos estavam à flor da pele, o instinto que todas temos subindo à superfície: *Corra, porque vai que ele é mau de verdade em vez de só um pouco mau.*)

Ronnie não parece notar a tempestade que se forma. Ele se aferra à única jogada de poder que lhe resta:

— Vocês estão lotando minha lixeira.

— Tate é locatária até meia-noite — Penny diz. — Ela tem o direito de usar as instalações até lá.

— Não se encher a lixeira com seu lixo de mudança. Vou ter que cobrar uma taxa.

— Você não pode fazer isso — Penny diz.

— Posso fazer o que eu quiser — Ronnie retruca. — O prédio é meu.

Quantas vezes ouvi essa frase? Tantas que perdi a conta. Ronnie é bem esse tipo de escroto. E ele tem poder porque esses apartamentos são muito baratos, e a pessoa suporta muita coisa quando o apartamento é muito barato.

— Vou ter que olhar com muita atenção seu apartamento em busca de estragos também — ele diz.

— Ah! Bom, nesse caso, você vai *amar* isso! — Penny cantarola, tirando o celular do bolso. — Gravei o processo inteiro de limpeza. Gostaria de assistir em tempo real ou acelerado? Tenho as duas versões porque estou planejando fazer o upload assim que chegar em casa. Tenho um canal de limpeza. Chama Brilha como Penny. Você já viu?

Ela aperta o play, e lá está Penny, passando pano nas paredes do quarto da minha mãe.

Ronnie fecha a cara.

— Tirei muitas fotos de antes e depois também — ela continua. — Gravamos o processo todo, né, Tate?

Ela olha para mim, querendo que eu entre na jogada.

— Seu público está implorando por mais conteúdo de limpeza — digo.

— Está, sim — Penny concorda. — Implorando *muito*.

Ele fica vermelho-tomate de raiva.

— Tirem seu lixo da lixeira ou vou ter que tirar e jogar tudo de volta naquele apartamento.

O sangue se esvai de meu rosto, e o sorriso de Penny se fecha.

Os olhos dela brilham ferozmente.

— Certo — ela diz, e passa por ele em direção à lixeira. Com o ar dramático, ela abre a tampa e aponta o braço para mim. — Tate? — ela chama, com o ar imperioso. — Ajuda aqui?

Não sei se ela está falando sério, vou até ela e faço um degrau com as mãos. Ela pula para dentro da lixeira e começa a tirar todos os nossos sacos de lixo, jogando-os um a um no cimento. Quando ela acaba, está fedendo e é a coisa mais perfeita que já vi na vida.

Ela sai da lixeira e pega as sacolas, duas em cada mão, vai até a perua e começa a jogar lá dentro. Eu me esforço para acompanhar e, em alguns minutos, o carro está cheio e Ronnie passou de vermelho-tomate a roxo-fúria.

— Problema resolvido — Penny rosna para ele.

— Como eu disse antes: vou deixar as chaves no escritório — digo a Ronnie.

— E, se inventar mais algum "problema" — Penny literalmente faz aspas com a mão no ar —, vou resolver também. Então é melhor só parar, agradecer por Anna ter sido uma boa locatária e desejar o melhor para a saúde dela, porque é isso que qualquer ser humano decente faria.

— Penny — digo, fingindo seriedade. — Você sabe que ele não consegue ser decente; ele é um *proprietário*.

Penny aperta os lábios, tentando não rir.

— Suas... — ele rosna.

Eu o interrompo.

— O apartamento está impecável. Temos fotografias de tudo. Você vai devolver a caução total da minha mãe. Ou vou levar isso ao tribunal com toda *classe*.

— Eu amo tecnologia — Penny diz, virando-se para mim com um sorriso. — A gente precisa ir. Temos que fazer uma viagem ao lixão agora. Tchau, Ronnie!

O rabo de cavalo dela balança enquanto ela sai, e, depois que tranco o apartamento, vou atrás, entrando no banco de passageiro da perua dela cheia de lixo, inspirando pela boca enquanto abro a janela.

— Certo — Penny diz, entrando no carro e afivelando o cinto. — Olha no porta-luvas: tem um saco hermético cheio de trocados. Deve ter o suficiente para levar isso tudo para o lixão porque, se levarmos para casa, os ursos vão cair em cima.

Eu só a encaro, respirando pela boca, cansada disto.

Não do cheiro de lixo.

Mas *disto*.

Certas meninas não conseguem certas coisas.

E eu não consigo Penelope Conner.

(Mas, ah, como eu quero.)

42

Penny

29 DE JUNHO

— A cara dele — Tate diz, abanando a cabeça. — Não acredito que você fez aquilo.

— Não acredito que vocês viveram tanto tempo sob o poder daquele escroto — digo, furiosa.

— É a vida. — Tate dá de ombros.

— É nada.

— Desculpa por termos usado todo o seu troco — ela me fala. — Vou pagar você.

— Tate, não. Não precisa.

— Era *meu* lixo do *meu* apartamento...

— Só cala a boca. Tá?

Ela entreabre aquele sorriso dela.

— Tá.

Tate se espreguiça no capô do carro enquanto me troco no banco de trás e saio para fazer companhia a ela.

Embaixo de nós, o condado se estende. Salt Creek e Blue Basin divididas pelo rio. Dá para ver tudo daqui de cima e, quando ela sugeriu vir aqui depois do aterro, concordei.

Passo as mãos nas pernas para alisar a calça que ela me deu para usar. O tecido é brilhante e à prova d'água, uma sensação estranha sobre a pele. As roupas dela de natação ficam enormes em mim, a blusa de moletom que ela me deu é pelo menos um número grande demais para ela, então, é uns três números grandes demais para mim.

— Que foi? — pergunto enquanto ela me observa dobrar as mangas.

— Nada — ela diz, mas sua boca se ergue enquanto ela olha fixamente para a cidade.

— Não é culpa minha ser baixinha.

Ela ri. E escorrega um pouco do capô quando subo ao lado dela.

— Não falei nada! — ela reclama.

— Vocês, altos, se acham tão superiores — murmuro.

— Só não queria que você tivesse que usar seu vestido sujo — ela protesta.

— Obrigada. Estava nojento. Mas vou lavar; vai ficar tudo bem.

Olho o celular, mas não tem nenhuma mensagem de minha mãe. Só atualizações de minha vó.

Minha mãe me mandou uma única mensagem. Na manhã do dia seguinte ao que saí, ela me mandou um emoji de joinha.

Mas nada depois disso. Toda vez que minha vó me liga, minha mãe está dormindo. Não quero pensar que é proposital, mas não consigo evitar pensar exatamente isso.

Está acontecendo de novo. Minha mãe está se afastando, mas não existe mais um *nós* do qual se afastar. Deveria doer menos por causa disso, mas não.

Quase dói mais.

— Dá para ver tudo daqui — Tate diz.

— Pois é.

— Não venho aqui em cima desde... — Ela para, embora nós duas saibamos exatamente como terminar essa frase.

Não venho aqui em cima desde a última vez que viemos aqui em cima.

Eu também não. Mas, se eu disser isso...

Não posso dizer isso. Posso?

— Penny, onde estou me metendo?

Isso me faz olhar para ela, o coração na garganta, pensando uma coisa, até ela continuar:

— Pensei que, quando sua mãe voltou a morar com você, era porque as coisas estavam melhores.

— *Ela* está melhor — digo. — Acho que não consegue ficar mais feliz do que isso. Ainda mais agora que sua mãe vai ficar bem.

— A casa... é como se vocês a tivessem dividido. O andar de cima é seu e o de baixo é dela.

— Foi exatamente o que fizemos — respondo, e sua boca se fecha, suas sobrancelhas escuras se franzem como se eu fosse maluca ou coisa do tipo. — Não me olha desse jeito. Não é como se ela tivesse me expulsado para uma torre ou algo assim. Não planejamos isso. Ela só... evita se encontrar comigo e com a vovó, tá? Ela passa todo o tempo que pode no ateliê quando não está trabalhando. O quarto dela é no andar de baixo, e ela não tem motivo para ver como eu estou.

— Ela nunca sobe?

— Na última vez que subiu, ela tentou tirar as fotos, e eu me cortei puxando uma de volta. O sangue foi a única coisa que a fez parar. Mas isso foi... foi no começo. Ela está melhor agora.

— E *você*? — ela pergunta. — Você está melhor? Está feliz?

Não consigo responder. Se eu disser a verdade, vai ser real. Sempre foi real.

É por isso que fujo da verdade.

— Você pelo menos consegue falar sobre essas coisas na terapia? — Tate pergunta enfim, enquanto continuo olhando fixamente para as cidades em vez de olhar para ela.

— Ela me fez parar.

— Como assim?

— Minha mãe me fez parar a terapia.

Olho para ela nesse momento, porque ela está me olhando com tanta firmeza que não consigo evitar.

— Quando foi isso?

— Na noite que você me encontrou aqui em cima — murmuro. — Tivemos uma briga. Era por isso que eu estava tão triste.

— Pensei que a briga fosse porque ela tinha vendido a empresa de rafting.

— Essa foi a consequência da briga sobre a terapia.

Ela está me olhando como se eu fosse uma constelação que ela estivesse tentando identificar.

— Como assim?

Eu me sento de pernas cruzadas no capô para conseguir apoiar os cotovelos nos joelhos. Preciso de um tipo de apoio para contar para ela.

— Fiz merda — digo. — Pedi para ela ir a uma das minhas sessões de terapia. E, assim que Jane, minha terapeuta, começou a falar sobre me mandar para um psiquiatra e discutir medicações e como poderia ter um diagnóstico em que eu me encaixasse além do transtorno de estresse pós-traumático causado pelo acidente, minha mãe começou a surtar. E, quando Jane sugeriu que eu voltasse a praticar rafting...

— Ai, merda — Tate diz.

— Pois é. Ela estourou. Me tirou de lá e me falou para nunca mais voltar. E, quando chegamos em casa... — Paro.

Sua mão cobre a minha, seu polegar passa sobre a cicatriz do meu.

— Não precisa me contar.

Minha mão se vira para a dela, de modo que ficamos palma com palma.

É o que minha mãe quer. Que eu fique quieta. Que guarde as coisas e torça para elas nunca virem à tona.

Isso está me matando.

— Não — digo. — Você estava lá depois. Quero que entenda o antes.

43

Penny

A VEZ NO PICO DAMNATION

UM ANO ANTES

Minha mãe não fala durante todo o caminho de volta do consultório de Jane. Mas, quando chegamos, ela entra em casa em vez de sair para o ateliê como eu imaginava.

Eu a observo entrar, ficando no carro pelo máximo de tempo que tenho coragem, mas, depois de cinco minutos, tenho que sair. Se eu ficar tempo demais, ela pode voltar, pode ficar até mais brava por eu não ter ido atrás

As luzes do trailer de vovó estão acesas. Eu poderia ir para lá, poderia me esconder.

É o que quero fazer.

Diga a sua mãe que a amo.

Não vou ao trailer de vovó.

Ela está na sala ao telefone quando entro.

— Parece bom — ela diz quando entro na ponta dos pés, torcendo para conseguir chegar à escada.

Ela estala os dedos para mim, fico paralisada. Fico sem saída agora. Relutante, entro na sala e paro na beira do tapete enquanto ela diz:

— Ótimo. Obrigada, Tim. Vejo você na segunda para acertar os últimos detalhes.

Minha mãe desliga o telefone e cruza os braços.

— Senta — ela diz.

Não saio do lugar.

— Penelope, *senta*.

Vou devagar. Não ligo se isso a deixa mais brava.

— Por que você estava falando com Tim? — pergunto.

— Estava verificando uma coisa — ela diz. — Queria confirmar que ele não estava deixando você pegar nenhum equipamento de rafting.

— Ele não deixou.

— Você chegou a ir à água? — ela questiona.

— Não.

Ela se levanta. Caminha em círculos fechados à minha frente. Ela começa e para uma frase duas vezes. Está *torcendo* as mãos. Eu nem sabia que as pessoas faziam isso fora dos filmes, mas lá está ela. É como se ela não conseguisse parar de se mover em pequenas explosões de energia que me deixam apreensiva.

— Você está mentindo para mim? — *Anda, anda, anda.* — Chegou a ir ao rio? Aquela terapeuta... — *Torce, torce, torce.*

Meus olhos alternam entre suas mãos e seu rosto, e não sei por quê, mas tudo em mim diz para *fugir*.

— Jane estava tentando explicar mecanismos de enfrentamento para você, e você só estourou em vez de escutar — digo, tentando manter a voz o mais firme possível.

Anda, anda, anda.

— Aquela mulher quer te dar medicamentos de que você não precisa. — *Torce, torce, torce.* — Ela está tentando diagnosticar você. Com coisas que você não tem. Loucura total. Além de te encorajar a se colocar em perigo! Vou denunciá-la.

— Você vai denunciá-la por fazer o trabalho dela? — pergunto, incrédula. — Mãe, você está falando maluquices...

— Eu *não* estou maluca!

Seu rosto inteiro muda quando ela diz isso, uma transformação como o Médico e o Monstro que me faz recuar na cadeira.

— Não disse que você era. Eu disse que você estava falando...

— Não vou fazer isso — ela declara. *Anda, anda, anda.* — Você vai me escutar. Você está *bem*. Nós duas estamos bem.

— Mãe... — Porque não estou bem e ela não está bem. Como poderíamos estar?

— Já cuidei de tudo — ela diz, acenando com a cabeça, e então continua acenando, os olhos cada vez mais duros. — Já cuidei de tudo.

— Do que você está falando?

— Já cuidei de tudo para você ter um futuro — minha mãe me diz e, então, abre um sorriso que me dá arrepios, de tão inexpressivo. — Isso resolve tudo. Você vai ter que seguir as regras agora.

— O que você fez?

— Vou vender a empresa para Tim — minha mãe diz, tranquilamente, como se não estivesse matando todos os sonhos que já tive. Tudo pelo que meu pai trabalhou.

Quero gritar. Mas, se eu gritar, tenho quase certeza de que ela também vai começar a gritar e, se nós duas enlouquecermos, acho que já era.

Não tem como voltar atrás. Não tem reparação.

Isso me assusta tanto que respiro apesar do pânico.

— Você não pode vender a empresa — digo. — Meu pai sempre quis que eu administrasse com ele. Era para ser minha.

Manter a calma, na verdade, piora as coisas. Ela continua *andando* de um lado para o outro.

— Não é sua — ela rosna. — É minha e posso fazer o que eu quiser. E vou vender. Todos os pedacinhos daquela merda. Eu botaria fogo naquele lugar se não valesse alguma coisa.

— Mãe...

— Não vou deixar você continuar com essa insanidade — ela diz. — É *você* quem está falando maluquice. Você não vai virar uma zumbi medicada. Não vai voltar para o rio. Você vai ter uma *vida*. Uma vida segura. Não uma montanha-russa de adrenalina que te deixe ainda mais aleijada do que já está.

Assim que as palavras saem da boca dela, seus olhos se arregalam, como se ela tivesse acabado de se tocar do que falou.

— Porra, mãe — digo. — É isso que você acha de verdade.

— Penny, eu... — Ela fica paralisada. Capturada.

— Não estou *aleijada* — digo, e minha voz é forte, mas minha garganta arde. — Que coisa horrível e capacitista de dizer.

— Penny, desculpa. Mas você precisa me escutar. Estou pensando no que é melhor para você. Você precisa de dinheiro para a faculdade...

— Não vou para a faculdade — respondo. — Você pode dizer o que quiser a si mesma sobre por que está destruindo tudo que papai deixou para trás. Mas você não está fazendo isso por mim.

— Você *não* vai morrer! — Ela aponta o dedo para mim. — Não vai — ela repete. — Nem você, nem Anna. Ninguém mais vai morrer!

Lágrimas enchem meus olhos, e a dor lancinante dentro de mim é puro remorso. Eu deveria ter ido para a vovó. Deveria ter simplesmente me escondido.

— Ninguém mais vai morrer — ela diz de novo. *Torce, torce, torce.* — Ninguém mais vai morrer. — *Anda, anda, anda.*

Eu me levanto devagar enquanto ela continua repetindo isso como se estivesse em looping. *Anda, anda, anda.*

— Ninguém mais vai morrer. — *Torce, torce, torce.* — Ninguém mais vai morrer.

Há algo terrível crescendo em minha barriga. Nem tenho um nome para essa preocupação crescente e doentia.

Estendo a mão para pegar seu braço, e ela o empurra.

— Lottie? Quem está gritando?

Minha mãe se vira para cima de vovó, que está parada atônita na entrada quando corro até ela. Ela coloca o braço ao redor de mim automaticamente enquanto minha mãe parte para cima dela.

— Você! — minha mãe grita. — Foi você quem levou a menina para a terapia.

— Lottie, do que você...

— Você quer que ela também morra?

— Do que você está falando? — vovó questiona. — Penny, por que não vai para seu quarto?

— Não mande na minha filha!

— Lottie, você tomou seus remédios? — vovó pergunta.

— Não estou mais tomando nada. Não preciso. Você ouviu as bobagens que essa terapeuta andou enfiando na cabeça dela?

Vovó me aperta com mais firmeza.

— Penny, vá para o seu quarto.

— Eu...

— Ela quer drogar a menina! Acha que é uma boa ideia que ela volte a fazer rafting! Só dar remédios para ela e fazer a garota arriscar a vida, voltar para aquela coisa que levou tudo...

— Penny, *vai* — vovó diz, e, ao ouvir as palavras dela, minha mãe solta um grito primitivo que me assusta tanto que me faz me mexer.

Mas não vou para o andar de cima. Vou para o corredor e, quando as vozes da vovó e da minha mãe começam a se elevar, viro à direita em vez de à esquerda e saio porta afora, suas vozes ficam mais distantes, graças a Deus, e saio correndo, para longe, e fico tão grata que simplesmente continuo.

Até desaparecer.

44

TATE

A VEZ NO PICO DAMNATION

UM ANO ANTES

M: Tate, preciso de um favor imenso.

T: Quem é?

M: É Meghan.

Por um segundo, encaro o celular. Por que Meghan estaria me mandando mensagem?

T: Tudo certo?

M: Você pode, por favor, ir ao pico Damnation e não deixar Penny voltar dirigindo para casa? Tenho quase certeza de que ela está bêbada lá em cima.

M: Quer dizer. Certeza absoluta de que ela está bêbada. Ela nunca comete tantos erros de digitação quando está sóbria.

T: Ela está bem?

M: Ela brigou feio com a mãe.

M — A mudança de Lottie está sendo difícil.

M — Desculpa. Sei que as coisas estão intensas agr com a saúde da sua mãe.

M — Estou na casa dos meus avós em Sacramento. Senão não incomodaria você.

M — Só não quero que ela dirija. Ela não está me respondendo.

M — E se eu pedir para Laurel...

Meu estômago se revira ao ver o nome da namorada de Penny.

M — Enfim.

M — Acho que você é a melhor opção aqui.

M — Laurel provavelmente só começaria a beber com ela.

Estou a caminho. — T

M — Te devo uma.

Tranquilo. — T

Ela não está cantando quando chego ao mirante do pico Damnation, onde dá para ver todas as luzes da cidade e o brilho escuro do rio serpenteando através dela. Ela está cantarolando que nem bêbada, apoiada no carro, uma garrafa de vodca na mão.

Não é uma garrafa pequena. É um daqueles galões vagabundos que Marion usa para infundir ervas para tinturas.

— Jesus, Penny, isso deve ter gosto de solvente de tinta — digo quando saio do carro, batendo a porta.

— O rosto todo dela se ilumina ao me ver.

— Tate!

— Penny. Cadê suas chaves?

— No carro — ela diz. — De onde você surgiu?

— Meghan não queria que você dirigisse para fora do penhasco nem matasse ninguém.

Penny franze a testa.

— Eu não ia dirigir — ela protesta.

— São dez da noite. O quê...

— Vou dormir no carro.

Fico olhando para cara dela.

— Tenho cobertas! São confortáveis.

— Penny...

— Quer um pouco?

Ela se desencosta do carro e estende a vodca.

Pego a garrafa e a esvazio na terra.

— Ei!

Ela me olha feio, mas continua cambaleando um pouco, sem tentar me impedir.

— Você já tomou demais.

— Você não sabe quanto tomei!

— Consigo imaginar. — Tiro as chaves da ignição e confirmo que o freio de mão dela está puxado. — Quer ir para casa agora?

— Minha mãe está lá, então, *não*, não quero.

— Certo — digo, apoiando-me no carro dela. — Podemos ficar aqui. Mas você não pode dormir no carro, Pen.

— Já falei que tenho cobertas — ela diz. E vai até a caminhonete e abre a porta, os movimentos ainda mais dramáticos pela bebedeira. Ela agita as mantas. — Viu?

Ela se enrola em uma como uma capa que balança ao vento.

Não consigo evitar. Ela é tão fofa, mesmo bêbada e triste desse jeito. Dou risada.

Os olhos dela se arregalam.

— Ai, meu Deus! Fiz a moça séria dar risada?

Ela saltita na minha direção, chutando a garrafa de vodca vazia, que escorrega encosta abaixo.

— Ops. Você nunca ri — ela me diz. — Você está sempre tão triste.

— Não estou...

Não consigo terminar a frase, porque ela estende a mão e aperta o dedo entre minha sobrancelhas. Ela está em meu espaço, bêbada demais para ter noção disso, para manter distância como costumamos fazer.

(Nós olhamos. Não nos tocamos. Porque, quando nos tocamos...)

— Você tem uma ruguinha — ela me diz. — Bem aqui. Porque está triste.

— Acho que é você que está triste agora — respondo, tirando sua mão com delicadeza.

(Ela não me deixa soltar.)

— O que aconteceu? — pergunto.

Ela solta meu punho, então, e ajeita o cabelo atrás das orelhas.

— Nada — ela diz. — Nada. Minha mãe só destruiu minha vida toda. Só isso.

— Penny... o quê...

Ela dá as costas para mim, agitada de repente. A coberta voa com o movimento, e ela a segura com mais firmeza ao redor do corpo.

— O que ela ficou fazendo o tempo todo que morou com você e sua mãe? — Penny pergunta.

— Acho que você deveria perguntar isso a ela — digo com cuidado.

Seu olhar sempre conseguiu me trespassar. Mais afiado que uma faca.

— Estou perguntando para você.

Mordo a língua. Há tantas coisas a dizer. Coisas demais.

Há uma luz nos olhos dela, cintilando sob meus faróis. Ela parece quase ferina. Uma menina à flor da pele. Um movimento errado, e a perco.

— Vocês tiveram que trancar os remédios dela? — Penny pergunta e, quando demoro demais a responder (porque *sim*), ela dá de ombros e diz:

— Vovó teve que trancar os meus.

Ela não desvia os olhos; ela me encara como se fosse um desafio em vez de um puta sofrimento.

(Se eu acordasse um dia e ela não estivesse aqui...)

Nem hesito. Corto o espaço entre nós, quatro passos e mais um pouco, e então ela está apertada nos meus braços, afundando a cabeça no meu ombro. Seu nariz é um ponto frio contra mim.

Ela fica dura por um momento e, então, me aperta em resposta, seus braços firmes ao redor de minha cintura enquanto suas lágrimas escorrem pelo meu peito.

— Toda vez que penso que me recuperarei um pouco, ela tira isso de mim — Penny choraminga. — Por que ela não pode me deixar em paz? Ela ainda me culpa. Ela queria que tivesse sido eu, não ele. Eu também queria.

Recuo para ela conseguir ver meus olhos. Para que consiga ver a verdade em meu rosto.

— Bom, *eu* não queria — digo rapidamente enquanto ela pisca, aturdida pela ferocidade em minha voz. — Seu pai não queria isso. Ele salvou você. Você está aqui agora, comigo, porque ele te amava tanto que a última coisa que fez foi salvar você. Ela não pode tirar isso de você... ninguém pode.

Lágrimas traçam pequenos fios em seu rosto enquanto ela me encara com os olhos úmidos.

— Ninguém pode tirar seu pai de você — falo.

— Ela não para de tentar — Penny diz, a voz embargada. — Seria mais fácil se eu só desistisse.

— Penny, você é a pessoa mais teimosa que já conheci — digo. — Não seria mais fácil se você cedesse às merdas de sua mãe. Esquece aquela mulher. Só por um minuto. Olha para mim. Calma. Sente seu coração. Aqui. Respira comigo.

Pego a mão dela e a aperto em seu peito, coberta pela minha. Seu coração troveja através da pele dela e da minha, mas, respiração por respiração, começa a ficar mais devagar.

Não é como meditação, embora seja daí que tirei a ideia. Não tem nada a ver com isso quando somos eu, ela e isto. Quando meus dedos estão apertados contra os dela e a curva de seu seio está logo abaixo da palma de minha mão, e seus olhos, aqueles olhos escuros e infinitos, cintilam, quase sem piscar enquanto ela olha no fundo dos meus como se eu fosse um desenho no qual faltasse algo.

— Por que você veio? — Penny pergunta.

— Já falei: Meghan me mandou mensagem.

— Você poderia ter mandado mensagem para a vovó. Ou para Laurel.

O nome de Laurel coloca tudo em foco. Como se isso tudo tivesse sido um conto de fadas difuso até agora. De volta à dura realidade.

— Você *quer* que eu mande mensagem para Laurel?

Ela faz que não com a cabeça assim que as palavras saem, e é tão fofo (sou tão egoísta) que nem tento recuar.

(Digo a mim mesma que vou. Eu *vou*.)

— Por que você veio? — ela pergunta de novo.

— Você está bêbada — eu a alerto.

— Você sempre aparece — ela diz. — Por quê?

— Penny...

— *Por quê?* — E odeio como ela parece confusa. Me dá vontade de responder a verdade. — Laurel está certa?

Gelo em minhas veias. Minha mão se solta da dela (minha pele dói com a perda da batida de seu coração).

— Do que você está falando? — pergunto, com a voz trêmula.

— Ela não acredita em mim quando digo que nós nunca...

Meu coração se aperta.

— Ela disse que devia ter alguma coisa... — Penny solta uma risada nervosa. — Ela disse que era *óbvio* que tínhamos... — Penny revira os olhos. — Ela estava sendo meio chata com isso, na verdade.

— Laurel é sempre meio chata — digo, e uma risadinha brota em seus lábios, tão subitamente que ela cobre a boca.

— Ela está certa? — Penny pergunta detrás dos dedos.

— Não vou entrar na paranoia de Laurel — respondo, tentando recuar completamente, mas ela está bêbada demais de vodca, claramente, porque diz:

— Fico pensando se eu simplesmente... — E ela estende a mão e toca meus lábios, bem de leve, e então meio que hesita e seus dedos traçam meus lábios, e eu só...

Me perco. Completamente.

(Mas eu não *posso*. Há tantos motivos para ir, e tão poucos para ficar... mas, aqui estou eu, ficando.)

— Sempre me pergunto o que faria você feliz — Penny diz. — Você só sorri quando está com sua mãe.

— Penny. — Minhas palavras zunem em sua pele. Se ela apenas se inclinasse para cima...

(Se eu apenas me abaixasse...)

— O que seria preciso? — ela pergunta.

(Seu polegar está em meu lábio inferior. Só... massageando. De um lado para o outro. Eu não sabia que dava para ser tocada com tanta delicadeza. Tanta admiração.)

Queria que a resposta fosse simplesmente *você*. Mas não é. Para nenhuma de nós. Estamos machucadas demais. Nunca estamos na mesma sincronia. Ela só faz isso quando está bêbada.

(Quero ceder. Quero me afundar em sua boca. Quero ser fraca e pegar e pegar e pegar.)

Mas não posso. Já pegaram tanta coisa dela. Não vou acabar com o relacionamento dela, por mais que eu não goste de Laurel.

Minha mão envolve a dela, tirando-a de meus lábios. Seus olhos vacilam – mágoa ou alívio? Não sei.

— Vou ficar feliz se você me deixar te levar para casa, e se você tomar água e, da próxima vez, pedir carona para sua namorada.

Seus lábios se apertam e, se eu não estivesse com tanta raiva, me encolheria sob a fúria de seu olhar.

— Covarde — ela diz, e então passa por mim em direção a minha caminhonete.

PARTE CINCO

Verdade

(ou: a vez no estacionamento da lanchonete)

45

11 DE JULHO

> **R:** A estátua de urso da rifa acabou de ser entregue na minha casa.

> **M:** Ótimo! Já peguei os vales-presentes na Talbot's Bakery, na loja de ferragens e na loja de antiguidades.

> **R:** Meghan, você não me disse que o urso tinha mais de um metro e oitenta!

> **M:** Opa. Desculpa! Pensei que tivesse sido clara.

> **R:** Está parado no meio da garagem. Mal consegui tirar da caminhonete com o entregador. De tão pesado que é.

> **M:** Precisa de ajuda para mudar o urso de lugar?

> **R:** Sim, preciso de ajuda para mudar o urso de lugar. É uma estátua de urso de um metro e oitenta esculpida em um único tronco de carvalho pesado pra porra.

M Alguém está de mau humor.

R O cachorro do vizinho está ficando doido. Ele acha que o Amora é um urso de verdade.

M Você quis dizer Amoro.

R Meghan.

M Admite, você está rindo.

M Está sorrindo, pelo menos.

Remi está digitando...
Remi está digitando...

R Você me pegou.

M Peguei?

R Pegou.

M Chego em meia hora.

46

TATE

18 DE JULHO

— Você e Drew estão conspirando contra mim — minha mãe resmunga enquanto dou os toques finais em meu cabelo durante nossa videochamada antes de eu sair para trabalhar.

Coloco o último grampo na trança enrolada ao redor da minha cabeça. Depois de quase três semanas trabalhando na cervejaria, eu e Penny entramos em uma rotina. Acordar às quatro, correr às cinco, chegar à piscina às sete, Penny ao trabalho às dez e então meu turno começa às onze.

Nem sempre é tranquilo em casa. Ainda há caixas por toda parte porque não sei onde colocar as coisas sem perguntar para as mães. Penny não é uma pessoa matinal e devora o café, mas nunca reclama que o café da manhã seja sempre mingau puro e que eu a arraste para uma corrida de seis quilômetros cinco dias por semana.

Jantamos à mesa da cozinha em vez de na sala de jantar, e nenhuma de nós comenta, mas acho que sabemos que a sala de jantar é estranha só com nós duas lá. Às vezes, comemos qualquer prato que os cozinheiros da cervejaria nos deram, como se não soubéssemos nos virar, ela trabalha em sua agenda, e de vez em quando pego qualquer romance policial que Marion deixou pela casa. Mas há dias em que conversamos.

De vez em quando parece que não conseguimos parar, agora que não tem mais ninguém na casa além de nós.

— Não acredito que minha própria filha está me traindo com o inimigo — minha mãe diz com o ar dramático, o que me faz parar de pensar em Penny e me concentrar no meu telefone.

— Como Drew é seu inimigo se ele é seu braço direito?

— Ele vive se gabando para mim por mensagem das suas habilidades com faca, como se não tivesse sido eu quem te ensinou!

Dou risada.

— Mãe, mal consigo andar nem *respirar* naquela cozinha sem ele ou Louisa falarem: "Ah, ela é igualzinha à Anna". Então acho que seu legado de habilidades com facas está seguro.

— Acho bom — ela resmunga, de um jeito irônico.

— O que os médicos disseram? — pergunto, pegando o protetor labial da bolsa e passando.

O banheiro da cervejaria é minúsculo, mas é limpo. Em parte porque essa é uma das minhas funções.

— Está tudo bem — ela diz, vaga como sempre. — O último exame da Lottie deve ser na semana que vem.

— Já?

— Vai dar três semanas — minha mãe diz.

— Você acha que também vai poder voltar?

— Acho que vou ficar aqui umas quatro semanas ao todo — ela diz. — Mas não me distraia de minha missão: quero saber por quanto tempo Drew está deixando o fermento na água morna...

— Mãe.

Lanço um olhar para ela.

— Estou entediada — ela diz, ajeitando-se na cama.

— Marion não está distraindo você com jogos de baralho?

— Ela ganhou meus doces! Todos eles! Vou ter que começar a escrever notas promissórias para ela.

— Criar dívidas de doce é o caminho para a desgraça, mãe.

Ela ri.

— Ah, fofura, estou com saudade.

— Eu também — digo, com um nó na garganta.

Alguém bate na porta do banheiro.

— Preciso ir — digo.

— Lembra de ver Drew preparar a massa!

Desligo o celular e volto ao trabalho.

Quando finalmente saio do meu turno, estou cheirando a ketchup e cerveja, e Penny está sentada no estacionamento há três horas, esperando por mim.

— Dia longo? — ela pergunta quando abro a porta e entro.

— Minha mãe continua obcecada pelo que tem de errado na massa de pretzel — digo, só para fazê-la rir.

Mas só a faz dar um sorriso tenso e passageiro. Ela está com a agenda aberta na mesa dobrável de madeira que encaixou ao redor do volante.

— Onde você arranjou isso?

— Meghan fez para mim — Penny diz. — Te falei, ela adora um artesanato.

Ela não guarda as canetas e o diário. Em vez disso, fica mexendo na tampa da caneta azul, olhando fixamente para a página.

É o orçamento da casa, com pequenos flocos de neve decorando a página.

— Está planejando para o inverno?

Ela faz que sim.

Passo os olhos nas categorias da tabela que ela criou, com os custos esperados comparados ao dinheiro no banco. Tem muito mais custos do que dinheiro.

— Estou preocupada com o aquecimento da casa — Penny admite. — A lenha está cara, mas o propano está mais ainda. E minha mãe coloca um aquecedor elétrico na garagem enquanto trabalha, o que faz a conta de luz disparar.

— Minha mãe precisa ficar aquecida — digo. — Ela não pode adoecer.

— É por isso que quero confirmar que temos tudo de que precisamos, mas não faço ideia de como conseguir isso com nosso orçamento novo.

— Podemos derrubar uma árvore ou coisa assim, cortar nossa própria lenha para não ter que comprar?

Ela franze a testa, girando a caneta na mão.

— Para derrubar uma árvore nova, você precisa deixar a madeira secar. Mas tem uma árvore que caiu no último inverno. Lá na propriedade. Não derrubou nenhuma das cercas, então vovó só largou lá.

— É um pinheiro?

— Sim.

— Pinheiro queima rápido — digo.

— Carvalho é melhor — ela concorda. — Mas é uma árvore grande. Muita madeira — ela diz. — Você vai ter que me ajudar. Não consigo usar a motosserra por muito tempo. Minhas mãos...

— Claro — digo rápido.

Ela sorri.

— Obrigada.

— O que é aquilo? — pergunto quando chegamos ao portão de entrada. Do outro lado, na garagem, está a caminhonete de Remi e, ao lado, uma estátua de urso gigante.

Penny entra e estaciona atrás da caminhonete.

O urso se assoma diante de nós, em pé, com uma amoreira de madeira gigante apoiada no ombro, a pata segurando-a como um saco de farinha.

— É um urso da Amora — Penny declara, parando na frente dele, com as mãos no quadril.

Ela tem razão, parece uma das estátuas da frente da lanchonete. Todas as Lanchonetes Amora têm pelo menos três. Deve ser uma regra da franquia ou coisa assim.

— O que é que isso está fazendo aqui? *Meghan!* — A voz dela se ergue para gritar o nome de Meghan.

— Estamos no campo!

Sigo Penny até os fundos da casa, em direção à extensão de grama amarela que precisa muito ser cortada. Eu deveria pedir para Penny colocar isso em uma das listas de tarefas que ela tem na agenda.

Meghan está com uma toalha estendida, e Remi está deitado de costas, com a cabeça apoiada na mão enquanto contempla o céu.

— Fiz salada de macarrão — Meghan declara quando nos vê.

— Qual é a do urso da Amora? — Penny pergunta, deixando-se cair ao lado dela, e pega o pote de salada de macarrão quando Meghan o oferece.

— É nosso grande prêmio para a rifa — Meghan explica.

— Meghan o batizou de Amoro — Remi diz.

— Como vocês conseguiram fazer com que o doassem? — Penny pergunta, incrédula. — O casal que os fabrica só os faz para a lanchonete.

— Coincidências fortuitas e charme — Meghan diz. — Mas vamos ter que cuidar do transporte do urso para quem o ganhar, se for da cidade.

— Precisa de duas pessoas para transportar Amoro — Remi diz. — Eu e Meghan conseguimos...

— Quase derrubei Amoro no seu pé!

— Eu ia ser legal e não mencionar isso.

— Quase quebrei os ossos dele — Meghan diz animadamente. — Mas queremos tirar Amoro da garagem de Remi.

— O cachorro de um dos vizinhos não gostou do Amoro — ele acrescenta.

— Então podemos deixar ele aqui até sábado? — Meghan pergunta.

— Claro — Penny diz. — Isto está uma delícia — ele diz a Meghan, apontando o garfo para o pote.

Meghan sorri.

— Que bom, porque é o que vou servir de acompanhamento para o churrasco.

— Vocês têm a data de quando suas mães voltam? — Remi pergunta.

— Os médicos disseram que minha mãe pode voltar na quarta que vem — Penny diz.

Sinto um frio na barriga.

— Quê? Quando foi isso?

Penny coloca o garfo no pote.

— Vovó me mandou mensagem quando eu estava saindo do trabalho. Minha mãe ainda está decidindo se quer vir para casa ou esperar até Anna poder.

— Você vai buscar ela?

— Se ela quiser vir para casa, sim — Penny diz. — Ela está deixando a vovó maluca. Acho que seria melhor ela voltar. Dar um pouco de espaço para elas.

— Ela vai tentar fazer esse esforço quando voltar para casa. Você sabe disso — alerto.

— Estou pensando em trocar as fechaduras do ateliê dela para ela não ter como entrar.

— Isso é uma boa ideia — digo com sinceridade.

— Penny! — Meghan protesta, e Remi ri baixo enquanto me deito de costas ao lado dele, olhando para o céu e me perdendo na conversa.

(Quando Lottie voltar, não vou mais ter essa paz.)

47

Penny

20 DE JULHO

Em meu dia de folga, consigo dormir até as nove, o que é glorioso. Tate ainda não voltou da piscina, então saio para a garagem para preparar a motosserra.

Passo pela porta que leva à parte da garagem que é de vovó – minha mãe é possessiva em relação a seu espaço de trabalho. Ela já trabalhava aqui antes de o meu pai morrer, uma cortesia que vovó ofereceu a ela e hoje me dá arrepios, porque minha mãe não se afastou apenas de mim. Ela e vovó não eram...

Tão silenciosamente furiosas uma com a outra.

Eu me preocupo que esteja ficando ainda pior. Elas *nunca* tiveram que dividir a casa. Vovó se mudou para o trailer para a minha mãe poder se mudar para cá, e elas são boas em se evitar, mesmo quando vovó entra e sai da cozinha e do jardim.

Mas elas não têm como agir assim em Sacramento. Consigo escutar isso na tensão da voz de vovó quando conversamos e nos silêncios nas raras ligações de minha mãe. Dá para notar que vovó mal pode esperar para voltar para casa.

Coloco o motor para carregar e olho ao redor em busca da motosserra. Está guardada embaixo da mesa de trabalho, em uma caixa de plástico verde. Eu a tiro com cuidado e levo lá para fora antes de voltar até o painel onde vovó deixa suas ferramentas penduradas. Seleciono o serrote, o tosquiador e o machado. Também encontro uma lata de gasolina e um extintor de incêndio.

O sol está forte quando coloco tudo lá fora, bem quando vejo meu carro subindo pela entrada.

— Foi boa a natação? — pergunto a Tate enquanto ela tira uma caixa rosa.

— Sim. Trouxe donuts para você.

Pego a caixa dela, abrindo-a. Tem meia dúzia de donuts perfeitos de passas com canela.

— Abriu mão do seu mingau hoje? — pergunto, mesmo sabendo a resposta: não.

Ela comeu sua aveia com pasta de amendoim e correu seis quilômetros e depois nadou todas aquelas voltas e voltou com donuts para mim porque... por quê?

Porque sabia que eu gostaria? Minhas bochechas ardem com o pensamento.

— Você precisa de combustível para hoje. Não quero que você se esgote.

— Precisa descansar antes de começar a trabalhar?

— Não — ela diz. — Estou bem.

Ela tira a camisa de flanela, expondo a camiseta branca do Trote do Peru da qual não só cortou a gola como também transformou numa regata e desfiou a barra. A franja da camiseta dança ao longo de sua cintura, e fico me distraindo pelos pedaços de pele que consigo ver através do tecido.

Pigarreio e enfio um donut na boca para me distrair.

— Se colocarmos a motosserra e as ferramentas e tal no carrinho de mão, vai ser mais fácil — Tate diz.

Faço que sim, com a boca cheia de delícia.

A propriedade de vovó é escalonada, com a casa e o campo em um nível, a estrada de acesso atrás da casa e, então, uma inclinação de floresta mais à frente. O pinheiro caído está perto do limite da propriedade e da cerca antiga de arame farpado que usa pedaços de postes telefônicos como estacas de cerca, um truque do meu vô da época que ele tinha acabado de se casar com minha vó. Parece que ele conseguiu um desconto nos postes, depois os cortou em tamanhos menores para fazer a cerca para que o cachorro da vovó não fugisse.

Eu e Tate empurramos o carrinho de mão pela estradinha de terra até depois do trailer de vovó. Mas mais do que isso não dá para ir, então pego as ferramentas e o extintor, ela pega a motosserra e a lata de gasolina, e saímos juntas da estrada em direção à linha da cerca.

— Sua mãe decidiu? — Tate pergunta.

— Sim — digo. — Vou buscar ela no dia seguinte ao evento de arrecadação de fundos.

Caminho atrás dela por entre os pinheiros, nossos pés amassam os gravetos e galhos de pinheiro secos que cobrem o chão da floresta. Estamos entrando na pior fase da temporada de incêndio nos próximos meses, e foi por isso que eu trouxe o extintor. Uma faísca de motosserra no lugar errado poderia causar um incêndio de quarenta hectares aqui.

— Você está tranquila com a volta dela?

— Melhor do que deixar minha mãe enlouquecer minha vó — digo. — Elas precisam de espaço ou vai dar merda. Sua mãe não precisa do estresse... e ela se dá bem com vovó. É melhor assim.

— Precisamos esvaziar a cozinha e a sala de estar, então — Tate diz.

— Você vem comigo para Sacramento? Vai poder ver sua mãe.

— Se eu conseguir trocar de turno com alguém, sim. Cuidado: ninho de esquilos!

Ela dá a volta pelo monte de folhas e pelos espalhados.

— Por favor, tenta trocar de turno — praticamente imploro. — Não quero passar horas sozinha com minha mãe no carro.

— Então sou sua proteção?

— *Por favor?* Estou disposta a fazer olhinhos de cachorrinho pidão se for preciso.

Ela me olha de esguelha.

— É assim que vai ser ao morar com um bando de Conner?

— Não somos um bando. Seria uma descortesia da parte dos Conner. Com os corvos. Ou as gralhas. Gralhas são tão inteligentes. Elas formam laços complexos e têm relações transacionais, assim como os humanos.

— São basicamente dinossauros com penas.

— Muitos dinossauros tinham penas. A maneira como os retratamos com base nos esqueletos e fósseis tem grandes chances de estar incorreta. Mas acho que só vamos saber quando alguém inventar um *Jurassic Park* na vida real.

— Ou podemos aprender com os filmes e *nunca* fazer isso — Tate diz. — Fico preocupada pela forma como você diz isso como se fosse um fato.

Sorrio, pensando em todas as horas que passei assistindo a esses filmes e falando deles com meu pai.

— Só estou dizendo que eu seria a primeira da fila.

— Agora vou passar o resto do dia na floresta com medo, esperando um ataque de velocirraptors — Tate declara, e rio quando paramos em cima do pinheiro caído, os galhos espalhados pelo chão, os gravetos de pinheiro amarronzados por estarem mortos há tanto tempo.

Uma árvore caída é um caos. Você só para e pensa em como essas árvores são enormes quando já estão tombadas no chão. Quando caem, ficam deslocadas, mas ao mesmo tempo não, porque na verdade somos *nós* que estamos deslocadas. O lugar da árvore é aqui, esteja ela em pé ou caída.

— Qual é o plano? — Tate pergunta.

— Arrancar os galhos e separar para transformar em gravetos. Depois usar a motosserra para cortar cilindros. Vamos montar uma estação de corte em uma área plana e depois levar os pedaços pela estrada com o carrinho de mão.

Pego o machado, contente por minha mão não doer tanto quando faço isso.

— Parece uma boa — Tate diz.

Ela inclina a cabeça, me observando.

— Quê? — pergunto. Meus dedos se flexionam ao redor do cabo, e baixo os olhos. Será que ela está olhando para minhas cicatrizes?

— Você se lembra daquele livro que lemos no primário?

— Que livro?

Ela pega o serrote e vai até a árvore, quinze metros de árvore diante dela, encontrando um caminho até os galhos para chegar ao tronco.

— Aquele que inspirou você a sair pela floresta com um machado.

— *Hatchet*?

— É. Esse mesmo.

O sorriso em meus lábios é estranho. Porque não costumo poder falar sobre as memórias que envolvem muito meu pai. Mas ela vive arrancando-as de mim.

— Meu pai passou todas as noites acampado a cem metros de distância, onde eu não pudesse vê-lo.

Ela sorri. Um daqueles sorrisos lentos, conquistados a duras penas, que fazem você sentir que apanhou luz das estrelas na mão.

— É a cara dele.

— Você me zoou por fazer isso na época — comento, subindo na confusão de galhos com ela.

— Porque eu achava legal e não queria que você soubesse.

— E não é que ela finalmente admite? — digo olhando para o céu, e isso tira uma gargalhada dela.

— Você me pegou — ela diz.

Ela quase brilha para mim... e Tate não brilha. Ela fervilha, mas talvez nem tanto mais hoje em dia. Talvez agora ela consiga brilhar. Talvez o peso da preocupação tenha passado, apenas um pouco. Espero que sim. Ela merece.

Começamos a trabalhar, entrando em um ritmo enquanto ela serra e eu uso o machado. Tenho que parar de dez em dez golpes mais ou menos para alongar os dedos da mão direita, mas ela não comenta, e tento não deixar meus olhos pousarem nela nesses momentos em que paro e ela ainda está em movimento.

Mas Tate em movimento...

Ela é pura força e capacidade, a barra franjada de sua camisa dançando enquanto ela quebra o galho meio serrado, arrancando-o com um movimento rápido e abrupto.

O suor escorre pelas minhas costas, e não é porque está calor aqui fora. É ela. É a lembrança. É saber a sensação de suas coxas na minha, a memória da curva forte de sua barriga e da largura de seu peito gravado em minha mente e nas minhas mãos.

— Você está bem? — Ela me arranca de meus pensamentos, e eu deveria ficar grata por isso, mas tudo que meu corpo quer é protestar.

— Sim. — Tiro os olhos dela. — Só alongando as mãos.

— Me avisa quando precisar fazer uma pausa.

— Estou bem — insisto.

— Tá. Então vou avisar quando *eu* precisar de uma pausa — ela diz, serenamente.

Reviro os olhos e volto ao trabalho.

— Então, qual é *seu* plano? — pergunto, quinze minutos depois, quando o silêncio se torna demais para mim. Eu deveria ter trazido meu celular para tocar música.

— Humm?

— Você sabe tudo sobre meu plano para depois da escola. Para o bem ou para o mal.

— Tentando reunir materiais de chantagem contra mim?

— Até parece. Você é tão honesta que chega a ser entediante. Aposto cem dólares que sua mãe sabe de todos os seus planos.

Ela fica em silêncio.

— Não vou entrar nessa aposta.

— Ha! Viu? Eu tinha razão. Então, qual é o plano? Deve ter mudado desde "só dar o fora daqui".

Ela continua serrando de um lado para o outro. Penso que talvez ela pudesse se manter nesse ritmo para sempre, mas ela é forte, constante e corta o galho até ele se soltar do tronco.

— É mais do que apenas "dar o fora daqui" — ela admite.

— O que é?

Ela se recosta nos calcanhares, olhando para mim do outro lado da árvore. Será que as mãos dela estão tão pegajosas pela seiva quanto as minhas? Se eu desse um passo à frente, passasse por cima da pilha de galhos de pinheiro, poderia estender a mão e ver.

— Conseguir que uma faculdade me banque para que eu esteja na equipe de natação. Conseguir um diploma. Arranjar um emprego que pague o suficiente e seja estável o bastante para minha mãe não ter mais que se preocupar com dinheiro ou plano de saúde.

Ela vai ticando nos dedos, e me pergunto: será que ela se lembra? Aquela noite no palheiro, quando contei meu plano de vida de trinta e cinco passos? Passei anos dizendo a mim mesma que ela tinha bebido mais do que eu, que era por isso que ela tinha ficado tão parada e entregue quando segurei seu rosto. Ela provavelmente não se lembra disso tanto quanto eu. Não daquele momento no palheiro. Nem daquele no alpendre, nem no do pico.

Mas agora… a forma como ela está olhando para mim, quase me desafiando, me faz questionar.

— Que tipo de diploma? Que tipo de trabalho?

— Contabilidade ou coisa assim, acho.

Não é o que eu imaginava.

— Sério?

Ela encolhe os ombros, pousando a serra em um galho grosso.

— Sou boa com números e em notar mentiras.

— Faz sentido. — Puxo mais um conjunto de galhos do tronco, acrescentando-os à pilha crescente que estou montando a três metros do topo da árvore caída. — Mas é isso que você quer de verdade?

Não consigo evitar, porque ela falou sobre a mãe; não sobre si mesma… e, se ela está do meu lado, não devo estar do dela também?

— Acho que pode ser legal — é tudo que ela diz. Tento a tática dela e fico esperando. Depois de pelo menos um minuto serrando, ela finalmente continua. — Pensei em talvez ir para Los Angeles, ver se consigo trabalhar para as pessoas que gerenciam o dinheiro de atletas e tal. Se eu conseguir entrar na faculdade certa.

O retrato vai ficando mais claro conforme ela continua.

— Então você quer gerenciar, tipo, *grandes* fortunas.

— Muitas pessoas em todo tipo de esporte profissional vêm de famílias como as nossas — Tate diz. — Pode dar muito certo ou muito errado.

— Você quer ser a salva-vidas do dinheiro.

Ela abaixa a cabeça, e sei que está tentando esconder o sorriso, mas não consegue – conheço o ângulo de seu pescoço e a curva de sua bochecha quando ela está sorrindo ou não.

— Não acho que vou colocar isso nos cartões de visita.

— Fico magoada.

— Estou vendo.

— Você seria boa nisso — digo. Consigo imaginar.

— Sério?

Se sua sinceridade fosse uma adaga, eu estaria morta agora.

— Sim. Muito. Porque é difícil deixar você nervosa.

Ela solta um bufo – sua quase risada – e se volta para o galho.

— Nem tanto — ela murmura, e é tão baixo que me pergunto se não era para eu ouvir.

Então finjo não ouvir, pego o machado de novo e volto a trabalhar.

48

TATE

22 DE JULHO

No dia do evento de arrecadação de fundos, foi preciso nós três para colocar Amoro na caminhonete, mesmo com a rampa. Meghan já está no mercado, preparando as churrasqueiras e as mesas.

— Toma, essa é sua ponta — Remi diz, jogando a corda para o outro lado da caçamba da caminhonete.

Penny hesita ao meu lado, sem pegar.

Merda. O acidente.

— Aqui — digo, pegando a corda. — Eu faço isso.

Ela ergue os olhos, o alívio é visível.

— Obrigada — ela sussurra, lançando um olhar de soslaio para Remi. Ele não notou nada ou, pelo menos, fingiu não notar.

— Acho que está tudo certo — digo a Remi, dando uma última puxada e depois um empurrão rápido no joelho de Amoro.

A estátua nem cede.

Seguimos atrás da caminhonete de Remi por toda a cidade, Amoro balança um pouco de um lado para o outro sob as cordas conforme Remi vai pegando as curvas da estrada.

Meghan é uma gênia multitarefa, porque as mesas estão todas postas e as churrasqueiras estão acesas quando chegamos ao mercado. O estacionamento está fechado a esta hora, mas vai lotar em breve.

Remi já saiu da caminhonete e está correndo para falar com Meghan.

— Ai, meu Deus, eles têm aventais combinando — Penny diz com um espanto horrorizado quando Meghan estende o avental e Remi o veste. Ela diz algo, e ele ri. — Só gêmeos e casaizinhos melosos usam roupas combinando, Tate.

Bufo com tanta força que começo a rir baixo.

— Vamos lá — digo. — Vamos ajudar.

Minha mãe liga enquanto estou montando as cadeiras dobráveis e a coloco no vídeo para ela poder ver tudo.

— Vocês dominaram o estacionamento todo! — ela exclama.

— Meghan recebeu muitas doações — digo, virando em um círculo lento com o celular para ela poder ver tudo.

Minha mãe sorri, mas, no fundo, consigo ouvir vozes e então uma porta batendo. Seu sorriso se fecha por um segundo enquanto ela olha por sobre o ombro.

— Está tudo bem? — pergunto, esforçando-me para manter a voz animada. Será que Marion e Lottie estão discutindo de novo?

— Sim — minha mãe diz. — Vou desligar.

— Tá, mas...

— Beijos! — Ela me manda um beijinho e desliga.

Coloco o celular no bolso, erguendo os olhos do pacote de guardanapos que eu estava prestes a colocar na mesa de molhos. Remi e Meghan estão fazendo o churrasco, mas Penny está na outra ponta, abaixando-se de tantos em tantos segundos.

Coloco os guardanapos embaixo do pote de ketchup e vou até ela.

— O que você está fazendo? — pergunto.

— Eu amo isso! — Ela se agacha, o rabo de cavalo cai sobre o ombro enquanto ela colhe as ervilhas-de-cheiro rosa. — Podemos usar como centro de mesa.

Ela tem todo um buquê enfiado nos bolsos do vestido.

— Tenho que colher flores também? Precisamos montar tudo.

— Tão mal-humorada. — Seu nariz se franze, e digo a mim mesma que não é uma graça. (É.) — Posso dar um jeito nisso.

Ela estende a mão inesperadamente, e fico parada, estática com sua presença (com a expectativa de seu toque). Seus lábios se curvam para cima enquanto ela prende ervilhas-de-cheiro nos elásticos amarrados ao redor das pontas de minhas tranças.

— Pronto. — Ela sorri. — Agora, sim, você está uma flor.

— Ai, meu Deus — digo. Dou risada. — Cacete, como você é cafona.

Ela me abre um sorriso brilhante, e o retribuo como uma idiota (sou sempre uma idiota quando o assunto é ela).

— Você adora — ela diz, aí seu sorriso vacila e seus olhos se abaixam, e não consigo evitar me questionar: é porque ela sabe? Ou porque sente o mesmo? Porque juro que ela se afasta rápido demais para ser sem querer.

— Venha me ajudar com os pratos e tal — digo, e ela me segue, os ombros se relaxando como se ficasse grata por se livrar dessa.

Meghan já havia organizado tudo quando as pessoas começaram a chegar: ela e Remi nas churrasqueiras, Penny fazendo sanduíches e eu pegando o dinheiro enquanto vendo bebidas e bilhetes da rifa. Quando chega o meio-dia, somos uma máquina bem lubrificada, com uma fila constante de pessoas indo da churrasqueira para o campo ao lado para comer sob o olhar benevolente de Amoro, com quem todos ficam tirando selfies.

Acho que todas as pessoas que já conheci na vida vieram. É tanta gente, tanto cuidado, que me deixa nervosa. Quando a sra. Kellog, minha professora da segunda série, passa e quase começa a chorar quando fala sobre minha mãe fazendo trabalho voluntário para a associação de pais e mestres, isso faz três mulheres na fila atrás dela começarem a chorar também. Todos querem falar e fazer perguntas, e eu não tinha pensado nessa parte até Penny começar a intervir quando demoro tempo demais para responder.

Quando os pais de Remi assumem por um tempo para podermos comer, ele se senta ao meu lado.

— Você está bem? — Remi pergunta baixo.

— Isso é ótimo — digo, e ele aceita minha evasiva assoberbada porque é meu melhor amigo.

Quando acabamos, voltamos em direção ao estacionamento. Meghan chegou antes de nós e já está de volta à churrasqueira. Não consigo ver Penny em lugar nenhum.

— Preciso buscar mais bilhetes da rifa no carro — Remi diz. — Pode ajudar Meghan?

— Não sei. Ganho um avental para combinar com ela?

Ele me lança um olhar fulminante.

— Sei que é melhor não recusar um presente de uma garota. Ainda mais de uma de quem eu gosto. Além disso, tem muitos bolsos.

— Então você *gosta* dela.

— Eu nunca neguei.

— Você ficou tão irritado quando passei seu número para ela no começo do verão.

— Eu estava errado — ele simplesmente diz.

— Uau.

Ele sorri, os olhos pairando por sobre meu ombro por um segundo, em Meghan.

— Pois é — ele concorda. — Uau.

E aí dá meia-volta e caminha na direção da caminhonete dele, como se fosse fácil assim.

(Será que é?)

— Ei, Tate! — Meghan sorri para mim quando corro até a churrasqueira para ajudá-la.

— Vou substituir Remi por um segundo — digo. — Mas você precisa me dizer o que fazer.

— Ah, ótimo, é só pegar essa garrafa de spray e borrifar a fileira de carne que está mais longe. — Ela a coloca em minhas mãos. — Está rolando melhor do que eu imaginava — ela diz enquanto embrulha outra peça inteira de carne. — Tem tanta gente aqui!

— Já acabamos com aquele rolo grande de bilhetes de rifa.

— Sério? Que demais! — Ela vira as peças com o pegador nas duas mãos em uma velocidade verdadeiramente vertiginosa. — Nunca imaginei que eu gostaria tanto de ficar em pé cozinhando — ela me diz com um sorriso. — Cozinhar com um fogo vivo é muito mais divertido do que numa cozinha em um forno.

— Hobby novo, hein?

— Devo isso a Remi.

— Vocês dois estão se dando bem.

Ela arqueia a sobrancelha para mim.

— Essa é a parte em que você me diz que, se eu machucá-lo, você vai me matar?

Isso quase me faz rir.

— Não — respondo. — É a parte em que digo que ele parece mais feliz nos últimos tempos e acho que é graças a você.

O sorriso sarcástico escapa de seu rosto, sendo substituído por algo vulnerável.

— Você acha mesmo?

— Acho.

O sorriso que vem agora não é sarcástico. Há uma suavidade nele que me faz pensar que talvez seja reservado apenas para o meu amigo. (Conheço esses sorrisos que são reservados só para uma pessoa.)

— Obrigada, Tate.

Continuo observando a multidão, mas não a vejo.

— Você viu Penny?

— Está descansando um pouco lá dentro.

Faço que sim, borrifando a carne como ela me mandou. Mas ela não se volta para a churrasqueira.

— Posso perguntar uma coisa? — Meghan questiona.

— Claro — digo, achando que ela vai perguntar sobre minha mãe ou coisa assim.

— Você vai partir para cima ou não?

Derrubo o pegador com um barulhão.

— Quê?!

— Não de mim. — Meghan ri da minha cara chocada. — Qual é, Tate. Você sabe o que quero dizer.

— Eu não... — começo.

— Ela deixa você tocar nas mãos dela — Meghan diz.

Eu apenas a encaro, sem saber do que é que ela está falando.

— Hein?

— Penny. Ela não gosta que as pessoas toquem nas mãos dela. Ela tira a mão. Você nunca notou?

— Eu...

Não sei o que dizer. Acho que não.

(Porque Penny me deixa tocar nas mãos dela. Ninguém mais. Só eu.)

— Eu e você somos amigas, certo, Tate? — Meghan pergunta. — Sei que não somos próximas, mas...

— É claro que somos amigas.

— Certo. Então vou dizer o seguinte. Como *sua* amiga. Significa muita coisa quando uma menina que não deixa os outros verem suas feridas internas permite você tocar nas cicatrizes externas.

Tenho que lutar contra as palavras em minha garganta por um segundo porque estou com medo demais de perguntar, mas preciso.

— Faz, tipo, sete anos que conheço vocês duas — Meghan diz. — E, entre as alfinetadas e as discussões e a insistência mútua de que vocês só se toleram por causa das suas mães, tem uma coisa que sempre notei.

— O quê?

— Que, nos momentos que importa, você está lá para apoiar Penny, e ela está lá para apoiar você. A ponto de não ser só um padrão. É um fato.

E aí está (a verdade de que parecemos não conseguir fugir).

Eu estou do seu lado. Você está do meu.

— Sabe como eu chamaria isso? — Meghan pergunta.

— Como?

— Amor.

Ela dá de ombros quando diz isso, e então estende a mão e aperta meu ombro, antes de se voltar para a churrasqueira.

Quando começamos a guardar tudo à noite, vou ao carro sozinha. Tiro as ervilhas-de-cheiro que Penny colocou em meu cabelo. Por um momento, seguro os dois ramos nas mãos, o rosa-escuro contra minha pele, e a ideia de jogá-los fora é inimaginável. Mas todas as flores murcham e morrem, mesmo quando não são cortadas.

Olho dentro do carro, tentando pensar. O único livro que tenho na mochila é o de matemática do último ano, então coloco as flores entre as páginas. Digo a mim mesma, enquanto volto para ajudar a guardar as mesas, que é para que as flores continuem bonitas.

(Não é.)

Mas também não é um lembrete.

Vou lembrar por muito tempo depois que elas tiverem secado, que suas pétalas comprimidas estiverem esfareladas, porque certas coisas ficam frágeis com o tempo.

Mas não este sentimento.

(*Amor.*)

49

TATE

A VEZ NO ESTACIONAMENTO DA LANCHONETE

22 DE JUNHO

— Deixa deitado! Tem certeza de que não quer que eu vá andando para trás? — Penny me pergunta.

— Estou bem — insisto. — Só mais duas, certo? Depois acabamos.

— Bom, temos que entregar o Amoro para o novo dono na semana que vem.

Ajusto a mão em uma das mesas que pegamos emprestadas, olhando por sobre o ombro para carregá-la pelo estacionamento da Amora. Elas não são de plástico fino, então são mais pesadas do que se imagina.

Nós a apoiamos na parede dos fundos da lanchonete, perto das outras. Estou revirando os bolsos, em busca das minhas chaves do trabalho, quando escuto uma porta de carro bater, seguida pela inspiração rápida de Penny.

Ergo os olhos e tudo em que consigo pensar é *merda* e então digo porque...

— Merda.

Laurel atravessa o estacionamento como se estivesse rumando para a batalha, cachos loiros balançando ao redor dos ombros. Penny fica tensa a meu lado, recuando até dar com as costas na parede.

— Essa é a porta dos fundos, Laurel — digo.

— Eu sei — ela fala, como se eu fosse uma idiota. — Não posso dar oi? — Ela gira as chaves no dedo, de um lado para o outro. — Fiquei sabendo do seu evento de arrecadação de fundos. Queria dar uma passada, mas perdi a noção de tempo.

Penny e Laurel se encaram, e estou no meio delas (*merda* – mais uma vez, estou no meio delas).

Devo sair? (Estou o tempo todo saindo da frente, não?)

— Eu te mandei mensagens — Laurel diz a Penny. — Desde que soube que sua mãe estava no hospital.

— Eu sei.

Penny ergue o queixo ao dizer isso. Quero ficar brava, mas não exatamente contei para ela que Laurel me confrontou no vestiário, então seria hipocrisia de minha parte.

— Então você não me bloqueou. — Há algo de triunfante na maneira como Laurel mexe nos próprios cachos. — Queria que você tivesse respondido. Minha mãe queria mandar flores. Acabei tendo que ligar para Lottie para saber para onde mandar.

— Quando você ligou para minha...

A boca de Penny se fecha com tanta força que acho que ela morde a língua. Quero me crispar em solidariedade.

— Fiquei preocupada — Laurel continua. — Gosto muito da sua mãe.

— Ela não gosta *nada* de você — murmuro, e os olhos de Laurel se estreitam para mim. — Que foi? — pergunto com inocência. — Você tinha a impressão de que Lottie gostava?

— Então é verdade — Laurel diz, seus olhos castanhos se alternando entre nós duas. — Lottie me contou, mas achei que talvez fosse só a morfina.

— Do que você... — Penny começa a falar, então os olhos *dela* se arregalam, e ela fica vermelha. — Ah.

Laurel revira os olhos e joga o cabelo por cima do ombro no tipo de movimento que me faz admirar a contragosto sua leveza.

— Sim, ela me contou sobre vocês duas.

Franzo a testa. Do que ela está falando?

— Como foi que ela disse? — Suas chaves balançam enquanto os dedos dela tocam o quadril. — "Elas finalmente caíram em si e se juntaram", acho que foi. Tenho certeza de que vocês todas riram muito. — Ela revira os olhos. — Mas, sério, quem está rindo se era *eu* quem estava certa esse tempo todo? — Ela olha fixamente para Penny, não com maldade, mas com curiosidade. — Não vai dizer nada, Pen?

Há um momento de silêncio ensurdecedor enquanto tento entender e simplesmente... não consigo. Estou presa entre Penny e Laurel, é algo bem comum para mim (comum até demais) – mas, da última vez, eu sabia o que fazer.

Agora não sei absolutamente nada.

— Pois é — Penny diz. — A porta da frente é naquela direção.

Laurel não sai do lugar.

— Eu sabia que isso aconteceria. Previ isso — Laurel diz a ela. — Você é uma mentirosa se disser que não. Eu falei que ela...

— ... e você estava errada na época — Penny responde com firmeza.

Quando? Do que é que elas estão falando?

A sobrancelha arqueada de Laurel é o que realmente me incomoda antes de ela rir com escárnio.

— Não acredito nisso nem por um segundo.

— Ah, vai se foder — digo, porque, sério, *ela que se foda* com suas evasivas e justificativas. Ela é cheia delas desde o começo.

— Sempre a protetora — Laurel retruca, então parece levar a sério a rejeição de Penny, porque dá meia-volta e sai andando em direção à lanchonete, abanando a cabeça como se o gesto pudesse nos tirar de lá.

— Ai, meu Deus. — Penny faz uma cara de assustada, dirigindo-se ao carro. Eu a sigo, meu corpo todo está dormente, exceto por meu coração, que bate terrivelmente alto em meu peito. — Vou vomitar — diz ela, curvando-se perto do carro e respirando com dificuldade. — Consegui evitar a Laurel o semestre todo no ano passado.

— Penny.

— Sério, não olhe para mim se eu começar a vomitar — ela alerta, inspirando fundo enquanto se apoia na porta do motorista da sua perua.

— Penny!

Ela se sobressalta, erguendo os olhos para mim.

— Do que Laurel estava falando? — pergunto devagar.

Penny faz uma cara de quem engoliu um copo de pregos enferrujados.

— Eu... eu ia te contar.

— Me contar *o quê*?

— Nossas mães meio que acham que estamos ficando.

— Quê?

A confirmação que sai da boca dela é tão desconcertante que meus joelhos estão prestes a ceder. Quero me apoiar no carro, mas seria fraqueza, e estou brava demais para demonstrar qualquer fraqueza perto dela agora. (Ou qualquer dia. Tate, você deveria ter aprendido a maldita lição na primeira vez.)

— Lembra aquela noite que você me achou no lago? E sua mãe flagrou a gente voltando enroladas em cobertores?

Fico em silêncio, a mente acelerada. Isso foi há mais de um mês. Foi antes do transplante. Eu saberia se minha mãe achasse que...

Ai, meu Deus. É por isso que minha mãe anda tão estranha e sentimental? Pensei que fosse o transplante, mas, se ela achou que eu e Penny...

(Minha cabeça vai explodir. Simplesmente... se decompor em gosma cerebral.)

— Sua mãe fez uma suposição — Penny continua, puxando a ponta do rabo de cavalo com nervosismo. — Ela me perguntou se... — Ela fica vermelha.

— O quê?

— Tipo, ela só... ela disse uma coisa que me fez entender que ela pensou que a gente estava ficando.

— O que ela disse?

— Tate...

— Ela é minha mãe! — estouro. — *Minha* mãe, problema *meu*. Está na porcaria da trégua.

Bato no capô do carro com tanta força que minha palma arde.

— Ela me perguntou se estávamos usando proteção, tá? — Penny responde. — Ela supôs que tínhamos saído às escondidas para transar, o que ainda não entendi, porque nós duas temos camas ótimas em casa, que estão do outro lado do corredor uma da outra. E ela começou a falar sobre educação sexual, então falei que sim, a gente estava usando proteção, antes que ela tirasse uma camisinha do bolso e me demonstrasse como abrir e transformar numa proteção dental improvisada porque foi *muito* constrangedor. Fiquei com pavor de corrigir porque, se ela descobrisse que eu estava andando de caiaque, teria que contar para minha mãe. Se quiser acabar com a trégua, não é algo que deixaria nossas mães chateadas, não é? E ela parecia muito contente. Eu pretendia contar para ela depois do transplante, mas aí ela já tinha contado para *minha* mãe e as duas estavam, tipo, vendo tudo como uma comédia romântica, e só achei... achei que poderia encontrar um jeito de explicar.

— Para quem? Para mim ou para elas?

— Para todas — Penny diz, sem um pingo de hesitação, o que me mostra que deve ser verdade.

(Não importa. Ela passou esse tempo todo fazendo um joguinho. Menina boba do caralho.)

— Fiz todo um plano na minha agenda para isso — ela diz, porque *é claro* que ela tinha feito.

— Você estava me sacaneando pelas nossas mães — falo em voz alta, porque preciso ouvir isso em voz alta. Preciso escutar o que ela fez.

Seus olhos se arregalam, transbordando de horror.

— Quê? Não. Meu Deus, não. Isso nem faz sentido. Elas nem estão aqui!

— Não acredito em você. Por que eu acreditaria?

Seus olhos não estão mais horrorizados. Agora eles brilham. A raiva transborda, e lá está, a Penny, que é toda destemida no lugar dos temores, porque escapa da boca dela, de modo enlouquecedor e mordaz:

— Não sei, talvez, porque *isto* — e ela aponta o dedo para mim, para o espaço entre nós (para essa faísca e esse fogo brando que somos eu e ela e nossa história) — não é *novo*. Talvez você devesse acreditar em mim porque passamos metade da nossa vida ignorando a *coisa* entre nós. Não preciso inventar para sacanear com você ou fingir para mais ninguém. Isto existe. *Sempre* existiu. Esta *coisa*.

Dou risada. Bolhas desdenhosas de ruído que nunca nem sonhei em se voltar contra ela (até agora).

— Você nem consegue dizer.

E talvez eu faça isso para alfinetá-la. Talvez faça para ver o que ela vai fazer.

— Como você chama isso? Meghan chamaria de "energia".

Ai, Deus, ela está fazendo as aspas no ar de novo, e eu não deveria achar fofo, mas lá está, sob a camada de raiva.

(Ela deixou minha mãe acreditar que estamos *ficando*... Mas que porra?)

Penny dá um passo à frente, e resisto ao impulso de recuar, mas não consigo, porque já estou encostada na caminhonete dela.

— *Tensão* não é uma palavra melhor? — ela pergunta.

Mais um passo.

Preciso muito, mas muito, dar o fora daqui. Ela está com aquele olhar. O olhar do palheiro. Do pico Damnation. Puro desafio, sem medo.

— *História compartilhada?*

— Não pedi para compartilhar sua história — digo com a voz rouca.

Ela está na minha frente agora.

— Eu sei — ela fala baixo.

Ela coloca a mão no carro, bem em cima do meu ombro curvado, e então ergue a outra mão também, até seus braços me cercarem. Quando me empertigo, devagar e constante no espaço estreito, formamos um *H* inclinado sobre o carro, seus braços envolvendo nossos corpos dentro da letra, e nunca amei tanto uma forma quanto agora, com o rosto e a respiração dela tão próximos.

— Como você chamaria isto, Tate? — ela pergunta.

Remi estava certo no começo do verão. E eu tinha fugido disto. Tinha negado. Mas aqui estou eu, enroscada em seus espinhos.

Aqui está ela, levando a mão à minha caixa torácica e destroçando meu coração.

— Por favor — ela sussurra, tão perto que consigo sentir sua respiração em meus lábios.

Suas mãos descem de meus ombros para minha cintura, dois de seus dedos se encaixam nos passadores de cinto da minha calça, e penso que vou morrer se ela me puxar para a frente, mas ela não puxa. Apenas me observa com os olhos arregalados e sinceros, e mais perto do que ela nunca esteve, e balanço para a frente, capturada por ela por um momento.

— Como você chamaria isto?

Amor.

— Encrenca. — A palavra é arrancada de meus lábios, saindo de meu coração em pedaços. Uma verdade da qual não consigo fugir.

E então me liberto dela. Pele macia sobre jeans áspero, seus dedos escapam dos passadores de cinto da minha calça... *Volte, volte.*

Mas, não.

Eu fujo.

PARTE SEIS

Término

(ou: a vez em Yreka)

50

22 DE JULHO

> Tate — P
>
> Você vai voltar? — P

Penny está digitando...
Penny está digitando...

> Por favor. — P
>
> Desculpa. — P

...

> Você sabe o que é que rolou agora? — R

M ???

> Tate está aqui. Está chorando na minha cama. — R

M Ai, Deus. Será que rolou alguma coisa com as mães?

> Não. — R

| | | R | Rolou alguma coisa com Penny. |

M — Ai, merda.

M — Você acha que foi alguma coisa ruim?

R — Ela está chorando!!

R — Tate não chora.

M — Merda. Vou mandar mensagem para Penny e ver o que está pegando.

...

M — Você está bem?

P — Você sabe onde ela está?

P — Ela está com Remi?

M — Penny, o que é que rolou?

M — Vocês estavam bem o dia todo no evento!

M — Precisa que eu vá buscar você? Onde você está?

Penny está digitando...
Penny está digitando...

P — Caguei.

P — Ai, Meghan.

P — Caguei feio.

51

Tate, P

Desculpa por ter deixado sua mãe acreditar naquilo. Eu deveria ter corrigido ela na hora, mesmo que isso significasse contar para ela a verdade de que voltei a andar de caiaque. P

Eu não queria usar você de escudo humano para meus segredos, mas usei, e foi errado, me desculpa. P

Faço o que você quiser. Faço um grupo de chat com as mães e conto tudo para elas. Ligo e admito que menti. Conto tudo para elas: sobre Meghan e meus planos para quando acabar o ensino médio. O que você quiser. Isso não me preocupa. P

O que me preocupa é ter magoado você. P

Não quero magoar você. P

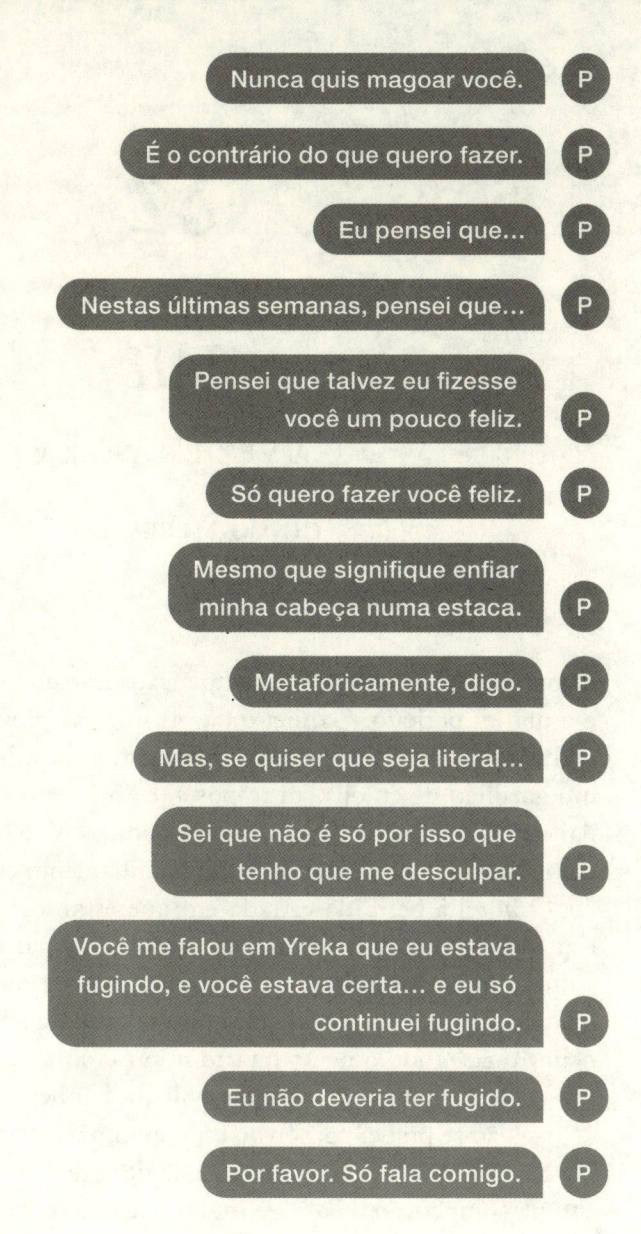

> Nunca quis magoar você. P
>
> É o contrário do que quero fazer. P
>
> Eu pensei que... P
>
> Nestas últimas semanas, pensei que... P
>
> Pensei que talvez eu fizesse você um pouco feliz. P
>
> Só quero fazer você feliz. P
>
> Mesmo que signifique enfiar minha cabeça numa estaca. P
>
> Metaforicamente, digo. P
>
> Mas, se quiser que seja literal... P
>
> Sei que não é só por isso que tenho que me desculpar. P
>
> Você me falou em Yreka que eu estava fugindo, e você estava certa... e eu só continuei fugindo. P
>
> Eu não deveria ter fugido. P
>
> Por favor. Só fala comigo. P

Tate está digitando...

Meu coração para quando vejo o balão aparecer. E então, quando meu celular vibra e a imagem fica clara, toda a minha esperança se espatifa no chão.

Ela me mandou uma foto do Acordo de Trégua. Sublinhou o último decreto:

T — Proibido falar de Yreka.

52

TATE

A VEZ EM YREKA

CINCO MESES ATRÁS

Estou em Yreka para uma competição de natação com a equipe toda, e o dia foi perfeito. Ganhei todas as minhas provas. Estou nas alturas, mandando meus tempos por mensagem para minha mãe e recebendo um gazilhão de emojis em resposta, e então um vídeo dela e de Lottie dançando ao som de "We Are the Champions" na cozinha da cervejaria, com Drew e Louisa fazendo o acompanhamento com colheres e panelas.

O hotel à beira da estrada em que estamos é barato, cafona e antiquado, com rodas de carroça como principal tema de decoração e painéis de madeira dos anos 1970 nas paredes. Estamos duas em cada quarto, e Theresa brinca que vai me chutar para fora da cama queen que ocupa quase todo o nosso quarto minúsculo se eu roubar as cobertas.

— Desde que você não monopolize o banheiro.

— Não se preocupa; só vou estar aqui para dormir — ela diz.

Sei que Skylar trouxe uma garrafa de vodca, porque a ouvi falar sobre isso na competição. Não ligo muito que elas tenham escondido de mim, pois eu estava planejando voltar cedo para me alongar e dormir.

— Vou para o quarto da Skylar — Theresa me diz depois que desfazemos as malas e, sem nem olhar em um espelho, retoca o gloss fúcsia que sempre usa. É superimpressionante. Eu ficaria parecendo uma palhaça se tentasse fazer isso. Ela estala os lábios, guardando o gloss no bolso. — Quer vir?

Eu me jogo na cama.

— Estou meio exausta. Vou ficar aqui mesmo.

Ela acena, como se já estivesse esperando por isso.

— Tá. Estou com a minha chave, então só deixa o trinco aberto para mim.

Faço que sim.

— Bom trabalho hoje no revezamento.

Ela sorri.

— Obrigada. Você também.

Theresa sai e, depois que tomo banho para tirar todo o cloro, pego meu rolo de espuma e ligo a TV, concentrando-me em meus ombros doloridos. Sempre nado a parte de borboleta na equipe de revezamento – não é meu melhor estilo, mas sou mais rápida do que as outras. E é bom começar e terminar rápido.

Quando dá nove da noite e já assisti a mais um episódio de *Assassinato por escrito* na TV do hotel, que só pega oito canais, mando mensagem para Theresa: **Ei, só lembrando que o toque de recolher é às dez da noite.**

Mando mensagem de boa-noite para minha mãe, mas não recebo resposta. Ela deve estar começando a encerrar a cozinha por hoje. Revejo o vídeo dela e de Lottie, porque é ridículo de um jeito fofo que me dá um calorzinho por dentro, ao mesmo tempo que dá para rir de como as duas são bestas.

Está quase na hora do toque de recolher, e Theresa ainda não voltou nem respondeu às minhas mensagens. Não sou babá dela, se ela quiser passar a noite aprontando pelas costas da sra. Rawlins e nadar de ressaca amanhã, não vou tentar ir atrás. Mas fico irritada por não poder fechar o trinco enquanto me preparo para dormir.

E ainda mais irritada quando a escuto esmurrar a porta. Será que ela perdeu a chave?

Abro a porta dizendo:

— Mas que porra, Theresa?

Mas não é Theresa.

É Penny, no meio da noite, iluminada pela luz amarela do hotel.

Por um segundo, eu a encaro, porque ela está tão deslocada e inesperada.

Então, tudo isso fica para trás quando percebo que ela está chorando, rímel escorrendo pelas bochechas, soluçando e mordendo a boca de batom, e isso me faz estender o braço antes que eu pense direito, pegando seu punho com delicadeza e a puxando para dentro.

— Penny, o que está fazendo aqui? — pergunto enquanto fecho a porta.

Ela se atira na cama – literalmente se *atira* na cama –, e acho que nunca vi ninguém fazer isso antes.

— Ela disse que me amava — é só o que ela diz entre lágrimas, e consigo sentir as lascas de gelo se infiltrando em minha pele, porque

Penny não está agindo como alguém cuja namorada acabou de declarar seu amor por ela. — Por que ela faria isso? Ela me botou para fora do quarto. Como se *eu* fosse o problema. Eram *elas* que estavam sem roupa! Isso rola desde sempre? — Seus olhos se voltam para mim, e há um momento de silêncio horrorizado de sua parte e confusão da minha até ela dizer: — *Você* sabia?

— Sabia do quê? — pergunto, perplexa.

— Você está mentindo para mim? — Sua voz se ergue. — Sou a piada da equipe inteira? Ai, Deus, fui a piada de todas vocês esse tempo todo?

— Penny. — Atravesso o quarto e me sento na cama ao lado dela. — Respira, tá?

Ela solta uma expiração que é mais soluço do que ar.

— Boa. Agora me diz do que você está falando. Por que está aqui? Por que está chorando?

Mais lágrimas. Tento pegar a caixa de lenços em cima da mesa.

— Vim fazer uma surpresa para Laurel. A colega de quarto dela me deu a chave. Eu tinha planejado tudo, e eu...

Ela se desmancha em lágrimas de novo e, antes que eu possa perguntar mais, há uma batida na porta.

— Ai, Deus. — Ela se empertiga com o barulho. — É ela? — Ela olha ao redor freneticamente, como se achasse que um guarda-roupa apareceria para que pudesse escapar através dele, como um portal de fantasia. — Por favor, não deixa ela entrar, Tate. Por favor. Sei que você não dá a mínima, mas...

Sinto uma pontada no coração com essa suposição.

— Não se preocupa — digo. — Só... fica aqui.

Vou até a porta e espio pelo buraco. Tiro a toalha do cabelo, prendendo os fios úmidos em um nó na altura da nuca.

— Você vai sair?

(A maneira como sua voz embarga parte meu coração.)

— Já volto, Pen. Tá?

Ela leva alguns segundos para concordar.

— Tem mais lenços no banheiro. — É tudo que consigo pensar em dizer antes de abrir a porta apenas o bastante para sair por ela, deixando que ela feche, travando automaticamente.

Laurel está do lado de fora, os cachos como uma auréola ao redor da cabeça, os olhos estreitados. Ela mal tem tempo de recuar quando invado o espaço dela, apenas por necessidade, para deixar a porta se fechar.

— Ela está aí dentro? — Laurel questiona.

— Vem comigo.

Nem espero para ver se ela vem atrás, só desço a escada e me dirijo ao estacionamento.

— Meu Deus, Tate — ela diz com repulsa, mas funciona porque ela me segue.

Meus tênis pisam no asfalto e continuo em frente, dirigindo-me a uma esquina vazia, do outro lado da área de fumantes formada por metades de rodas de carroça enfiadas em pé no chão.

Dou meia-volta, cruzo os braços e espero. A culpa afeta você, se tiver um pingo de bondade.

Ela alterna o peso dos pés, os ombros curvados.

Laurel é realmente muito bonita. Ela e Penny juntas são um ataque de fofura e beijos e *croppeds*. Mas há algo na maneira como Laurel sempre olhou para mim, mesmo antes de elas começarem a ficar (como se eu tivesse com facilidade, e na palma da minha mão, todas as coisas que ela queria).

— Você me trouxe aqui para brigar comigo? — Laurel diz com a voz arrastada, finalmente quebrando o silêncio que deixei que se estendesse entre nós.

— Você deu motivo para brigar?

— Não é da sua conta, Tate.

Ela está agitada. Nervosa.

(Definitivamente culpada.)

— Até parece. — Aponto o polegar na direção do prédio. — Ela está chorando no meu quarto de hotel.

— Eu não sabia que ela estava vindo para cá. Ela entrou e viu uma coisa e, antes que eu pudesse explicar...

— Explicar o quê?

A boca dela se fecha. Os lábios brilham sob a luz dos postes, e pisco, essa imagem gira na minha cabeça.

Laurel não usa esse gloss labial em tom de fúcsia.

Mas Theresa, sim.

— Explicar *o quê*, Laurel?

Tenho total noção do passo à frente que dou; não é um movimento inconsciente de minha parte. Porque quero dar um soco nela agora. Ela realmente fez o que acho que fez? Traiu mesmo Penny?

— Foi coisa de momento, Tate — ela diz. — Um momento de fraqueza. Mas foi só um beijo, juro. Eu poderia ter explicado! Eu teria contado para ela, juro que teria. Mas Penny viu a gente e saiu correndo.

Seus olhos se estreitam.

— Ela foi correndo até você. — Ela ri. — *Claro*.

Algo zune em minha cabeça como um alerta.

— Para.

— Não vou parar, não. Não tenho mais que pagar de boazinha. E paguei de boazinha *demais* com você.

Ela invade meu espaço desta vez, mas é mais baixa; continuo olhando para ela de cima. E não sou do tipo de vacilar ou recuar.

— Tentei ignorar você — Laurel diz. — Mas você está sempre por perto, não? Estrela da equipe de natação... Acho que ninguém na escola tem alguma coisa negativa para dizer sobre você. A triste e estoica Tate com a mãe doente e todo mundo querendo ajudar.

— Se você falar de novo da minha mãe, vamos ter um problema maior do que já temos.

Ela solta uma gargalhada, mas consigo ouvir o medo por trás.

— Eu não conseguia ficar longe de você no treino nem na escola e, quando conheci Penny, pensei, bom, pelo menos minha vida amorosa está livre dessa garota. Mas aí Penny...

Ela desvia o olhar, como se a memória machucasse.

— O que tem Penny?

Eu me odeio por perguntar, mas quero saber. Ela conseguiu conhecer Penny de uma forma que nunca vou conhecer, e a odeio por isso... e a odeio ainda mais por desperdiçar isso.

— Penny se esforçava tanto para nunca falar de você. Mas eu *sabia*. Simplesmente sabia. — Ela sorri, mas é mais uma careta enquanto ela abana a cabeça, o rosto resistindo a se franzir por inteiro. — Uma de vocês ia estourar em algum momento. Então acho que acabei estourando antes. — Ela solta uma gargalhada úmida. Seus olhos brilham, e penso que podem ser de lágrimas.

Por que ela fingiria isso?

Deve ser real, e me dá um nó no estômago (porque significa que os sentimentos dela por Penny são... eram reais).

— Você só está inventando coisas na sua cabeça para se sentir melhor por trair.

— Não estou. E, se você não enxerga... — Ela faz que não com a cabeça. — Não acredito.

— Penny não fala sobre mim porque não pensa em mim. Não somos amigas.

— É, vocês definitivamente *não* são amigas. Pergunte para Remi. Ou Meghan. Pergunte para qualquer pessoa que *realmente* seja amiga de vocês. — O sorriso sarcástico dela retorna e, dessa vez, *é* maldoso. — Pergunte para suas mães.

— Perguntar o quê?

Fico surpresa por conseguir manter a voz equilibrada. Ela está tirando uma com minha cara, sei que está. Mas não consigo evitar cair.

— Você *sabe* o quê — ela diz, furiosa. — Você é inteligente. E discreta. Mas não tira os olhos dela quando estão no mesmo lugar. E ela não tira os olhos de você.

Não nego. (Não posso negar, porque é totalmente verdade da minha parte e talvez um pouco da dela porque às vezes, quando olho para ela do outro lado da sala, ela já me encontrou.)

— Vou cair fora daqui — digo.

— Posso seguir você de volta para seu quarto, você sabe disso.

— Você não vai chegar nem até a calçada.

— Ai, meu Deus. — Ela aponta o dedo para mim. — *Isso*. Exatamente. Você não está se escutando? Vocês duas podem manter toda a distância possível uma da outra, mas você e Penny são como uma matilha de lobos só de vocês. Vão morder quem chegar perto demais.

Meu queixo se ergue.

— Penny veio até mim. Ela me falou para não deixar nem você, nem ninguém entrar. Só estou obedecendo.

— Por quê? Ela aparentemente não é sua amiga. Ela é *minha* namorada.

— Se você a traiu, não acho que isso seja mais verdade.

Seus lábios rosnam com a palavra.

— Vaca.

— Provavelmente. Mas não em relação a isso.

— Você não pode esconder ela para sempre — Laurel retruca. — Ela tem que me ver. Temos aula. Ela não pode se esconder.

— Penny pode fazer o que quiser. E vou ajudar. Para mim já deu.

— Para mim, não!

Dou de ombros e saio andando. Vou admitir: tem uma parte de mim que quer que ela venha atrás. Mas não vou entrar numa briga a menos que eu esteja me defendendo. Não com Penny chorando sozinha no meu quarto. Além disso, minha mãe ficaria furiosa.

Mas Laurel é covarde e me deixa ir. Ela provavelmente volta correndo para Theresa. Não consigo decidir se também estou brava com ela. Eu e Theresa sempre nos demos bem. Vai ver que Laurel disse a Theresa que ela e Penny tinham terminado antes de elas... fazerem o que quer que estivessem fazendo quando Penny entrou.

Meu pavor cresce enquanto subo a escada, destranco a porta do quarto de hotel e entro. Penny está deitada na cama, enrolada no edredom áspero como se fosse um texugo que encontrou sua toca. A cabeça dela está toda embaixo da coberta, mas, de tantos em tantos segundos, escuto uma fungada vindo de lá, então sei que ao menos ela está respirando e não se sufocando sob o poliéster.

— Penny, você está bem?

Ela não responde. Apenas mais fungadas.

Olho a hora no celular. A sra. Rawlins vai passar a qualquer minuto para ver como estamos. Só me resta torcer para que Theresa fique no quarto com Laurel ou coisa assim.

Então ando às pressas pelo quarto, arrumo minha bolsa para a rodada de provas do dia seguinte e apago as luzes, para que, quando a sra. Rawlins bater na porta dez minutos depois, eu possa abrir, e ela só consiga ver o monte de cobertas que é Penny e supor que seja Theresa.

— Tudo bem aí? — ela pergunta quando abro a porta.

— Tudo — digo.

— Boa noite, Tate. Theresa.

— Boa noite.

Fecho a porta antes que Penny tenha que fingir uma resposta. Escuto os passos da sra. Rawlins descendo o corredor, sua batida na porta do quarto seguinte, e solto um suspiro aliviado.

No escuro, olho para Penny enrolada embaixo das cobertas, e sinto vontade de suspirar de novo. Caminho até a cama e puxo algumas das cobertas de cima.

— Penny, posso pegar algumas dessas? Preciso arrumar uma cama no chão.

Ela solta um bufo, e considero seriamente se vou ter que dormir na banheira com meu roupão de natação quando ela finalmente sai, jogando as cobertas de lado com um gesto que não tem nenhuma suavidade. Ela acende a luz na mesa de cabeceira.

Seu nariz está vermelho, assim como os olhos, e o rímel borrado a faz parecer tão linda quanto um guaxinim fofo muito triste.

— Você não vai dormir no *chão*, Tate, sério. — Ela sai da cama. — Vou tomar banho.

Ela desaparece no banheiro, e não tenho escolha além de ficar sentada na cama, tentando respirar. Escuto-a abrindo o chuveiro, e ela fica lá por um tempo, tanto que estou deitada na cama quando ela sai enrolada numa toalha. Quando ela vê a calça de moletom e a camiseta extra que deixei na beira da cama, a cara que faz é difícil de interpretar. Mas ela as pega e volta a desaparecer dentro do banheiro... e, quando sai, está usando minhas roupas. (Sinto um nó no estômago ao vê-la com *minha* camiseta.)

Penny se senta no lado direito da cama, de costas para mim, enquanto penteia o cabelo úmido com os dedos e começa a trançá-lo. A camiseta do Dia da Terra com a gola cortada cai bem mais sobre seu ombro menor do que sobre o meu, e quero gravar a memória dela em minhas roupas tão fundo em meu cérebro que será a última coisa que verei antes de morrer.

Engulo em seco. Dormir no chão seria uma opção melhor. Muito, muito melhor.

Mas fico na cama enquanto ela termina a trança e se deita ao meu lado.

(Puta que pariu, como sou desmiolada às vezes.)

Ela apaga a luz e, no silêncio, consigo ouvir a respiração trêmula dela.

— Você está bem?

Penny abana a cabeça. Vem luz suficiente do banheiro para eu conseguir ver o movimento, a linha do perfil dela.

— O que Laurel disse? — ela pergunta finalmente.

— Disse que foi só um beijo...

Penny bufa.

— Considerando que ela estava só de calcinha, acho que não, hein.

— Odeio essa palavra.

Isso a faz rir, e até que é um pouco engraçado.

— Calcinha? É claro que você odeia.

Penny se aproxima de mim, de lado, e faço o mesmo para ficarmos de frente uma para a outra.

— Não foi só um beijo, Tate.

— Acredito em você.

— Acredita?

— Claro. Eu não sabia que ela estava traindo você — digo de novo. — Preciso muito que você acredite nisso. Se eu soubesse...

— ...teria me contado?

— *Sim* — respondo, odiando o tom sarcástico na voz dela. — Porra, Penny, você acha que eu sou o quê?

— Não sei — ela murmura.

— Quando menti para você?

Não percebo que é a coisa errada a dizer nem mesmo depois que sai de minha boca.

(Não percebo que é um raio entre nós.)

Mas ela fica em silêncio por tanto tempo, olhando para mim na escuridão, e, quanto mais tempo leva, mais impossível se torna desviar os olhos.

— Nunca — ela diz finalmente. — Você sempre fala a verdade. Mesmo quando é incômoda para caramba.

— Eu teria contado — insisto.

— Então acho que é uma pena que você não soubesse — ela diz, sua voz ficando pastosa pelas lágrimas.

— Desculpa. Sei que você...

Não quero dizer. Mas sei que é verdade. Não é como com Jayden. Ela gostava dela. Talvez até...

(Não quero nem pensar de tanto que odeio.)

— Não importa — ela diz, com a voz tão monótona que é como se ela tivesse dito isso um milhão de vezes... ou talvez pensado. — Eu sabia que não era para ser. Sabia mesmo. Só achei que... — Ela funga. — Nossa, como sou idiota.

Meu estômago se revira com tanta autoaversão.

— Não, *não* é — digo com firmeza.

— Como você chamaria uma pessoa que vive tentando fazer pessoas que obviamente não a amam a amarem? — Penny questiona. — Primeiro, minha mãe. Agora Laurel. Preciso aceitar isso.

— Aceitar o quê?

— Que simplesmente não... não tenho *aquilo*. Aquilo que faz as pessoas amarem você. Sou de mais, ou de menos, ou sei lá. Sei que sou mandona e às vezes sou irritante...

— *Penny*.

Meus dedos encontram os dela sobre a cama, no escuro, e sua mão está tão perto do rosto que consigo sentir o respingo úmido de lágrimas no dorso da minha.

— Ela disse uma vez — Penny sussurra, palavras embargadas que me deixam horrorizada. — Que eu era... que eu era difícil de amar.

— *Foda-se* a Laurel — rosno.

— Não — Penny diz, e o horror se transforma em algo novo, algo tão pior que nem sei ao certo se existe uma palavra quando ela diz o que vem em seguida: — Não a Laurel. Minha mãe.

E, sim, quero dizer *Foda-se a Lottie* neste momento, mas sei que não posso, porque não é simples assim, o que dá ainda mais raiva.

— Ninguém nunca vai me amar — ela diz em desespero, tão segura que não suporto, nesta cama com ela (e a amando... sempre, sempre a amando).

— Penny — digo o nome dela baixo no espaço entre nós, pergunta e consolo envoltos em duas sílabas. — Vem cá.

Puxo a mão dela de leve, meu outro braço se estende, oferecendo meu espaço para torná-lo dela (nosso).

E ela vem. Ela se aconchega em mim, manchada de lágrimas e sofrendo (sempre sofrendo)... e *se encaixa*. É algo que nunca vou conseguir desaprender. Como ela se encaixa embaixo do meu queixo, o topo da cabeça dela e a curva da risca de seu cabelo na trança sobre meu braço é um novo território a descobrir. Sua mão aperta a minha junto ao peito dela entre nós, na suavidade e na curva dela, e meu estômago revira, minha mente se parte em um milhão de direções diferentes.

Mas meu corpo sabe o que fazer. Minha mão livre sabe acariciar o cabelo dela, e o barulhinho que ela solta quando faço isso me diz que é a coisa certa, e não há nenhum centímetro entre nós, nossos braços e pernas enroscados, mas não falamos e mal nos mexemos. E, devagar, centímetro por centímetro, consigo sentir o corpo dela relaxar e então se afundar no peso do sono.

Não paro de acariciar seu cabelo nem quando tenho certeza de que ela adormeceu.

Só digo quando tenho certeza que ela não consegue me ouvir.

(Mas tenho que dizer.)

— Você não é difícil de amar — sussurro no escuro, as palavras encostadas no alto da cabeça dela sobre meus dedos, como se fossem capazes de entrar na mente e no corpo e no coração dela... para que ela mesma veja o que vejo. — Sim, você às vezes é mandona, mas também é boa em tudo, então quem liga? E todo mundo é irritante às vezes. Mas você *nunca* foi difícil de amar. E eu sei, Penny. Sei porque te amo. Te amo desde antes de saber o que era isso.

Fecho os olhos depois dessas palavras que pensei que nunca seriam ditas. É o truque mais cruel, a menina que quero em minha cama, em meus braços, as palavras finalmente ditas... mas nada é como eu tinha sonhado quando me permiti. Porque ela está com o coração partido e estou com raiva de todos menos dela, e sempre seremos dois cometas no céu. A colisão mudaria a galáxia, mas sempre vamos sentir falta uma da outra em um caos de "e se".

Meu polegar passa ao longo da beira de sua trança pousada no ombro. E lembro a mim mesma: isto, isto é tudo que vou ter. Mas é difícil me lembrar disso, abraçada nela, com a mão dela na minha lombar, embaixo da minha camiseta.

(*E se...*

... você falasse para ela?

... você a beijasse?

... não tivesse problema?

... fosse desejado?

... certas meninas conseguissem certas coisas?)

53

CINCO MESES ATRÁS

IH

M Como foi?

M Laurel ficou surpresa?

M Quero saber tudo!

M Quer dizer, não tudo, óbvio. Mas você entendeu!

Meghan, aqui é a Tate. **T**

Sei que está muito tarde. Pode me responder quando receber isso? **T**

M Estou aqui. Aconteceu alguma coisa com Penny? Quer que eu te ligue?

Penny está bem agora. **T**

M O que aconteceu?

Ela e Laurel brigaram. Ela está aqui comigo no meu quarto. **T**

> Pode vir de carro pegar ela antes de termos que fazer o check-out? **T**

M > Conta comigo.

> Valeu. **T**

54

Penny

CINCO MESES ATRÁS

6H

Nunca vou saber o que me acorda. Mas me lembro da sensação.

Calor. Não um calor insuportável e suado de quem precisa sair de debaixo das cobertas. Mas um calor como uma luz dourada que se derrama sobre o piso de madeira e joias presenteadas sobre a pele amada.

Pisco sob a luz difusa e me ajeito embaixo das cobertas, meus polegares rolam ao longo da linha da perna dela. Não estamos de conchinha, mas quase desejo que estivéssemos; queria estar de costas para ela porque estamos frente a frente, enroladas uma na outra, e isso é muito pior – estar aconchegada nela, protegida por seu refúgio, seus braços e ombros fortes, sua pele sardenta encostada em minhas cicatrizes.

A mão dela está em meu quadril, os dedos estendidos de uma forma que me faz querer pressionar o corpo contra eles só para ver se vão me apertar. Minha testa está encostada na clavícula dela, minha cabeça, pousada na curva feita por seu pescoço e seu ombro, e sinto a extensão da minha trança cair sobre a pele macia de seus braços.

Não saio do lugar. Eu deveria me afastar agora que estou acordada. Não vim aqui para dormir na cama de Tate – nos braços de Tate. Vim aqui atrás de Laurel e, agora, em vez disso, estou aqui. Laurel riria da minha cara. Diria que é vingança.

Porra… ela diria até que me avisou.

Como vim parar aqui?

Por que não fui simplesmente para o Denny's na frente do hotel? Por que não liguei para Meghan vir me buscar ontem à noite? Nem passou pela minha cabeça mandar mensagem para ela, embora tivesse sido ela quem me deu carona para cá. Ela que tinha me ajudado a planejar a surpresa para Laurel.

Por que vim direto para Tate como se meus pés soubessem algo que não sei?

Meus dedos torcem as pontas da camiseta de dormir dela, as perguntas se acumulam em minha cabeça. Eu os relaxo, mas isso acaba colocando minha mão nas costas dela, e… é uma experiência. Consigo sentir os músculos dela através do tecido.

O celular de Tate começa a vibrar em cima da mesa, e ela se move de repente. Sei que esteve acordada esse tempo todo. Ela se afasta de mim, minhas mãos se soltam das dela com o movimento, mas nossas pernas ainda estão enroscadas. Ela desliga o celular e, aí…

… ela volta.

Ela se vira de volta para o espaço quente que criamos entre nós, e a única diferença é que ela escorregou para baixo o suficiente para ficarmos cara a cara, e suas mãos estão pousadas entre nós, e não mais em meu quadril.

— Você está bem?

A voz dela é rouca pela manhã, e isso mexe em algo dentro do meu ventre.

Faço que sim com a cabeça, porque tenho medo que, se eu falar, ela vá se afastar, para sempre desta vez.

— Que bom — ela continua, e me pergunto se é para preencher o silêncio.

Fico pensando se ela sente o mesmo: o peso ofegante de estar no espaço inexistente entre mim e ela. Quero aliviar esse peso, acabar com ele, e sei o caminho. Posso nem sempre ter sabido. Posso ter flertado com ele como uma criança que ama o fogo, mas odeia se queimar. Mas agora, nesta cama com ela, eu me sinto…

… me sinto dela.

Ela me ama. Ela disse isso. Isso vale, por mais que ela pensasse que eu estava dormindo.

Não vale?

Quero que valha?

— Está cedo — ela diz, e sei por que ela diz isso.

Devo concordar, e uma de nós deve se afastar, e tudo deve começar de novo: o mundo se desmorona, Tate está sempre lá, eu sou sempre uma covarde. Especialmente quando mais importa.

Como seria ter coragem?

Descobrir o sabor dela?

Saber a forma de seus lábios?

Aprender o corpo dela encostado ao meu?

— Penny? — ela pergunta, porque não estou me afastando.

— Não vai — digo.

Não tem espaço nesta cama.

Eu nunca quis que tivesse.

— Penny.

Não é uma pergunta desta vez. É um suspiro, os olhos dela estão fechados quando estendo a mão, traçando a linha do seu maxilar, meu dedo apertando a pinta que fica logo atrás da orelha dela.

— Você não quer saber? — pergunto, porque *eu* quero.

Eu quero saber. Quero sentir *algo* mais.

E ela sempre me faz sentir muito mais.

Ela me faz sentir tudo.

Eu nem sabia que dava para tocar alguém tão completamente, e isso se espalha dentro de mim, gravando um novo conhecimento em todas as terminações nervosas. As únicas partes de nossos corpos que não estão se tocando são nossos lábios.

Se ela apenas se inclinar para a frente...

Se ela apenas deslizar a mão para meu cabelo e me puxar...

E então ela faz isso... e vou – de livre e espontânea vontade, grata, *finalmente*.

Finalmente vou saber.

Meus olhos se fecham. A expectativa dispara em mim e, então...

Nada.

— Penny — ela diz suavemente, e meus olhos se abrem e a inspiração que faço...

Ah, os olhos dela.

Ela é sempre tão triste.

— Mereço mais do que isso — Tate diz. — Mais do que você de coração partido por outra menina. Mais do que manchas de lágrimas e fugas... porque você *está* fugindo, Penny. Está fugindo de muitas coisas.

Ela teria me machucado menos se tivesse sacado uma faca e me apunhalado. Ainda mais quando se inclina para a frente e me dá um beijo na testa, e perco o fôlego com isso, com a intensidade dela se dissolvendo em mim como se fôssemos uma, apenas por um segundo.

— Você também merece mais do que isso — ela sussurra com intensidade em meu ouvido. — *Nós* merecemos.

Ela se levanta e desaparece no banheiro, me largando deitada lá, tão amassada quando os lençóis do hotel.

O barulho do chuveiro se abrindo me tira do transe. Meu coração bate desvairado, e olho ao redor, em frenesi, enquanto respiro mais e mais rápido.

Consigo pegar o celular, e estou saindo em disparada para o ar frio da manhã, cambaleando pelo estacionamento, tentando respirar, quando Meghan para o carro.

— Penny! Penny? O que aconteceu?

Meghan sai do carro e vem às pressas até mim, e não consigo dizer nada; só abano a cabeça e começo a chorar, e ela não diz mais nem uma palavra. Apenas me tira de lá.

55

Penny

23 DE JULHO

Depois da nossa briga no estacionamento, Tate não vem para casa. Na manhã seguinte, quando meu alarme toca, ela ainda não voltou.

Penso em mandar mensagem, mas ela ter me enviado o acordo de trégua ontem à noite meio que deixou por isso mesmo.

Parte de mim considera isso. Ir até casa de Remi. Fazer um grande gesto.

Mas eu a conheço; é por isso que eu nunca deveria ter deixado Anna pensar que estávamos ficando. Tate só vai me odiar mais se eu forçar.

Então, quando recebo a ligação de que minha mãe está pronta para voltar para casa, dirijo até Sacramento e choro o caminho inteiro. Quatro horas e meia de lágrimas e música triste e nenhuma mensagem nem telefonema – nem nada dela. Tenho que parar duas vezes em um posto de gasolina para pegar um copo de gelo para meus olhos, para não chegar ao apartamento completamente inchada e dar muito na cara.

Mesmo assim, estou um lixo quando bato na porta.

Quando vovó a abre e me vê, o alívio em seus olhos é enorme.

— Ah, Penny — ela diz. — Você chegou.

Entro e a abraço.

— Tão ruim assim, hein?

— Sua mãe... — Vovó para de falar porque consigo ver que minha mãe está sentada no sofá, enrolada em uma coberta.

— Oi, mãe — digo.

— Filha! Oi!

Ela sorri para mim, fazendo menção de se levantar.

— Não, não, fica aí — digo, correndo até ela. Quando ela abre os braços, quase hesito, porque quando foi a última vez que a abracei? Nem sei. Faz tempo demais para lembrar.

É uma sensação estranha. E não só porque estou com medo de apertar demais e a machucar. Ela ainda está em recuperação.

— Cadê Tate? — vovó pergunta atrás de mim.

— Ah, ela não mandou mensagem? Ela tinha que trabalhar — digo, a mentira é como uma colher de canela na boca: insuportável.

— Anna está repousando — vovó acrescenta. — Daqui a pouco conto para ela.

— Eu conto — minha mãe fala, revirando os olhos, e vovó sorri, determinada.

— Claro — ela diz. — Vou colocar suas malas no carro da Penny.

— Obrigada — minha mãe responde, e é mais do que relutante. — Filha, senta!

Ela dá um tapinha no lugar no sofá ao lado dela, e vou, porque não tem nenhuma outra opção real.

— É bonito aqui — digo, olhando ao redor do apartamento. É muito moderno, com móveis elegantes e toques de cor aqui e ali, com mantas demais com detalhes extravagantes.

— Estou com saudade do meu ateliê — minha mãe diz. — Mal posso esperar para voltar. Para ficar livre. Sua avó é uma *tirana*. Não sei como você a aguentava quando estava se recuperando.

Eu a encaro, calor se espalha de meu peito até as bochechas em centímetros nauseantes enquanto seu comentário me perpassa. Meu instinto é ignorar. Me esconder na mentira e na falsidade de *Estou bem* em vez de *Você está me matando*.

Mas evitar a verdade não me causou nada além de problemas e dor e perder pessoas que nunca nem tive por inteiro.

Estou meio que farta disso, acho.

— Eu não teria a destreza que tenho em meu polegar se não fosse pela vovó — digo. — Ela fez todos os exercícios comigo.

— Claro que fez, filha — minha mãe diz. — Só quis dizer que... é diferente.

Sim, você tem a mim. Como eu não tinha você.

— Vou ver como Anna está — minha mãe diz. — Já volto.

Ela se dirige ao corredor, e me recosto no sofá, tentando ignorar a espiral nauseada de pavor em meu estômago.

Até este segundo, eu não tinha percebido o alívio que era não ter que pisar em ovos perto dela nessas últimas semanas.

Sou uma péssima filha.

Ela é uma péssima mãe. É o que Tate teria dito se estivesse aqui.

Pego o celular, na esperança de ter uma mensagem dela... mas nada.

O que vou dizer se Tate não estiver lá quando eu voltar para casa com minha mãe?

Como vou falar a verdade sobre o lance de estarmos ficando sem que minha mãe destrua todos os meus planos de novo?

Não tenho respostas e tenho perguntas demais e toda uma ansiedade e nenhum lugar onde desabafar tudo isso, então fico sentada no sofá, pego minha agenda e a folheio com nervosismo. Paro em uma das páginas de colagem.

O jardim. Minha mãe tinha dito que gostava dessa. Um elogio artístico dela era...

Bom, era muito raro.

— Penny!

Ergo os olhos, forçando um sorriso quando vejo Anna entrando devagar na sala, apoiada em minha mãe.

— Ei. Sinto muito por Tate não ter vindo.

— Não se preocupa, ela me mandou mensagem — Anna me tranquiliza, dando um beijo na minha bochecha depois de se sentar ao meu lado.

Minha mãe se senta do outro, e fico no meio, com a agenda ainda no colo.

— Ai, meu Deus, essa é uma de suas colagens? — Anna pergunta. — Posso ver?

Não consigo dizer não para ela.

— Sim — digo, deixando que ela a tire de minha mão.

— Quanto talento — Anna murmura, traçando o portão do jardim que montei com pétalas de flores prensadas.

— Ficou muito impressionista — minha mãe diz.

A porta da frente se abre. Vovó voltou depois de colocar a bagagem da minha mãe no carro.

— Tudo pronto — ela fala, vindo se acomodar na poltrona adornada na frente do sofá.

— Já está me botando para fora? — minha mãe pergunta, com a voz leve, mas a expressão carregada.

— A gente precisa ir — digo quando vovó não responde. — Vamos evitar o trânsito se formos agora.

— Tá — minha mãe responde.

Eu me levanto, e ela se aproxima de Anna para abraçá-la com delicadeza. Ela sussurra algo no ouvido dela, e Anna ri e faz que sim.

— Manda um abraço para Tate? — Anna pede, e sorrio, embora eu nem saiba se vou ver Tate de novo até a mãe dela estar em casa.

Ela não pode se esconder para sempre, mas pode por um tempo, se quiser.

Não é como se minha mãe se importasse ou mesmo notasse, sério. Eu a conheço bem demais.

Fazer minha mãe soltar Anna e andar até o carro é meio que um suplício, mas finalmente consigo. Vovó espera na calçada enquanto fecho a porta de passageiro e vou até ela.

— Ei — digo. — Está firme?

Ela me perguntava isso às vezes depois da fisioterapia. Uma preocupação que se tornou um hábito e, depois, um lema.

— Estou cansada — vovó diz, e isso me abala, porque acho que estamos as duas na mesma situação.

Sem conseguir mais se esquivar de verdades difíceis.

Minha mãe está realmente ferrada, então. E nós também.

Não há como vencer isto. Todas perdemos. E parece que não conseguimos encontrar umas às outras.

— Eu assumo daqui — digo, e é para fazê-la se sentir melhor, mas o rosto dela se entristece.

— Ah, Penny — ela fala e, então, me puxa em um abraço. — Dirija com cuidado.

— Pode deixar.

Minha mãe já está ouvindo música quando entro no carro, então imagino que é ela quem vai escolher. Pelo menos não escolheu um podcast de true crime. É o que escuta às vezes enquanto trabalha.

Vou até Sacramento e sigo pela longa extensão da estrada, que é cheia de campos de arroz e feno, sem que ela se intrometa muito em como dirijo, mas, toda vez que um caminhão grande passa, ela fica tensa como se achasse que fosse bater em nós.

— Você está bem?

Sou pega tão de surpresa que me crispo com a pergunta da minha mãe.

— Estou — digo, com os olhos focados na estrada.

É uma linha reta, terreno plano bom para cultivar arroz, até chegarmos às montanhas, e os pomares dão lugar a penhascos e pinheiros vigorosos.

— Você andou chorando.

— Alergia — minto, torcendo para ela aceitar a desculpa, embora eu nunca tenha tido alergia nenhuma em toda a minha vida.

Mas, desta vez, ela não se esquiva. Claro, quando quero que ela me deixe em paz, ela não deixa.

— Aconteceu alguma coisa com Tate? Não fica brava — ela acrescenta, rápido. — Anna me contou que vocês duas estavam... Você sabe que estamos felizes por vocês, certo?

— Mãe, eu não estou... Só deixa para lá, tá?

Ela olha fixamente para as mãos, mexendo em sua pulseira. Ela a fez anos atrás de moedas achatadas em trilhos de trem nas quais fez buraquinhos. Quando eu era pequena, brincava com ela em seu punho, e ela ria e dizia que a daria para mim quando eu ficasse mais velha.

Ela nunca foi boa com promessas.

— Vocês brigaram? Casais brigam. É perfeitamente normal, mesmo que pareça ser o fim do mundo.

— Estamos bem. Estou bem. Se é isso que você quer, então estamos todas bem.

Ela solta um riso de nervoso.

— O que isso quer dizer?

— Nada — digo. — Você fez algum desenho enquanto se recuperava?

— Vou falar dos meus desenhos se você falar das suas colagens — minha mãe diz, e é tão infantil, tão ela, que nem consigo ficar brava.

— Você viu uma das colagens. Mostrei para você.

— Você mostrou para Anna — minha mãe diz.

— Você estava sentada bem do lado dela!

Meus dedos se flexionam no volante.

— Por que você não *me* deixa ver? — minha mãe pergunta. — Você parou de desenhar, e essa agenda e as colagens são as únicas coisas artísticas que você faz, e...

— Ai, meu Deus — estouro. — Qual é seu *problema*?

— Como é que é? *Penny!*

Ela grita meu nome porque saio da estrada e entro no acostamento. Depois de parar de repente, com o carro levantando cascalho, puxo o freio de mão e me viro para olhar para ela.

Estico as mãos, virando-as para ela não ter como evitar ver as cicatrizes como normalmente faz.

— Não desenho mais porque minhas habilidades motoras finas são péssimas. Não consigo fazer o tipo de detalhe que eu conseguia. Então passei para as colagens. E, sim, a agenda é a única coisa que faço hoje em dia. Porque é a única coisa que *consigo* fazer sem que meus dedos comecem a doer depois de vinte minutos.

O horror inunda seu rosto. Nem me importo se é ou não sincero. Estou brava demais.
— Penny... desculpa. Não pensei...
— Pois é, você nunca pensa.
Dou seta com violência e volto para a estrada.
Ficamos sem nos falar por mais de trezentos quilômetros.

56

TATE

23 DE JULHO

Escuto o carro de Penny entrar na garagem, mas não saio do meu quarto nem quando ouço as vozes delas daqui de cima.

Uma grande parte de mim não queria voltar. Remi disse que eu poderia ficar pelo tempo que quisesse, e fiquei muito tentada. Mas eu sabia que Lottie contaria para minha mãe e, aí, ela ficaria preocupada.

Por isso, estou aqui. E elas estão no andar de baixo e, mesmo a essa distância, consigo ouvir a tensão na voz de Penny enquanto ela acomoda a mãe.

(Odeio que, mesmo agora, quero ir até ela.)

— Mãe, não!

Eu me levanto, porque conheço esse tom. Desço a escada violentamente, desviando de malas no corredor. Chego à sala e dou de cara com Lottie no chão, com o rosto contorcido de dor, e Penny tenta ajudá-la a se levantar.

— Ei, ei — digo, correndo até elas. — Espere um segundo. Você precisa levantá-la do jeito certo.

— Estou bem — Lottie diz, batendo nas minhas mãos.

— Lottie, por favor, me deixa ajudar.

Eu a levanto com cuidado e a levo de volta ao sofá. Ela se recosta com um suspiro.

— O que está doendo? — pergunto. — Você comeu? Sua vó te deu todos os remédios dela? — pergunto a Penny.

— Estão na bolsa dela. Vou pegar — Penny diz, correndo até o corredor.

— Quer alguma coisa para beber? — pergunto a Lottie.

— Só quero ir para meu ateliê — Lottie diz. — O caderno de desenho de que preciso está lá. Consigo atravessar o jardim. Tenho que andar.

— Não depois de ter ficado no carro por horas! Você precisa descansar — Penny insiste, voltando com um saco plástico com o logo do hospital estampado. — Estou com todos os remédios e as instruções.

— Preciso do meu caderno de desenho. A galeria de São Francisco quer que eu mande as obras daqui a algumas semanas — Lottie diz. — Eles podem querer mais se venderem bem.

— Vou buscar, mãe — Penny fala. — Você caiu quando se levantou. Olha, fiz uma cesta de comidinhas aqui e deixei um sino para você. — Ela pega o sino na mesa de canto perto do sofá-cama. — Você pode ser irritante e tocar esse sino em vez de me mandar mensagem.

Lottie pega o sino com um sorriso, porque é a cara dela.

— Vou buscar água para você — ofereço, porque é a única coisa que não tem na caixinha de comidas que Penny preparou como se Lottie estivesse num hotel.

Penny não me segue de imediato, mas, quando estou tirando o jarro d'água da geladeira, escuto os passos dela no corredor.

— Você voltou.

Pego um copo do armário.

— Sim, bom, eu moro aqui.

— Tate, podemos...

— Não, não podemos — digo, servindo água com tanta fúria que derrubo um pouco no balcão.

— Tate.

— Quê? — questiono, dando meia-volta para olhar para ela. — O que você quer?

— Quero pedir desculpa.

— Não precisa.

— Precisa, sim.

— Não — insisto, odiando a semente fria de dúvida que brota dentro de mim. — Não somos amigas. Nunca fomos.

— Também nunca fomos inimigas — Penny diz.

Ela tem razão.

O que fomos... eu pensava que fosse indefinível. Que não existisse uma palavra para descrever esse cruzamento de caminhos e vidas entrelaçadas contra nossa vontade.

Não penso mais isso.

Acho que existe, sim, uma palavra.

Só acho que nós fugimos dela e, quando não conseguíamos fugir, brigávamos.

Era mais simples.

E então ela simplesmente estragou tudo colocando nossa relação em território complicado. Tudo para minha mãe não dedurar que ela estava andando de caiaque.

— Penny? — A voz de Lottie ecoa da sala. — Você não ia pegar meu caderno?

Penny olha para mim com desespero, esperando que eu diga alguma coisa.

— Penny? — Lottie chama de novo.

— Já vai — digo.

— Desculpa — Penny repete. Então ela ergue a voz. — Estou indo, mãe!

Só volto à sala de estar quando escuto a porta da frente se abrir e se fechar e tenho certeza de que ela foi embora.

57

Penny

23 DE JULHO

Quando acendo a luz do ateliê de minha mãe, a lâmpada pisca e se apaga.

— Óbvio — murmuro, estendendo as mãos e andando para a frente como um zumbi, ficando à direita da sala para não trombar em nenhuma obra de vidro e derrubá-la por acidente.

Ela nunca me deixaria em paz se eu estragasse uma das obras que a galeria estava esperando.

É quente para caramba aqui, o tipo parado e intenso de calor que enche meus pulmões a cada respiração.

Minhas mãos apertam a ponta da mesa de trabalho, e abro a gaveta, tateando na escuridão em busca da lanterna. Finalmente, eu a encontro.

O feixe é fraco, mas é melhor do que nada. Eu o aponto para a mesa, cheia de ferramentas e obras pela metade. O caderno de desenho dela, amarrado por elásticos, está empilhado no canto. Eu o pego, me virando para sair quando a lanterna aponta para a obra de vitral em cima do cavalete a minha direita.

Eu as vejo sob a luz fraca: três obras, duas delas completamente cobertas, a outra metade semiencoberta por um pano.

É como se minha mente estivesse pregando peças em mim a princípio. Não pode ser.

Porque o que vejo...

É como um sonho.

Um pesadelo.

Caminho na direção dela, na ponta dos pés como um lobo na direção de uma armadilha, puxo o pano devagar. Partículas de poeira sobem no ar, mas não as enxergo.

Tudo que vejo é o vidro.

Tudo que vejo é o que ela fez.

Puxo o segundo pano e, depois, o terceiro e, quando dou um passo para trás e vejo todas juntas...

Nunca odiei alguém mais do que odeio minha mãe.

São abstratas, como todas as obras dela desde que meu pai morreu. Mas também... não são abstratas. Não se você *souber*.

É um trio de painéis de vitral. Uma história em três partes. Uma trilogia de dor. Deve haver um termo de arte para isso, mas não sei qual é e não me importo, porque ela...

O primeiro são apenas verdes e azuis. A floresta e o rio cortando a tela. Há pedaços cuidadosos de cinza – sugestões de pessoas, de mim e de meu pai – fixados em cacos amarelos e azuis de vidro que envolvem as figuras como um bote. É sereno, se você não souber.

É sinistro se você souber.

No segundo, o verde está reservado às bordas, o foco é no azul e branco, que é pura tempestade e onda, tão caótico que você tem que olhar de perto para encontrar as pessoas de vidro cinza na encrespação. Mas, quando você as encontra, não dá para deixar de ver o desespero.

A terceira obra é como uma visão aérea abstrata: os verdes e marrons da floresta e dos rochedos, a cor serpenteante do rio indo de azul a amarelo fragmentado a vermelho-sangue.

Eu me deixo cair no chão, minha mão ainda aperta o último pano.

Será que eu soube o que é pavor antes disto? Porque nunca senti isto antes, um impacto de coisas demais, colidindo contra mim de todos os lados, esse vermelho retumbando contra mim como uma sirene. Meu rosto se contorce, meus lábios ficam tensos com o grito que quero soltar.

Não sei por quanto tempo fico aqui, de joelhos, olhando fixamente para o que minha mãe fez.

Para a arte que ela fez com base no meu trauma.

Tudo que sei é o barulho seguinte que escuto além de minha própria respiração ofegante.

É claro que é Tate.

Sempre a testemunha de meus piores momentos.

— Penny, sua mãe me mandou... — Tate se interrompe abruptamente. — Que porra é essa?

Olho por sobre o ombro, mas ela não está olhando para mim. Está olhando para o vitral, e o horror em seu rosto...

... é como um presente.

Validação.

Não sou maluca. Ela também está vendo. Não está?

— Você... você também está vendo? — Sai de minha boca, e é tão agudo que nem parece minha voz e, porra, eu estou respirando?

Preciso respirar. Como Jane, a terapeuta, me ensinou.

Estou me recostando antes que eu possa parar para pensar, e o chão de cimento da garagem é frio. Eu gosto, acho que só vou ficar aqui. Mas de repente Tate está a meu lado, suas mãos me erguendo com delicadeza, seus braços me apoiando.

— Penny, olha para mim — ela instrui, enquanto tudo rodopia e estremece.

— Eu...

Não consigo parar de olhar o vidro. Quero um martelo. Quero *estilhaçar* isso.

— Ei — ela diz e, então, sai da frente, bloqueando as obras do meu campo de visão. — Não olha para elas. Olha para mim, beleza?

— Ela fez arte a partir daquilo — forço as palavras a saírem.

— Fez — Tate diz simplesmente.

É uma traição? Minha mãe pode me trair depois de me abandonar tão completamente? Sinto que é uma traição. Ou talvez seja apenas a confirmação que eu não deveria querer.

Eu perdi os dois naquele dia. Estava apenas me enganando ao pensar que isso mudaria em algum momento.

— Que coisa zoada — Tate diz, indo direto para a verdade de forma tão simples.

É um alívio tão grande que me afundo na pele morna e nos ombros suaves dela enquanto ela me envolve em seus braços, uma de suas mãos pairando sobre minha nuca antes de ela finalmente a envolver. Seu polegar acaricia o ponto onde meu pescoço encontra a linha do cabelo, e lágrimas escorrem do canto de meus olhos. Nossos corpos se tocam como um arrepio, como aquele calafrio estimulante quando você entra na água mais quente que você, antes de o relaxamento chegar.

Mas não consigo. Não aqui. Não com aquelas coisas tão perto.

— Não consigo mais ficar aqui — digo e, sem mais uma palavra, escapo de seus braços e saio andando dali em direção à casa. Escuto Tate soltar um palavrão e me seguir pelo jardim, mas não olho para trás.

Entro logo em casa, seguindo direto para a sala de estar, onde minha mãe está esparramada na cama. O caderno de desenho ainda está em minhas mãos, e penso em jogá-lo na cara dela. Folheá-lo para ver se há esboços do vitral na garagem. Penso em rasgá-lo. Mas, em vez disso, fico parada ao pés da cama até ela erguer os olhos para mim.

— Aí está — minha mãe diz, pedindo o caderno com as mãos como uma criancinha antes de se crispar um pouco. — Obrigada, filha.

Mas não o entrego.

— Você achou que eu nunca descobriria? — pergunto.

— Descobriria o quê?

— Um dos panos das suas obras caiu.

Ela nem desvia os olhos do caderno.

— Espero que tenha colocado de volta. Quero que estejam em perfeitas condições para a galeria.

— Não, mãe, eu não coloquei *de volta*.

Ela levanta a cabeça.

— Você está brava.

Ela tem a audácia de franzir a testa para mim.

— Você acha?

— Por que você estaria…

Ela parece tão confusa. E isso me faz me encolher, apenas por um segundo, exatamente na hora errada, e as palavras desaparecem em minha garganta. Meu corpo inteiro está tremendo de tentar lidar com isso.

— Aquelas obras são muito zoadas, Lottie.

Isso vem de trás de mim.

Vem de Tate.

Ela está no batente grande da sala de jantar, o que tem as portas duplas bambas que nunca fechamos direito porque vivem se quebrando. Ela parece ocupar o espaço amplo completamente, como se seus ombros largos pudessem carregar qualquer coisa.

Mais uma vez, ela é a testemunha do meu pior.

A boia a que me seguro.

— Como é que é? — minha mãe encara.

— Você me escutou — Tate diz.

— Cuidado com o que você fala, mocinha. — Sua voz fica mais brusca, mas não se ergue.

— Mãe, você não tinha o direito… — começo.

— … de fazer minha arte? — Desta vez, sua voz se ergue, sim.

— De fazer arte sobre o que aconteceu.

— Aconteceu comigo também, Penny.

— Puta que pariu — Tate murmura, e a cabeça da minha mãe se volta para ela de novo, mais devagar dessa vez.

— Gillian, para — ela rosna.

Inspiro e expiro, tentando manter a calma. Isso só vai funcionar se eu não estourar, porque aí ela só vai me desprezar como se eu estivesse sendo histérica ou vai fugir de novo, como ela fez quando me falou sobre a venda da empresa do meu pai. E não é só porque estou cansada de fugir. É que não consigo mais fugir depois de ver aquilo exposto naquele vidro colorido.

Minha mãe ergue as mãos juntas; é um gesto suplicante, mas tudo que consigo ver é apaziguador.

— Nós duas perdemos seu pai, Penny — ela diz.

— Não — respondo, e não está apenas borbulhando dentro de mim, está fervilhando. O desejo de quebrar esse pacto de silêncio invisível entre nós. — Você não tem o direito de agir como se fosse a mesma coisa. E não tem o direito de fazer arte sobre aquele dia se você não estava *lá*.

— Ninguém me pediu para estar lá — ela diz. — Talvez, se eu estivesse...

Seu rosto se contorce de novo com o que noto ser uma ferida muito, muito antiga.

Pisco, pega de surpresa, porque essa linha de raciocínio nunca passou pela minha cabeça, e talvez seja egoísmo. Eu e ele tínhamos ido sozinhos, uma viagem de pai e filha, e não a convidamos para ir junto. Ela nunca gostou de corredeiras.

— Mãe — digo, sendo gentil e dura ao mesmo tempo, porque é a verdade. — Se você tivesse ido, todos nós teríamos morrido.

— Eu... Não. Não. Não foi isso... — Minha mãe cobre a boca, tentando conter o soluço sufocante.

— O peso extra... Todos nós teríamos afundado mais rápido. Nunca teríamos chegado àquela árvore. E se, *em algum momento*, você tivesse me perguntado sobre o que aconteceu naquele dia, saberia disso. Mas você nunca perguntou. Nenhuma vez. Simplesmente me ignorou e me tirou da terapia e se torturou com o que poderia ter acontecido e fez arte a partir de suas fantasias sobre o que você *acha* que aconteceu em vez de enfrentar isso de verdade!

— *Não* são fantasias... como você ousa dizer isso!

Seus olhos se enchem de lágrimas.

— Fantasias. Metáforas. De que outra forma você chama um rio vermelho-sangue? — Abano a cabeça. — Você não tem o direito de fazer uma metáfora de uma realidade da qual você *fugiu*. Você não estava lá. Não estava lá com ele. Não o ouviu implorando para eu soltá-lo. Não sabe o que aconteceu. Porque você nunca perguntou! Nunca fez nem *uma pergunta*. E mal sabe o que aconteceu depois porque também não estava lá.

— Penny...

Perco todo o foco e o controle. As palavras escapam, finalmente, *finalmente*.

— Meu pai me soltou porque *tinha* que soltar. Eu sei disso. Eu sei. Mas você me largou porque não conseguia lidar comigo, e eu só tinha a vovó, e ela nem teve o direito de passar pelo luto porque estava cuidando de mim. Sei como é ser colocada em primeiro lugar porque *ela* me colocou em primeiro lugar. Você, não. Você pôde passar por todo o luto que queria, como queria. E eu e vovó ficamos aqui tentando fazer com que minhas mãos se mexessem enquanto você vendia a casa, a empresa e apagava ele da casa da vovó e agia como se estivesse tudo bem, voltando depois de *meses* morando com Anna. Afinal, todas as partes difíceis tinham acabado, depois que vovó fez tudo por mim, você simplesmente invadiu a casa dela e o que construímos depois, e tive que agir como se estivesse tudo bem. Como se você fosse uma mãe *de verdade*. E eu agi. Porque era mais fácil. Porque era mais fácil lidar com *você* se você conseguisse o que queria. Mas você não ficou com a morte dele. Não ficou com aquele dia. Não esteve lá. Aquilo não é *seu*.

— Penny.

Os olhos dela se enchem de lágrimas.

— Para de só falar meu nome! Fala alguma coisa que realmente signifique alguma coisa! Tudo que você sempre faz é foder com minha vida e me afastar das pessoas que realmente me ajudam! Você nunca fala nada que signifique alguma coisa!

Mas ela só continua chorando. E sei neste momento que, não importa o quanto queira, não vou conseguir respostas nem nada que eu deseje hoje.

Nada dessa merda é solucionável em uma conversa, ou num dia, ou num momento de revelação terrível.

Mas nada disso é solucionável sem conversas por dias, semanas, meses e talvez anos. E, se ela não falar, nem mesmo agora, se ela continuar me botando para fora...

O que vou fazer quando ela nem tentar?

Jogo o caderno em cima da mesa de centro.

— Pronto — digo. Porque não há mais nada a dizer.

— Penny, por favor — minha mãe pede.

É uma súplica, sim. Uma súplica para eu voltar ao normal. Para ignorar tudo. Para fazer nosso joguinho de evitação.

Mas estou cansada.

Chega de joguinhos.

Só a verdade.

— Sabe, se você tivesse me perguntando sobre aquele dia, eu teria te contado tudo. Como ele foi corajoso, como foi calmo e como ele estava focado em me salvar. E, se você não tivesse tido tanto medo, saberia: a última coisa que ele disse, as últimas palavras? Foram para me implorar para dizer que ele amava você.

O som que ela faz não é humano.

Eu o reconheço.

É o mesmo som que fiz quando ele me soltou.

58

TATE

23 DE JULHO

Penny sai andando da sala, e nem tento impedi-la. Fico apenas parada no batente enquanto Lottie chora de soluçar no sofá.

Lottie está prestes a se afogar no próprio ranho, então vou até ela e coloco a caixa de lenços em seu colo.

— Está feliz? — ela questiona, como se tivesse cinco anos.

Eu a encaro, incrédula. Parte de mim quer engolir as palavras que quero dizer. Mas não consigo mais, não depois disso.

— Isso é culpa sua, Lottie. Ela ia estourar em algum momento. E você é uma idiota se não pensou isso.

Ela inspira fundo, entupida e furiosa, mas sou distraída por um motor ligando lá fora.

Merda! Corro até a porta da frente, abrindo-a bem a tempo de ver os faróis traseiros de Penny desaparecerem na estrada e atravessarem o portão aberto.

— Mas que porra! — grito, sendo dominada pela raiva, que é logo substituída por medo.

Ela não deveria estar dirigindo. Não quando está tão brava. Não é seguro.

— Tate? — Lottie chama. — O que foi... O que está acontecendo?

Eu a ignoro, batendo a porta da frente.

— Tate? — ela chama. — Vou me levantar se você não...

— Por favor, não! — Volto a passos duros para a sala. — Você não vai ajudar ninguém se acabar se machucando.

— Ela foi embora? — Lottie pergunta, seu lábio inferior treme.

Se ela começar a chorar de novo...

— Você achou mesmo que aquelas obras não a chateariam? — pergunto, sem conseguir me conter.

Como ela pode ser tão cruel?

— A terapeuta — Lottie diz.

— Quê?

— A terapeuta. A que eu tive que ver antes de virar doadora. Ela perguntou por que eu não estava canalizando todo o meu luto através da arte, e não consegui tirar isso da cabeça. Eu só... era o único jeito de tirar a pergunta dela da minha cabeça. Tirar as imagens daquele dia da minha... — Ela perde a voz em mais um daqueles soluços horríveis.

Tudo que consigo pensar é *puta que pariu*. Tudo que consigo sentir é raiva. Porque é óbvio que *Lottie* pode ter uma epifania na terapia, mas Penny não tinha nem permissão de ir.

Nunca amei e odiei tanto uma pessoa quanto Charlotte Conner. Não sei o que fazer com isso; é avassalador, e nem sou filha dela. O que Penny deve estar sentindo...

Preciso encontrá-la.

Mas não posso abandonar Lottie.

— Fica aqui — digo, saindo da sala e seguindo para o corredor.

Eu me sento ao pé da escada e tiro o celular do bolso.

Preciso de um plano. Preciso de uma solução. Preciso de um maldito milagre.

O que tenho é Meghan e Remi. O que é quase a mesma coisa.

Mando a mesma mensagem para eles em um grupo de conversa:

Preciso de ajuda. Algum de vocês pode vir aqui e ficar com Lottie?

Preciso procurar Penny. Elas brigaram.

Muito, muito feio.

Enquanto espero que um deles responda, eu me levanto e subo as escadas para que Lottie não escute.

Todos os passos são inseguros. Não sei se é a decisão certa.

Só sei que isso precisa parar.

Que, às vezes, as coisas são maiores do que nós.

Que, às vezes, precisamos de ajuda.

Lottie colocou todos os obstáculos no caminho de Penny. Criando regras ridículas e evitando menções a George como se ela fosse uma mariposa fugindo das sombras, fazendo Penny sofrer e ficar menor e mais triste porque isso era mais fácil do que enfrentar a perda.

Penny merece mais.

Penny merece tudo.

Ela merece ajuda, caramba.

59

Penny

23 DE JULHO

Sempre gostei do pico Damnation. Todas as luzes da cidade se refletindo no rio que desce pelas montanhas. É pacífico, mesmo quando você não está nem um pouco em paz.

Não consigo tirá-las da cabeça. Aquelas obras que minha mãe fez. A ideia de alguém as ter... Nem sei como me sentir em relação a isso.

Ela provavelmente me diria que não tenho direito de opinar.

Nunca tive. Não sobre se as coisas do meu pai deveriam ir para o depósito. Nem sobre ser tirada da terapia. Nem sobre ela voltar como se não tivesse me abandonado, para então se dedicar a salvar Anna.

Colocando as pernas embaixo do corpo, eu me recosto no para-brisa, contemplando as luzes.

Talvez eu pudesse simplesmente dirigir. Deixar tudo para trás. Arranjar um emprego em algum lugar e nunca mais voltar.

Não quero voltar nunca mais. Por que eu voltaria? Não resta nada para mim lá.

Estou exatamente onde eu estava. A única família que realmente me ama é minha vó.

Meu peito dói ao pensar nela. Era ela que conhecia meu pai há mais tempo. É engraçado pensar dessa forma, mas é verdade. Ela esteve viva por todos os segundos em que ele esteve.

Era para isso tornar a dor maior, não menor.

Mas ela nunca me culpou. Nunca parou de se esforçar por mim. Nunca se arrependeu de mim.

Eu queria que ela estivesse aqui.

Na noite que ela trancou todos os meus remédios, ficou sentada ao lado da minha cama por horas. Ela não conseguia segurar minhas mãos na época, obviamente, mas deixou as dela ao lado das minhas para que eu conseguisse sentir seu calor.

Ela simplesmente estava lá. Existindo comigo. Garantindo que eu continuasse a existir.

Eu me lembro dessa sensação. Não querer existir.

Não quero nunca mais me sentir daquela forma.

Deixando as mãos em cima uma da outra, fecho os olhos. Mas está lá em minha mente: aquelas obras malditas. Aquele rio vermelho-sangue. Como ela *ousa*?

O barulho de uma caminhonete subindo me faz me empertigar. Estreito os olhos sob o feixe dos faróis, mas sei assim que vejo a silhueta de Amoro se assomando no leito da caminhonete, esperando para ser entregue ao próximo dono.

Tate sempre me encontra.

Talvez eu sempre tenha gostado disso nela.

— Dirigir com esse urso na traseira é um risco de segurança — ela diz enquanto sobe no capô ao meu lado, apoiando-se no para-brisa.

— Minha mãe? — pergunto finalmente.

— Joguei para Meghan — Tate diz.

Isso quase me faz rir. Mas não tenho forças para chegar a tanto.

— Desculpa — digo.

— Você está...

— Você veio até aqui. Você está brava comigo, com razão e, mesmo assim, veio até aqui. Não precisava.

— Eu precisava ter certeza de que você estava bem.

— Acho que nunca vou ficar bem. Acho que não consigo voltar — digo baixo.

Posso sentir o olhar dela, mas não tenho coragem de admitir na cara dela.

— Penny — ela fala baixinho. Ela se empertiga, cruzando as pernas para estar sentada de frente para mim, as coxas na postura de borboleta. — Fiz uma coisa. E você pode ficar brava, mas estou brava com você também, então podemos ficar bravas uma com a outra, se for o jeito.

— O que você fez?

Ela estende o celular. Eu o pego. Está aberto no aplicativo Notas.

PLANO DE TATE PARA AJUDAR PENNY

1. Ligar para Marion.
2. Pegar o número da ex-terapeuta de Penny.
3. Dar um ultimato à Lottie.
4. Marcar uma consulta de emergência com a terapeuta.

Fico encarando o plano. As palavras se turvam, lágrimas escorrem por meu nariz até pingarem na tela. Eu as seco rapidamente e o devolvo para ela.

— Não fiz nada na lista — ela me diz. — Eu só... você gostou da terapeuta, né?

Faço que sim.

— Você queria continuar com ela? Queria ver um psiquiatra e...

— Sim — suspiro isso, porque mal consigo suportar sequer uma palavra, de tão rápido que meu coração bate.

É muito simples, escrito preto no branco. Quatro passos para ajuda.

Quatro passos para alguém que realmente escute.

Quatro passos para obter respostas e me *conhecer*.

— Penny, não posso fazer nada em relação às merdas monumentais que sua mãe continua fazendo. Mas posso fazer com que ela deixe você ir para a terapia.

— Você não viu como ela reagiu durante a única sessão a que ela foi — argumento, porque ter qualquer tipo de esperança é muito difícil.

— Não importa como ela se sente a respeito disso — Tate diz. — Se é o que *você* quer, vou fazer acontecer.

— Como?

— Sua vó vai falar para ela que, se ela não deixar você ir, precisa largar o ateliê.

Eu a encaro, boquiaberta.

— Você não pode...

— A casa é da Marion. A garagem é da Marion. Você acha que ela não vai concordar? Acha que ela não quer que você seja feliz e saudável?

— Ela é minha mãe, Tate.

— Ela está machucando você — Tate diz. — Isso é tão ruim como se ela estivesse te impedindo de fazer uma cirurgia ou interrompendo sua fisioterapia no meio do processo. Ela só está se safando porque o mundo é uma bosta para questões de sentimentos e problemas de saúde mental.

— Eu... — Não consigo argumentar com ela.

Difícil argumentar com tantas verdades.

— Ela não é má — Tate continua. — É só burra e egoísta e ainda está perdida num poço de luto. Ela também precisa de terapia, mas isso não é função minha.

— Mas eu sou?

Não consigo tirar os olhos quando ela encara meu olhar. Vamos de tristes a elétricas no espaço de uma respiração, e ainda estou me recuperando disso.

— Você não é minha amiga — Tate diz. — E nunca foi minha inimiga, Penny. Você é... *você*. Estou do seu lado. O que significa que não vou desistir de você. Muito menos quando tudo que você quer é ir a uma terapeuta que estava te ajudando.

Quero muito mais do que isso, mas, se eu disser, vai abrir todas as portas que mantive trancadas por tanto tempo.

— Vou fazer o que você quer que eu faça — Tate diz. — Se não quiser, eu não faço. Mas, se quiser, vou ficar sentada aqui e segurar sua mão enquanto você liga para sua vó. Vou estar lá quando Marion falar para Lottie. Eu mesma vou levar você para a terapia. Mas, se *você* não mudar alguma coisa, Penny, essa situação não vai mudar. Lottie não vai deixar.

Ela está certa.

Tate está sempre certa. É muito irritante na maior parte do tempo, mas agora...

Fico muito grata.

Estendo a mão.

Ela a segura.

— Vamos ligar para a vovó — digo.

60

Penny

2 DE AGOSTO

O consultório de Jane é como eu me lembrava. Não exatamente – ela comprou almofadas novas. Mas tem o mesmo cheiro. Entrar foi quase avassalador, como se um nó no peito estivesse finalmente se afrouxando quando me sentei no sofá.

— É bom ver você — Jane diz.

Concordo com a cabeça, pressionando os lábios enquanto resisto às lágrimas.

Passei a semana toda à flor da pele, esperando por isso. Minha mãe tinha assinado os formulários assim que Jane os enviou.

Queria que você entendesse o medo que eu tinha de perder você, Penny, ela havia me dito ao devolvê-los para mim.

Eu quis gritar para ela: *Você já me perdeu.* Mas não gritei.

Jane teria ficado orgulhosa.

Ela empurra discretamente a caixa de lenços em minha direção. Eu a pego, segurando a caixa inteira em vez de apanhar só um. Só para ter algo a que me agarrar.

— Estou nervosa — confesso.

— A última vez em que nos vimos foi muito dramática — Jane diz com um sorriso gentil. — Sua mãe ficou muito irritada com a situação vista pelos olhos dela.

— Ela estava errada — respondo.

— Ela estava agindo por medo — Jane explica. — O diagnóstico torna as coisas mais reais para algumas pessoas. E ter uma atitude negativa em relação a medicamentos é muito comum, mas admito que fiquei desanimada com a reação dela. Não foi justa com você, Penny. Deve ter sido muito doloroso.

— Acho que posso acrescentar isso à lista — digo, tentando fazer uma piada e falhando miseravelmente, porque Jane apenas olha para mim, esperando que a verdade venha à tona. — Foi ruim — confesso no silêncio e no espaço que ela me dá.

— Sua avó comentou que sua mãe esteve no hospital.

— Sim, ela se ofereceu para doar uma parte do fígado para a melhor amiga.

— Como você se sentiu em relação a isso?

— Estou contente — digo. — Estou mesmo. Estou muito contente que Anna esteja bem. Mas foi... Ela nem me avisou. Elas contaram para a gente cinco dias antes de irem.

— É muito em cima mesmo — Jane concorda. — Parece ser o padrão dela.

— Minha vida nos últimos dois anos é ela atirando merda em cima de mim — falo. — Meu pai morre e ela o enterra em vez de dar a ele o que ele queria. Ela não chega a voltar para casa, só me joga para cima da vovó e vai morar com Anna. Tate passou mais tempo com minha mãe do que eu nos últimos anos. Percebe a merda que é isso? — Nem paro para esperar a resposta dela. — E depois ela vai lá e vende a empresa de rafting. Por sua causa.

— Por minha causa? — Jane pergunta, franzindo a testa.

— Quer dizer, não por sua causa. Por causa da sessão que tivemos. Ela surtou com a ideia de eu voltar para a água e instituiu a regra de que não posso entrar na água a menos que seja uma piscina, e vendeu a empresa do meu pai, e tive que ver o sócio dele acabar com o negócio no último ano.

— É muita coisa com que lidar — Jane diz.

— E então ela dá o fígado para Anna... quer dizer, parte do fígado... e Tate e Anna se mudaram para nossa casa, porque tem *ideia* de como os imunossupressores são caros, Jane? É um crime. Este país é uma *merda*. E então agora moro do outro lado do corredor de uma menina que... — Eu me interrompo.

Finalmente. Uau, isso, sim, foi um vômito de palavras.

Vômito de emoções.

Jane se empertiga um pouco na cadeira.

— Foi ruim — digo de novo. — E aí ficou pior.

— Como?

— Parei de fingir.

— Fingir...

— Fingir que eu estava bem. Minha mãe ficou em Sacramento por quase um mês inteiro se recuperando. Nesse tempo todo, não tive que pisar em ovos em relação à morte do meu pai. Não tive que ter medo que minha mãe me flagrasse saindo às escondidas para andar de caiaque. Não tive que sorrir quando ela passava reto por mim com sua janta, indo para o ateliê em vez de comer comigo. Era como se a casa toda estivesse em preto e branco e, assim que ela saiu, ficasse em tecnicolor. Aquele tipo berrante e saturado dos musicais dos anos 1950.

Jane ri baixo.

— Também gosto desses musicais.

— Foi muito bom não fingir. Foi muito bom poder falar sobre meu pai com Tate. Com alguém que tinha algumas das mesmas lembranças que eu. Comer com alguém toda manhã e toda noite. Então, quando minha mãe voltou...

— Você teve que começar a fingir de novo.

— Não consegui aguentar nem o caminho de volta para casa — confesso. — E então vi...

Aquele rio vermelho-sangue gira em minha mente. Toda vez que passei pelo ateliê dela naquela semana, pensei em entrar e destruí-las. Quando, uma vez, criei coragem de tentar virar a maçaneta, estava trancada.

Ela tinha me trancado para fora.

Protegido suas fantasias preciosas de morte acima de todo o resto.

Conto para Jane sobre o trio de vitrais e a confrontação depois e, quando acabo, ela fica em silêncio por um longo tempo.

— Arte é algo que você e sua mãe têm em comum, não? — ela pergunta, finalmente.

— Sim. Acho que sim.

— Você se expressou através da arte desde o acidente?

Eu me eriço.

— Você está dizendo que o que ela fez é aceitável?

— Não — Jane disse. — O que ela fez foi incrivelmente doloroso para você. Ultrapassou muitos limites. Ela evitou conversar com você não apenas sobre uma perda imensa na vida de vocês duas, mas também sobre um trauma físico e mental enorme que você sofreu. E agora está fazendo arte para tentar preencher as lacunas do que ela não sabe sobre o acidente e sobre aquele dia.

— Eu teria contado para ela — insisto —, se ela tivesse perguntado.

— Eu sei — Jane diz. — E você merece contar para ela o que aconteceu assim como ela merece saber, em vez de criar cenários na cabeça dela.

— Ela quer vender — sussurro. — As obras de arte.

— Pode ser que ela odeie tanto olhar para elas quanto você, Penny — Jane diz suavemente.

É algo que não tinha passado pela minha cabeça.

— Então por que fazer?

— Acredito que a arte seja o mecanismo de enfrentamento dela — Jane diz. — Como o rafting é um dos seus. Sua mãe colocou a mão na caixa de ferramentas dela e escolheu a mais familiar. A mais segura. Ela se afundou no trabalho, nas histórias que contou a si mesma sobre o acidente, para não ter que enfrentar o que veio depois. As escolhas que ela fez todos os dias desde então. Porque ela fez algumas escolhas ruins, e sua mãe... tem dificuldade com as emoções dela.

— Bom, eu também tenho, mas ela vive me fazendo cuidar das minhas e das dela.

— E isso não é justo. Mas podemos trabalhar juntas para encontrar formas de estabelecer limites quando ela tentar fazer isso. A diferença entre vocês duas é que você tem consciência de que tem dificuldade com suas emoções — Jane diz. — Você buscou ajuda. E tem nosso trabalho aqui para usar em sua caixa de ferramentas.

— Então tudo se resume a eu ser a adulta da relação? — pergunto.

— Tudo se resume a saber que você tem poder de decisão sobre o tipo de relação que tem com sua mãe — Jane diz. — Ou mesmo se tem uma relação. Você pode definir seus limites. Você falou sobre como foi difícil fingir quando ela voltou. Como foi libertador poder falar sobre seu pai. E se você simplesmente... continuar falando sobre seu pai? E se chamar sua mãe para um jantar em família? E se disser para ela que quer falar sobre o acidente? E se disser que estava indo ao lago porque era seguro e você precisava de uma válvula de escape?

— Não sei — respondo baixo.

Jane se inclina para a frente.

— Talvez esteja na hora de descobrir.

PARTE SETE

Casa

(ou: a vez que nos entendemos)

61

TATE

9 DE AGOSTO

— Você está vendo? — pergunto, me debruçando por cima da pia, olhando na direção da estrada escura. Nenhum farol.

— Já, já elas chegam — Penny diz.

Ela mexe o molho de macarrão no fogão. Passou o dia cozinhando em fogo brando.

Ela fez o bolo de limão-siciliano hoje de manhã – com a gelatina secreta e tudo. Está em cima da geladeira, esperando para depois.

— Acha melhor eu buscar sua mãe? — pergunto.

— É, pode ser — Penny diz.

Lottie foi devagar e sempre para o ateliê nos últimos dois dias. Eu a segui no primeiro dia, com medo de que ela pudesse cair, embora a médica quisesse que ela andasse um pouco. Ela ainda precisava ir devagar. Na segunda vez, apenas observei do alpendre e fui ver como ela estava de hora em hora. Levei almoço para ela todos os dias e a ajudei a voltar para casa para jantar, o que ela fazia no quarto dela.

Deixo Penny na cozinha e me dirijo à garagem.

Está escurecendo – minha mãe e Marion saíram tarde; a última consulta levou mais tempo do que minha mãe esperava, mas os médicos a liberaram.

A qualquer minuto, minha mãe vai estar em casa.

Vai ser o fim. Vai ser o começo.

(Do resto da nossa vida. Minha mãe, saudável. Vibrante. Nem sei como imaginar isso e mal posso esperar para descobrir.)

Bato de leve na porta do ateliê de Lottie antes de tentar a maçaneta. Por incrível que pareça, desta vez não está trancado, então entro, porque não quero que ela se levante antes de estar pronta.

Lá está: seu trio de dor. Os panos foram tirados faz tempo.

Lottie, que estava afundada na cadeira, encarando as obras, ergue os olhos.

— Minha mãe e Marion devem chegar daqui a pouco — digo. — Preparamos o jantar lá em casa. Quer que eu ajude você a voltar?

Ela faz que sim, mas não se levanta nem tira os olhos do vitral.

Lottie toma um longo gole de água. Nossa, *tomara* que seja água. Se não for, estamos muito fodidas.

— Eu deveria embalar essas obras — ela diz, apontando a garrafa d'água na direção do vitral. — A galeria está esperando por elas.

— Você vai mesmo mandá-las? — pergunto.

O rosto de Lottie é como uma chama aparecendo atrás de um papel. Primeiro escurece antes de a luz consumir.

— Eu ia. Mesmo. Mas agora...

Ela seca as lágrimas.

— A única escolha certa que fiz na vida foi virar amiga da sua mãe.

Não posso nem discordar dela. Talvez seja verdade. Ela definitivamente tem um péssimo histórico de escolhas.

— Você poderia se perguntar o que ela faria aqui — sugiro.

Os olhos de Lottie brilham enquanto ela considera. É quase assustadora a forma como eles perpassam as obras de vitral como se ela estivesse tentando memorizá-las.

Ela atira a garrafa de vidro com violência na direção da do meio. Acontece muito rápido, um movimento súbito que me faz saltar em meus chinelos antes mesmo que a garrafa atinja em cheio o rio revolto.

O vidro pesado se parte no impacto, o cavalete tomba.

Crash.

O cavalete cai, levando consigo as outras duas obras.

Elas se estilhaçam no chão, um caos de azul, e verde, e vermelho.

Lottie se levanta, trêmula, dirigindo-se ao vidro, e a agarro, porque ela está só de sandália. Ela resiste a mim, fraca, mas estou com tanto receio de machucá-la que mal consigo segurá-la enquanto ela se debate.

— Tate?! Lottie!

Mãos envelhecidas me puxam para longe de Lottie, e quase caio de alívio quando vejo que é Marion.

— Mãe? — eu a chamo antes mesmo de vê-la.

Ela está no batente do ateliê, olhando fixamente para Marion, que coloca Lottie na cadeira o mais delicadamente possível para ela não se cortar.

— O que está acontecendo aqui? — minha mãe pergunta. — Tate? Você está bem?

Faço que sim.

— Lottie?

Lottie sacode a cabeça.

— Caguei — ela murmura. — Caguei feio.

— Vamos consertar... — minha mãe começa a dizer, mas Lottie sacode a cabeça de novo.

— Não, eu não deveria ter feito essas obras. Deveria ter conversado com ela. Não deveria ter cagado tudo.

— O que é... — Anna perde a voz, olhando para Marion com o ar inquisitivo.

— Depois — Marion diz.

— Você andou escondendo coisas de mim? — minha mãe pergunta.

— Sim — Marion responde, sem qualquer vergonha ou desculpa. — Você tem outras coisas para resolver. Lottie, cadê seus sapatos?

— Na casa — Lottie diz. — Preciso limpar isso.

— Você precisa calçar sapatos — Marion retruca. — E depois precisa colocar a bunda num sofá ou numa cama e descansar. Você está mais pálida que um cadáver.

— Mãe, você também precisa entrar — digo. — A viagem...

— Estou bem — minha mãe me tranquiliza. — Lottie, o que está acontecendo?

Lottie abana a cabeça.

— Estou bem — ela insiste, levantando-se. — Só preciso ir para meu quarto.

A ideia dela enfurnada lá para mais um jantar enquanto vejo todas as esperanças murcharem dentro de Penny me mata.

— Preparamos o jantar. Você precisa comer — digo.

— Eu não... — Lottie começa a falar.

— Penny gostaria disso — interrompo.

Ela olha para mim.

É como se aquela luz voltasse para dentro dela.

— É?

— É — confirmo.

— Me deixa ajudar vocês — vovó diz, colocando-se entre minha mãe e Lottie enquanto elas começam a caminhar na direção da casa.

Vou atrás, virando-me para fechar a porta do ateliê.

O vidro quebrado brilha escuro no chão de cimento cinza, e sei que não é o suficiente.

Mas é um passo na direção certa.

62

Penny
9 DE AGOSTO

O jantar é tudo menos perfeito.

O molho que fiz está absolutamente perfeito. Não dá para errar com as receitas da vovó. Mas, assim que todas vêm da garagem, a energia fica estranha no mesmo instante. Os olhos da minha mãe estão muito vermelhos, e Anna não para de franzir a testa. Vovó deixa as duas no sofá, e Tate fica com elas enquanto vovó entra na cozinha e me dá um abraço forte e demorado.

— Você está firme? — ela sussurra em meu ouvido.

— Não — digo. — Mas acho que vou chegar lá. Graças a você, Tate e Jane.

Quando ela recua, seu sorriso é triste, cheio de remorso.

— Desculpa por ter deixado as coisas ficarem tão ruins.

— Não foi você.

— Eu deveria ter intervindo mais — vovó diz. — Não deveria ter deixado sua mãe tirar você da terapia. Juro que não vai acontecer de novo.

— Eu não vou deixar acontecer de novo — falo, pensando no que Jane disse sobre estabelecer limites. A massa está quase pronta, então uso uma escumadeira para transferi-la para a panela do molho, mexendo os macarrões para cobri-los perfeitamente. — Tem pão de alho no forno — completo, enquanto levo a panela para o balcão para poder servir o macarrão nos pratos.

— E você fez bolo de limão-siciliano — vovó diz, vendo-o em cima da geladeira.

— Tate ajudou — digo.

Ela tem sido tão boa, toda essa semana infernal em que minha mãe se escondeu de mim e eu saía às escondidas, como se ver Jane fosse algum tipo de pecado.

— Ela tem ajudado muito — vovó comenta enquanto tira o pão de alho e começa a cortá-lo.

Tate tem ajudado infinitamente. Interferindo entre mim e minha mãe. Levando a comida dela para eu não ter que fazer isso. Vendo se ela está bem de hora em hora, por precaução.

É muito injusto. Eu menti para ela. Para as mães. Tudo para não ser pega em minha outra mentira, mas, em vez de largar mão de mim como deveria, ela convenceu minha vó a fazer chantagem emocional com minha mãe para me deixar voltar à terapia. O Plano de Tate para Ajudar Penny. Tenho uma captura de tela em meu celular. Olho para ele antes de dormir. Como se fosse um talismã.

Quatro passos para o começo do saber.

Quatro passos para o começo da cura.

Quantos passos me levariam até ela?

O único parmesão que temos está nos pacotinhos da última vez que pedimos pizza, então abro um sobre cada tigela de massa e encaixo elas no braço, carregando as cinco com a facilidade de alguém que sabe sobreviver no horário de pico da manhã de domingo na Amora.

Vovó me segue com o pão de alho, e sirvo os pratos, depois arrasto a mesa de centro para mais perto do sofá da minha mãe para podermos usá-la.

Eu me sento ao lado de Tate, é então que percebo que nos dividimos: as mães no sofá da minha mãe, nós no da Anna. Pequenos conselhos de guerra rivais, prontos para forjar um tratado.

— Está com uma cara ótima — Anna diz. — Não se ofendam se eu só comer um pouco. Essa viagem acabou comigo.

— Quer ir direto para a cama? — Tate pergunta, levantando-se no mesmo instante.

Ela parece pronta para pegar a mãe e carregá-la para o quarto.

— Não — Anna diz. — O que eu gostaria é de saber o que é que está acontecendo aqui.

Silêncio mortal na sala. Olho fixamente para meu macarrão.

Anna aponta para minha mãe.

— Você andou chorando.

Depois para vovó.

— Você definitivamente está evasiva desde aquela ligação tarde da noite na semana passada.

Ela aponta para mim.

— Penny está praticamente vibrando de nervosismo.

Minha mãe volta os olhos para Tate.

— E, Tate, fofura, você tem uma ruguinha entre as sobrancelhas quando está surtando em segredo. E ainda tem o vitral completamente destruído no ateliê. Aposto que não foi temperamento artístico, né?

Meus olhos se voltam para minha mãe.

— Você destruiu?

Ela nem consegue olhar para mim. No começo, penso que é raiva, mas, quando ela diz "Sim", seus olhos encontram os meus e não há raiva neles.

— Desculpa — ela diz. — Eu nunca deveria ter feito aquelas obras. Não sem antes falar com você. Deveria tê-las mantido como um esboço. Algo só para mim.

E se você parasse de fingir?

— Pois é — falo. — Era para ser só para você.

Os olhos de Anna se alternam entre nós, absorvendo nossa conversa. Juntando as peças.

— Não quero machucar você, Penny — minha mãe me diz.

— Então para — digo.

Porque é realmente simples assim. *Deveria* ser simples assim.

Não é. É uma jornada. Talvez para a vida toda.

— Estou tentando, mesmo — minha mãe diz.

Só é uma jornada para a vida toda se ela realmente conseguir se comprometer com isso. Não sei se ela consegue. Nem sei se quero que ela consiga. Se for melhor do que nos curarmos juntas, ficando mais próximas, em vez de nos curarmos e ficarmos mais distantes. Às vezes, acho que nos afastar pode ser a opção mais saudável. Há uma parte de mim que torce para que não nos afastemos, mas há outra parte que se questiona se não é inevitável.

— Então busca ajuda, porque você é péssima tentando sozinha — digo.

É um desafio que não acho que ela esteja pronta para aceitar. O único motivo por que ela viu aquela terapeuta antes do transplante foi porque era a única forma de conseguir doar o fígado para Anna.

Seus olhos se inflamam, mas eu apenas a encaro, relutante a desviar o olhar. Sem conseguir mais fingir.

Se ela quer a filha dela, vai ter que me aceitar como sou, não uma carcaça enquanto ela me esvazia.

— É pedir muito, Penny.

— Não é — digo. — Se não consegue fazer isso por mim nem por você mesma, faça pelo meu pai.

Os dedos dela envolvem o guardanapo com a menção dele, como se ela precisasse de algo familiar para se ancorar.

— Ele teria odiado ver você assim — digo a ela, e é verdade.

Vê-la tão triste o teria destruído. Tão perdida. Tão relutante a buscar ajudar.

— Também odeio me ver assim, Penny — ela sussurra. É tudo que ela consegue me dar agora. Uma admissão de sofrimento. Talvez um dia cheguemos ao ponto em que esse sofrimento cresça tanto que ela não tenha escolha senão buscar ajuda. Não acho que vai ser hoje, nem amanhã, nem na semana que vem. Ela pode me surpreender. Quero que me surpreenda.

Mas, quer ela me surpreenda, quer não, acho que Jane tem razão: cabe a mim decidir se a mudança dela é suficiente.

Sei que eu e minha mãe temos uma coisa que não tive com meu pai: tempo para nos entender, se eu quiser.

Eu e minha mãe temos tempo. Anna e Tate têm tempo.

As únicas pessoas que tenho medo de não terem mais tempo somos eu e Tate.

63

Penny

11 DE AGOSTO

— Acho que estamos perdidas — digo.

— Não estamos — Tate insiste, quando passamos por um buraco particularmente fundo e a caminhonete balança pra lá e pra cá.

Olho com nervosismo para trás. A estátua do urso Amoro está presa à caçamba da caminhonete com amarras extras, mas já faz pelo menos quinze quilômetros que o asfalto deu lugar ao cascalho e, à nossa frente, o cascalho dá lugar à terra.

Entregar o Amoro está sendo um suplício desde o começo. Levou uma eternidade para nós duas conseguirmos tirar um dia de folga para fazer isso acontecer, e aí Remi não estava livre para ajudar, então éramos só eu e Tate transportando a estátua gigante de urso pela floresta.

O novo dono de Amoro mora no meio do nada do Condado Norte. Um lugar digno de um urso de madeira, mas um saco para levar a estátua para tão longe.

— Diz que é a primeira à direita na South Fork Road — Tate anuncia, apontando para as instruções rabiscadas em um guardanapo que Remi tinha me dado. — Todas as estradas secundárias estavam à esquerda. Só é mais longe na estrada do que pensamos.

— É melhor ligar para confirmar — digo, pegando o guardanapo e tirando o celular do bolso.

Mas não tem sinal. Não sei o que eu esperava. No meio da floresta, estamos numa verdadeira terra sem contato.

— Lá! — Tate aponta. — Curva à direita.

Ela dá seta, toda certinha, por mais que não tenhamos visto nenhum outro carro todo esse tempo. Faz a curva e... *crack!* Nós nos inclinamos de lado de repente, o corpo de Tate escorrega na direção do meu, puxada de volta pelo cinto de segurança enquanto todo o lado esquerdo da caminhonete se empina no ar.

— Merda — Tate diz.

— A gente acabou de... o que aconteceu?

Meu ombro está preso contra a porta, a maçaneta cutucando a lateral do meu corpo desconfortavelmente.

— Vou dar uma olhada — ela diz, desafivelando o cinto com uma mão enquanto segura a maçaneta e empurra. Ela sai, caindo no chão.

Consigo ouvi-la praguejando, mas não consigo vê-la, então tiro o cinto e saio.

— Tate?

— Aqui embaixo.

Dou a volta até a frente da caminhonete da vovó, onde Tate está deitada de costas, tentando dar uma olhada embaixo. Agora que saí, consigo ver que o carro está virado de lado, o pneu esquerdo curvado para dentro. Na traseira da caminhonete, Amoro está inclinado perigosamente para o lado, com uma das amarras estourada.

— Batemos em alguma coisa? — pergunto.

— Aquilo. — Tate aponta três metros atrás de nós. Um vala comprida e rasa que foi escavada no começo da curva. Uma lombada improvisada. — Entrei no ângulo errado. Estraguei o eixo.

— Merda. — Eu me agacho ao lado dela, tentando dar uma boa olhada. — Com Amoro na traseira, o peso é demais para usar o macaco e dar uma olhada com segurança.

Tate sai se contorcendo e se levanta, espanando terra da calça jeans.

— Não que isso importe muito. Não temos como consertar esse treco aqui.

Olho por sobre o ombro e depois para a estrada à frente. Nada além de floresta.

— Estamos a pelo menos treze quilômetros da estrada asfaltada. Talvez uns dezesseis — digo.

Tate ergue os olhos para o céu por entre as árvores.

— Vai escurecer daqui a uma hora.

— E estamos sem celular — digo. — Vovó vai surtar quando não voltarmos.

— Será que alguém pode passar? — Tate sugere.

— Talvez — digo. — Com sorte.

— E as mães têm o endereço — Tate argumenta. — Se não aparecermos, alguém vai vir atrás de nós.

— Vai demorar um tempo até começarem a sentir nossa falta — falo. — É melhor pensarmos no que temos aqui.

— Boa ideia.

É a caminhonete da vovó, então é óbvio que a caixa de ferramentas está abastecida. Só é mais difícil de chegar a ela porque tenho que rastejar atrás de Amoro. Eu me encaixo entre a estátua e a caixa de ferramentas e passo as coisas para Tate. Tem uma coberta de lã, um kit de emergência com coisas de primeiros socorros, uma lanterna, spray contra ursos, um saco hermético de quatro litros cheio de comidas, duas garrafas d'água e três sinalizadores que definitivamente não vou disparar na temporada de incêndio.

— Nada mal — ela diz, espalhando tudo na tampa traseira. — Fome a gente não passa.

— Vovó e seus doces, sempre salvando. — Tiro um pacote de chocolates com amendoim do saquinho plástico e o abro. Sentando-me na tampa traseira perto das comidas, movo as pernas pra frente e pra trás. — Se vamos ficar presas aqui, o que vamos fazer a noite toda?

Assim que isso sai de minha boca, eu me crispo porque, puta merda, Penny. Que situação.

— Tem um baralho no kit de emergência — Tate diz.

— Tem? Quer jogar?

Ela faz que sim, tira as cartas do kit, remove o elástico e embaralha. Ela distribui dez cartas para ela e dez para mim, e divido o resto do chocolate entre nós para usarmos como aposta.

Jogamos até escurecer e os grilos e os outros barulhos da floresta começarem com força total. Eu me levanto e ligo o pisca-alerta. Estamos tão longe na estrada que ninguém vai bater em nós, mas é melhor prevenir do que remediar. Tate guarda todas as coisas de que precisamos e as coloca na boleia, e então entramos.

Não deu nem oito da noite e estou completamente acordada, pensamentos demais na cabeça.

— Que semana.

Suspiro, recostando-me no banco.

— Que mês — Tate concorda.

— Que verão.

Olho para ela quando digo, a cabeça inclina, querendo que a dela se incline também.

— Está quase acabando — ela diz.

Ela fala como se fosse uma coisa boa. Um consolo. Mas meu corpo todo rejeita a ideia, como se alguém me desse um remédio contra a tosse e dissesse que é xarope de bordo.

Porque, de certo modo, em certo sentido, este verão fez de mim quem eu sou.

Não consigo tirar os olhos do perfil determinado dela. Não quero. Talvez, se eu continuar olhando, ela finalmente se vire. Me recompense com olhos azuis e sensatez.

— Tate, podemos conversar sobre isso? — pergunto.

— Não sei... — ela começa. — Do que você está falando?

— *Isso*. Tudo isso — interrompo. — Sei que já pedi desculpa algumas vezes sobre mentir para sua mãe, mas...

— Penny, não.

Suas palavras se sobrepõem às minhas, como se ela conhecesse meus pensamentos antes que saiam da minha boca.

— Desculpa, Tate. Por Laurel e pelo estacionamento da lanchonete. Por deixar sua mãe achar...

— Eu me recuso a fazer isso — ela diz, buscando a maçaneta da porta.

Eu a sigo. Desta vez, ela não tem como ir a nenhum lugar aonde eu não possa seguir.

— Desculpa por ter feito merda — continuo, andando atrás dela. Ela está a três metros da caminhonete, as únicas luzes são a lua e o pisca-alerta vermelho, iluminando as costas dela em um tom carmim em ritmo constante. Hesito, parando perto da porta traseira. — Eu deveria ter corrigido sua mãe. Fui egoísta. Era mais fácil do que contar o verdadeiro motivo. Mas não para você, desculpa.

— Tá — Tate diz. — Você está arrependida. Entendi.

— Desculpa por outras coisas — continuo, porque consigo sentir: o tempo escorrendo por entre meus dedos quando se trata dela. — Sinto muito por você ter deixado todos os seus sentimentos de lado para poder me ajudar.

— Eu não — ela diz com firmeza. — Inclusive, posso estar brava e ajudar você ao mesmo tempo. O nome disso é nuance emocional.

Dou risada, e talvez não seja a melhor hora, mas ela é tão esquisita às vezes. Ela sempre me surpreende.

— Tem mais — digo. — Em Yreka...

— Não. — Seu rosto se endurece. — Não vou falar de Yreka. Está no acordo de trégua.

Lambo os lábios.

— Tá, então, quero mudar o acordo de trégua.

Aquelas luzes vermelhas estão piscando sobre seu rosto e deixam seus olhos um tom mais escuro de azul. Pequenos fios soltos se curvam cheios de frizz por todas as suas tranças.

— Penny.

— Nós duas podemos alterar o acordo.

— Penny.

Não é um suspiro. Talvez seja um alerta. Talvez seja uma súplica.

Também não vou obedecer. Nosso *timing* nunca está certo. Então vou dar um jeito nele. Porque nosso tempo está acabando.

— Eu quero falar de Yreka.

Ela inspira fundo, tão abruptamente que deve doer.

— Foi você quem colocou isso no nosso acordo de trégua.

— Mudei de ideia.

Seu rosto faísca: irritação. E isso a faz estourar, como eu sabia que aconteceria:

— Por quê?

Três palavras. Se eu as disser, elas vão mudar tudo. Não sei se estou pronta. Mas, nossa, estou disposta a descobrir.

— Eu ouvi você.

— O que...

— No hotel. Em Yreka. Eu não estava dormindo.

A reverberação entre nós é como o ar tremeluzindo em um dia quente. Muda a percepção.

— Você...

— Eu ouvi você.

Seus punhos se cerram. Quero pegar as mãos dela. Tranquilizá-la. Como ela pode não saber que está tudo bem?

Porque nunca esteve tudo bem.

Brigamos. Ela esperou e eu fugi. Menti e ela ficou no escuro. Cometemos erros e nos confundimos e não conversamos sobre as coisas certas. Desviamos uma da outra e escapamos como girinos ao redor uma da outra.

Perdemos demais. Ganhamos coisas boas que não têm como compensar tantas perdas.

Estamos aqui. Mais uma vez, estamos *aqui*. Eu e ela, contemplando uma à outra, unidas por tantas coisas que nem sei se conseguiria listar todas agora.

Não acho que eu acredite em destino.

Mas acredito nisto.

Nela.

Nessa coisa que somos *nós*.

Ela me encara. O pisca-alerta se acende e se apaga.

— Fala alguma coisa. Por favor, Tate.

E isso é tudo que ela precisa para ganhar vida.

— Você é irritante — ela diz, mas está dando um passo para perto de mim em vez de para longe. — Você torna as coisas mais simples *tão* complicadas. — Seus olhos brilham sob a névoa vermelha. Mais três passos. Mais três e ela vai estar na minha frente. Esse pensamento faz meu corpo inteiro corar. — Estar perto de você é como ser largada num labirinto sem guia, sem barbante e sem absolutamente nenhum senso de direção.

— Eu poderia dizer o mesmo sobre você! — retruco.

— Sou uma pessoa direta — Tate insiste. — Não sou um labirinto.

— Está me tirando? Você tem tanta merda rolando embaixo da superfície que poderia afundar o *Titanic*.

— Então agora sou fria que nem um iceberg?

— Não, você é profunda e inabalável que nem um iceberg. Tem uma grande diferença. É você que está citando mitologia grega! Quem faz isso? Eu seria o rei Minos, sacrificando pessoas para o Minotauro na metáfora do labirinto?

— Está mais para quem criou o labirinto que ninguém tinha como resolver — Tate retruca.

— Esse é Dédalo.

— Ai, meu Deus, é óbvio que você sabe quem é o cara que fez o labirinto — ela murmura para o céu. — Viu, é exatamente disto que estou falando: tento fazer uma metáfora e agora estamos falando de mitologia. Simples. — Ela ergue a mão esquerda para o lado. — Complicado. — A mão direita se ergue para o outro lado, e seus braços estão abertos.

Chamando.

Então eu vou.

Um passo.

Dois.

E não preciso me mover mais.

Porque ela está cortando o espaço entre nós. Um salto de movimento esperançoso que faz o coração saltar. Quando ela baixa os olhos, eu sei. Simplesmente *sei*.

O timing finalmente está certo.

— Você me irrita tanto — ela diz de novo, mas tem menos raiva por trás agora que estou tão perto.

Sua mão encontra a minha, e meus dedos acham um novo lar, entrelaçados com segurança na palma da mão dela.

— Você me ama — digo, e o sorriso que se abre em meu rosto é um verdadeiro desafio. Sem medo diante da verdade.

Ela me encara, seu polegar acaricia os nós de meus dedos, seu rosto ainda resistente.

— Está tudo bem — digo. Eu me inclino para a frente, meus lábios roçam na mão dela que segura a minha. Penso no alpendre e nos lábios dela em meu curativo, dois anos atrás. No palheiro e no sentimento de *me escolha* que ela provocou em mim. Penso em ficar sentada naquela sala de espera com ela, o tique-taque do relógio. Nas manhãzinhas e naquela garrafa d'água dela e no excesso de mingau de aveia. — Eu também amava você mesmo antes de entender isso. E, depois que entendi, não achei que merecia. E *sabia* que você merecia mais do que eu.

— Ei — ela protesta, sempre minha defensora, mesmo quando é contra mim mesma.

— Ei — respondo, baixo, e ergo a cabeça, porque tenho que ficar na ponta dos pés para que isso dê certo se ela não se abaixar...

Mas ela se abaixa.

Eu me ergo e ela se abaixa e a mão dela envolve minha cintura, e meus dedos se encaixam nos passadores de cinto da calça dela e é como todas as vezes anteriores, aquele momento trêmulo de inclinação antes de tudo dar errado.

Mas ninguém interrompe desta vez.

Desta vez, não hesito.

Desta vez, ela também não.

Desta vez, os lábios dela encontram os meus, e ela tem gosto de chocolate de amendoim, e eu também devo ter. A mão dela se ergue da minha cintura para cobrir meu rosto, e ela me beija como se tivéssemos sido separadas por uma guerra. Uma que nós mesmas criamos. Não consigo respirar. Não consigo pensar, no melhor dos sentidos. Estou prestes a morrer e renascer bem aqui, ainda mais quando os dedos dela apertam esse ponto embaixo do meu maxilar que eu nem sabia que era um ponto.

E é aí, claro que a caminhonete solta um rangido potente contra a afronta combinada do eixo quebrado e do peso extra do urso Amoro e se inclina mais para a direita. O que não seria um problema, exceto que o movimento faz a última amarra que prende Amoro em cima *estourar*!

— Merda.

Tate me puxa para longe do caminho bem quando Amoro se inclina de cabeça para a encosta da montanha, ansioso para voltar a ser um só com a terra. A amoreira enorme escapa do ombro de Amoro no impacto e rola de lado por nós.

— Ai, meu Deus — digo, no silêncio atordoado enquanto ficamos olhando. Então só começamos a rir. — Que dia! Puta que pariu.

Ela olha para mim, e o sorriso que franze seus olhos é como uma queda livre perfeita.

— Tão ruim assim, hein?

— Tem alguns pontos altos — respondo, e volto a encaixar os dedos nos passadores do cinto dela, puxando-a em minha direção.

— É mesmo?

Desta vez, eu a beijo.

Desta vez, demora muito tempo até eu conseguir responder "É mesmo".

64

TATE

11 DE AGOSTO

Então, sim.

Sou eu que cedo primeiro. Depois, vou argumentar que ela incitou a isso. Mas eu dou o primeiro passo. Beijo Penelope Conner na frente de uma estátua de urso que então tenta nos matar esmagadas na floresta depois de uma briga sobre mitologia grega e *Titanic*.

Coisa de contos de fadas. E não estou sendo sarcástica.

Beijá-la é como acordar depois de cem anos. Torna tudo novo.

(Eu me sinto nova em todos os lugares que ela toca.)

Amá-la não é algo novo. É um estado permanente a que me acostumei.

Mas ser amada *por* ela?

É como tocar a água pela primeira vez.

Eu simplesmente sabia.

(Eu estava em casa.)

ACORDO DE TRÉGUA DE PENNY E TATE
(A partir de 22 de junho.
Alterado em 11 de agosto)

- Não vamos contar para nossas mães nosso verdadeiro aniversário de namoro. Mais fácil do que explicar tudo.
- Eu vou estar do seu lado.
- Você vai estar do meu.
- Eu vou te amar.
- Você vai me amar.
- Pode ser difícil às vezes.
- Mas vamos ser felizes na maior parte do tempo.

Agradecimentos

Tentei pensar numa forma de numerar isso em seis partes, mas tenho um motivo para ser escritora. Números nunca foram meu lance.

Um livro é um trabalho em equipe em muitos sentidos, e tenho pessoas incríveis e talentosas para agradecer e que estiveram envolvidas na criação deste.

Um agradecimento enorme a minha editora, Lisa Yoskowitz, que me guiou e conduziu minha estreia no mundo editorial tantos anos atrás e, quase uma década depois, foi quem melhor entendeu minha pequena ode a estruturas de *fanfic* e tensão sáfica *slow burn*. A vida me colocou tantos empecilhos quando eu estava escrevendo este livro, e você reagiu a eles com tanta graça e orientação e tranquilidade, e sou muito grata.

Obrigada a minha fantástica editora britânica, Rachel Boden, por seus comentários e observações que me incentivaram a ir mais fundo.

Obrigada a meu agente, Jim McCarthy, que, depois de tantos livros meus cheios de assassinato, não hesitou quando eu disse: "Então, escrevi este livro sobre quase se beijar e acesso médico rural…". Agradeço demais a você e seu gosto por cardigãs de gatinho.

Obrigada a Lily Choi, cujo olhar estrutural foi uma dádiva enorme para este projeto. E um obrigada a Caitlyn Averett por toda sua assistência.

Obrigada a Kathleen Cook, cujo olhar atento a detalhes e linha do tempo foi muito apreciado — e necessário, porque minha linha do tempo estava errada em alguns dias!

Obrigada à equipe incrível de design da Little, Brown Books for Young Readers, que criou uma capa tão incrível. Um agradecimento especial a Kim Ekdahl, que trouxe Penny e Tate à vida com seus lindos desenhos, e Jenny Kimura, que nos deu um projeto gráfico tão deslumbrante e atencioso, por dentro e por fora.

Obrigada a Cheryl Lew, Emilie Polster, Andie Divelbiss, Savannah Kenney e Christie Michel por todo esforço em promover e vender este livro.

Obrigada a meus amigos maravilhosos que me ouviram resmungar sobre como este livro era difícil de estruturar corretamente: Elizabeth May, Charlee Hoffman, Dahlia Adler, Jess Capelle, Sharon Morse, R.C. Lewis, Romily Bernard e todos de Trifecta.

E obrigada a K, que teve que dirigir durante mais um incêndio florestal enquanto eu escrevia este livro. Um dia, amor, juro que não vou ter um prazo apertado quando tivermos que evacuar.

Leia também...

Nascida na família real britânica, Amélia Mountbatten Wales jamais seria uma adolescente comum. Foi por isso que criou Holy, um disfarce perfeito para explorar Londres sem o peso dos deveres reais. A farsa e a realidade vividas pela princesa pareciam incapazes de colidir até conhecer, sob o disfarce de Holy, Roma Borges, brasileira recém-chegada à Inglaterra e filha do detetive-chefe da Scotland Yard.

Amaldiçoada com a estranha habilidade de enxergar fantasmas, ficar longe de confusão é tarefa difícil para Roma, sobretudo agora, quando os espíritos locais não estão dispostos a deixá-la se esquecer da garota assassinada nos arredores do Palácio de Buckingham pouco antes de sua chegada. Atraída pelos mistérios que cercam o caso, ela percebe que a chave para desvendar o assassinato é Amélia, sua arrogante colega de classe.

Mas, à medida que se aproxima da princesa, Roma pode descobrir que só existe uma coisa maior que a fortuna da realeza: seus segredos – e Holy é o pior de todos eles. Resta saber quantas mentiras o "felizes para sempre" pode suportar.

Quando, aos dezessete anos, Rune Kristiansen retorna da Noruega para o lugar onde passou a infância – a cidade americana de Blossom Grove, na Geórgia –, ele só tem uma coisa em mente: reencontrar Poppy Litchfield, a garota que era sua cara-metade e que tinha prometido esperar fielmente por seu retorno. E ele quer descobrir por que, nos dois anos em que esteve fora, ela o deletou de sua vida sem dar nenhuma explicação.

Este romance, finalista do Goodreads Choice Awards 2016, marca a estreia da adorada escritora Tillie Cole na ficção young adult. É também seu primeiro livro publicado no Brasil.

Editora Planeta Brasil | 20 ANOS

Acreditamos nos livros

Este livro foi composto em Adobe Garamond Pro e impresso pela Santa Marta para a Editora Planeta do Brasil em julho de 2023.